印度背包

一 个 中 国 女 孩 的 冒 险

洪梅 著

[美] 汤姆·卡特 摄

四川文艺出版社

图书在版编目（CIP）数据

背包印度：一个中国女孩的冒险 / 洪梅著；(美)汤姆·卡特 (Tom Carter) 摄. —2版. — 成都：四川文艺出版社, 2019.3
ISBN 978-7-5411-5263-4

Ⅰ. ①背… Ⅱ. ①洪… ②汤… Ⅲ. ①游记–作品集–中国–当代 Ⅳ. ①I267.4

中国版本图书馆CIP数据核字（2019）第028466号

BEIBAO YINDU
背包印度
洪梅 著
[美] 汤姆·卡特 摄

责任编辑 金炀淏 余 岚
封面设计 叶 茂
内文设计 史小燕
责任校对 段 敏
责任印制 唐 茵

出版发行 四川文艺出版社（成都市槐树街 2 号）
网 址 www.scwys.com
电 话 028-86259287（发行部） 028-86259303（编辑部）
传 真 028-86259306

邮购地址 成都市槐树街 2 号四川文艺出版社邮购部 610031
排 版 四川胜翔数码印务设计有限公司
印 刷 三河市华东印刷有限公司
成品尺寸 146mm × 210mm 开 本 32开
印 张 8.5 字 数 190 千
版 次 2019 年 3 月第二版 印 次 2019 年 3 月第一次印刷
书 号 ISBN 978-7-5411-5263-4
定 价 49.80 元

印/度/心/旅

Y i n D u X i n l ū

印度行·一进

2009/3/5—2009/6/3

目录

印度行·二进

2009/06/03—2009/07/09

印度行·三进

2009/10/15—2009/11/26

印度行·四进

2010/1/5—2010/3/4

前言

Backpacking in India

印度之行，其实是从来都没有想过的。从2006年第一次背包西藏，到2007年又跟汤姆一起走遍了中国，开始了我平生真正意义上的背包自助游，但那是在国内。这次走出国门，真是不敢想，尤其是去这个鱼龙混杂、不了解也不熟悉的国度。

印度，虽然与中国比邻而居，又同样是文明古国，但我对它的所有印象不过来自小时候看的一些印度电影。美丽的男女主角、动感十足的歌舞、色彩绚丽的华服，就是全部。那时候完全不知道宝莱坞，也不知道那种华服有着一个美妙的名字——“纱丽”。看着那些妙曼动人的女子，从未觉得真实，仿佛只存在于梦里，那样古老悠远。

事情就这样突然被提上日程，甚至我再次辞去工作，毅然背包上路，还是由于汤姆的“教唆”。这是两个人的事。

说是要去了，但心里还真是害怕呢！不说别的，光看印度旅游的开篇指南，要预防的疾病就一大堆，艾滋、肝炎、流感、狂犬病，这些还是时常听说过的；至于登革热、日本脑炎、脑膜炎、疟疾、痢疾还有伤寒，听着太晕太瘆人；再加上印度似乎只有一个季节，那就是热热热的热死人，这可怎么办？

吓倒了自己，更让好不容易点头同意的老爸老妈犯了嘀咕，幸好我们是在一切办妥之后才揭的底。打了一堆的防疫针，买了一年的境外旅游保险——原计划是用一年时间走遍印度，申请签证的时候却被告知中国人无论何种签证最多只能签半年，待到签证到手，才发现我只拿到了三个月的有效期，一个月的逗留期。也就是说原为一年的旅行可行性只有一个月而已，这可全盘打乱了我们的计划。好在我及时跑了趟大使馆，在几番央求下改成了三个月的有效逗留期。当时只想着，到了印度再想办法延期吧！要知道，汤姆的印度旅游签证可是十年多次往返。没办法，谁让他是美国人呢。就这样，拿到签证出机票、出保险单，计划一下子成了真的，铁板钉钉了。

只是我们怎么也没想到这一年却是四进印度两进尼泊尔，其中的苦乐真是一言难尽……

上海 Shanghai — 德里 Delhi — 马图拉 Mathura — 瓦拉纳西 Varanasi — 科钦 Kochi — 阿勒普扎 Alappuzha — 特里凡得琅 Thiruvananthapuram — 科瓦拉姆 Kovalam — 肯尼亚古马里 Kanniyakumari — 拉梅斯沃勒姆 Rameshwaram — 马杜赖 Madurai — 戈代加讷尔 Kodaikanal — 古努尔 Coonoor — 伯拉卡德 Palakkad — 瓦亚纳德 Wayanad — 坎努尔 Kannur — 乌迪比 Udupi — 戈卡纳 Gokarna — 果阿邦 Goa — 孟买 Mumbai — 加德满都 Kathmandu

Backpacking in India

序曲

一年四进印度，首都德里自然成了我们的中转站。从第一次来时的茫然无知、手足无措到后来的轻车熟路、如鱼得水，是一个转折性的成长体验。

我每次都是乘坐晚十点的印度航空，由上海浦东飞往新德里，航程七个小时。因为中印两国有两个半小时的时差，德里时间晚于北京时间，所以总是在当地时间凌晨两点半左右到达新德里机场。

第一次，我和汤姆分头行动，在德里会合。虽然是同一天到达，但汤姆的航班要早上七点多才到，这意味着我至少要在机场孤零零地等上五个小时，这多少让我有些惶恐。

所幸机场多的是跟我一样凌晨到达的人，大家都坐在海关内的椅子上，眯着眼等待。看样子都是首次来印度，对印度怀有莫名的忐忑，迟迟不敢在夜色中迈出机场。我因为是一个人，瞌睡都不敢打，生怕一不小心就被人顺手牵羊。来印度之前我可是好好地给自己上了一堂安全课，不管是书本指南还是网络帖子，都提到这样的遭遇在印度屡见不鲜。其实在海关内坐着很安全，不像海关外穿梭着三教九流的人，有像饿狼一样盯着你的、有试图搭讪招揽生意的。只因第一次不知道，心里除了忐忑不安还是忐忑不安。

就这样，两只眼睛死扛着睡意，直直地盯着机场内过往的每一个行人，有来自不同国家的漂亮空姐，不同肤色不同着装的老外，其中夹杂着一身喇嘛打扮的白人，还有带着小不点儿一家出行的游客。这一刻我怀疑书本中描述的印度是不是太夸大其词了，似乎没那么恐怖吧。又或者印度太吸引人了？早前也看过一些外国游客的经验谈，说印度是那种去了一次还想再去的国家。看着眼前人来人往，我突然好生向往，充满了喜悦和满足。恐惧在这时候似乎完全褪去。

内心刚开始雀跃一些，但去了趟洗手间，马上又让我不敢放松警惕了。

我背着包推门进洗手间，两个印度妇女紧跟进来。当时我并没有在意，理所当然地认为她们也是来上厕所的。等我出来洗完手，一个女人马上殷勤地递过纸来，我想都没想就接过来，擦干手，然后下意识地用中文跟她道谢。

接下来的一切就很戏剧性了。这位穿着体面光鲜的印度女人张口叫着“Money！ Money！”，顿时让我傻了眼。猛地想起指南上还真的提到过，说在印度会有专人等在厕所里递纸要钱，没想到我一来就碰上了，何况这种高级厕所在印度那么罕见。但开口就要一美元，这也太夸张了吧！难不成“洛阳纸贵”？那也不要一美元啊。于是我一连串地“没有”“对不起”，外加“下次啊”。当然，真有下次才见鬼呢！

接着，她又跟我要“Chocolate！”。这可是真没有，印度这么热的地方，怎么可能带巧克力呢，总不能当“热巧”喝吧？

眼瞅着这两人一点都没有让我走的意思，我只能拼命地想我包里到底有什么可以“孝敬”两位的。好在还有飞机上那杯没喝的酸奶，于是赶紧拿了出来。

这下我能走了吧？没想到这个让我目瞪口呆的女人居然又来了一句："Straw！（吸管）"可真是服了！

等我回到座位上，仍是忍不住发笑。故事的开场实在是匪夷所思，感觉就像大早上没睡醒，做了一个奇怪荒诞的梦，让人哭笑不得！

天渐渐放亮，早上七点四十分，汤姆的航班终于降落了。

一出海关，我们的印度"芝麻之门"就此打开……

德里，都城

坐落在亚穆纳河畔的德里，是印度史诗《摩诃婆罗多》中的都城，也是今天印度的首都。以康诺特广场为界，南为新德里，坐落着政府机构、外交使馆和高档的住宅酒店，绿化带骤增，马路更是宽敞许多。北为旧德里，街道狭窄拥挤，各种机动车人力车交错横行，人流、车流和神牛交织在一起，场面惊心动魄。

康诺特广场建于英殖民时期，由中央公园、外环行路和两层白色建筑物呈放射状组成，是新德里的中心之一。初来乍到，第一印象是很破，不像北京上海高楼林立，也没有一尘不染，周围的一切就一个字：乱。虽然也有高档商店、影院、餐厅和银行，还有詹巴特游客购物街，可就是感觉不到都市的时尚气息，周围人的装扮也不过尔尔。

尤其当我们刚在中央公园的草坪上坐下，马上就有人来围观，且不说各种小商小贩、按摩的、掏耳朵的，没什么事做只盯着我们瞧的人就不计其数。我甚至遭遇了一群十四五岁的男孩投石子戏弄。看着茵茵绿地上松鼠纵跃，我们却无法在本该休闲放松的地方享受闲情逸致，真是非常不自在。很难想象这就是新德里的象征康诺特广场。但换一个角度来说，它又非常真实地展现了当今印度的现实。

四个多月后，当我们走过印度更多的城市和地区，再次回到康诺特，感官上竟然有了一百八十度的转变，看哪儿都觉得很新鲜，就连空气也好像能自由呼吸了，周围的人也一下子时尚现代了。

出了康诺特广场这个中心环，往北走就是旧德里，视线由一个“制高点”直坠而下，从广场到游客云集的主要集市街，对面是新德里火车站。这条路走来不过十几分钟，却是阴暗潮湿、臭气熏天，让人大气都不敢出。只要随眼一瞥，就能看到有人正对着墙体方便的。

诧异吗？这就是首都德里，印度的国门。这正是印度人的基本生活状态。印度的公共厕所少得可怜，有也非常简易，一堵墙一个槽，男人往那儿一站就是了。而女人最好方便了再出来，要不就得去一些特定场所，比如车站。印度男人除了随地大小便，还有一点让人难堪——他们总是若无其事地抓着身体下面，也不知是习惯，还是天热瘙痒。

尽管是三月初，天已经非常热了，只需穿一件长袖单衣，到夏天自是让人汗流浃背。到时不说老城神牛随地排泄，光是印度人自己的卫生状况就过不了关。这就是印度给我们上的第一堂生动课，大胆地接受和适应当地人的行为习惯和味道。

首都尚且如此，其他地方就不难想象了。一次又一次走过一个又一个地方，我们终于明白，这就是印度，我们拥抱的正是真实的印度！

第一次看到印度女人头顶东西，很新奇。在康诺特广场纳凉，总会有穿着纱丽的女子头顶巨大的果盘，娴熟妙曼地穿梭于人群中。十卢比两个橘子或两根香蕉。

第一次体验印度餐是在康诺特广场边的一家Banana餐厅。点的塔利，七个精致的小碟分别装有米饭、咖喱、酸奶、泡菜等等，外加薄脆煎饼，以翠绿色的香蕉叶做底，放置在一个大圆盘中。精致新颖，量少味美。

第一次在印度拍照，感受到了当地人非凡的热情。在临近詹巴特街的绣毯街，慌张地举起相机，担心人们会有激烈反应。结果出乎意料，我们成了最受欢迎的人。大妈、姑娘、小伙儿都疯狂地轮番让我们拍照，还极力邀请我爬过绣毯加入他们，一时间真让人受宠若惊。

在印度门，我们感受到的是一片随意祥和。这其实是个为缅怀在一战中英勇牺牲的九万多名印度士兵而建的纪念碑。两侧大面积的绿草坪，使这里成了印度家庭聚会、野餐和男女约会的好去处，同时也是游客必到、争相留念的一景。

巴哈伊寺是新德里的标志性建筑。因为形似莲花，又被称为莲花寺。白天看似无奇，晚上在蓝夜星灯下，倒映于碧水池中，上下莲花合二为一，美轮美奂。犹如洛水之神，引得我们接连三个傍晚都来此等候，就为赶一个清明的晚上，一睹其神，留存于影。

到了旧德里，就不能不逛红堡以及与之相邻的贾玛清真寺。红堡，顾名思义是一座红色砂岩建起的宫殿。17世纪时，莫卧儿帝国的皇帝沙·贾汗从阿格拉迁都德里，仿照阿格拉堡重建了一座红堡。当时印度的国教是伊斯兰教，于是这位皇帝又建造了一座可同时容纳两万五千名信徒的寺院，即贾玛清真寺，它是印度最大最著名的清真寺。

在印度门、莲花寺和红堡这样的景点，游人自然很多。可是跟贾玛清真寺相比，那是小巫见大巫。四周的街道水泄不通。左手

"食街"里第一个闯入眼帘的便是烤得火热的羊肉串。放眼望去，人群熙熙攘攘，逛着两边的小商品布摊，让我们彻底感受了番旧德里的红火热闹。

"美丽"的月光集市

月光集市是旧德里的主要通道，曾经是一条运河，月亮映照在水里，因此得名月光。英殖民时期，河道被填满，成了印度最繁忙的街市。今日的月光集市，依然车水马龙，寸步难行，不管什么时候都是高峰期，坐车也不再是明智之举，尽管都不知道该在哪里迈腿，但走路无疑是最节省时间的。

听闻月光集市的大名，对我跟汤姆来说，不是其过往的繁华和现今的拥挤，而是得益于2009年出的一部电影《月光集市到中国》（*Chandni Chowk to China*）。影片由印度宝莱坞和美国华纳兄弟联合出品，讲述了在月光集市上的一名切菜手西杜，好高骛远，不满每天琐碎的小人物生活，整天请神算命，甚至把有着"象鼻"的土豆当成象头神伽内沙膜拜（典型的印度教信徒的生活，在印度连大树的根都会被形象地画成伽内沙）。一日，两个来印度寻找英雄转世的中国人，误把前世为"蚊子"的西杜带回了中国。由此西杜开始了中国奇遇。

没看之前，我很开心也很期待。那时候，只要听说我来自中国，无论大人小孩都会不约而同地唱起 "Chandni Chowk to China"。在异国他乡遇见那么多人唱着China，是多么让人骄傲和自豪。一部宝莱坞电影为印度百姓开启了一扇特别的中国大门，一下子拉近了我们彼此的距离，中国和印度的距离。后来在孟买，我们毫不犹豫地买下了这部影片的正版碟。等到旅程结束，时隔一年，才真正有时间坐下来静心观赏。影片的开头还好，但越往下看越郁闷，甚至让我们都有着“自刎”的冲动。实在是太无聊了。且不说故事情节的荒谬无逻辑，光是地理转换就乱得一塌糊涂。一会儿长城上海，一会儿是不知几百年前的偏远村庄，一会儿又是千年古刹海域小岛，不知道的人还以为这些地方都在一起呢。

影片中，涉及中国的一小部分据说是上海电影制片厂完成的（这段歌舞宣传片倒是不错，颇具观赏力，估计这也是本片唯一能在中国拍摄并通过审批的地方），其他基本上都是在泰国曼谷完成，村民们穿着古怪的旧衫，感觉像是穿越了时空。难怪之后我们碰到的一些印度人都觉得中印生活条件差不多，甚至还没有他们国家好呢，估计都归功于这部“好不容易”得来的印度烂片。这居然还是华纳兄弟第一次合作的印度电影，真是让人大跌眼镜！空借了“月光集市”的美名！

天文台的眼泪

坐落在花树之间的红白相间的古天文台，建于18世纪初，今天看来仍然颇有超现代艺术风格，如今是游人休憩的一个小公园。

2009年11月19日，在这个景致幽雅的公园里，所有的宁静都被打破。这一天，一万两千多名甘蔗种植农从北方邦四面八方赶来，为抗议政府低价抑制甘蔗销售游行示威。

当时我们正在康诺特广场的麦当劳吃早餐。游行的民众举着甘蔗浩浩荡荡地走过，道路两边全是警察。我们不清楚状况，以为是什么特殊活动，也一路跟随，来到聚首的大街。此处人声鼎沸，台上打着横幅，领导正举着话筒讲话，底下是席地而坐的农民，聊天的聊天，打扑克的打扑克，忙得不亦乐乎！

我曾看过一本书《平衡》，里边提到印度一旦有什么政治选票之类的活动，就会上偏远地带拉来一车一车的农民充场面，只需给几个卢比和一点吃的就打发了。而且不是出于自愿，一律强制逼迫，不去都不行。虽然书上描写的情形发生在几十年前（1975年至1984年），但与眼下这一场景似乎很吻合。不过若真是这样，多无聊啊！

人一多，就让热爱摄影的汤姆开始兴奋，他们看到汤姆拍摄，情绪也特别高涨。他们是在抗议游行，首先需要的就是各方面的关注以发挥最大的效力。汤姆想凑热闹。我呢，扎在一堆男人中，很是惶恐，于是又一个人回到了麦当劳。

街上的农民依然不断走过。时间一点点过去，麦当劳玻璃窗外的铁门被员工逐一拉下，只剩一个门开着供出入。我独坐了差不多有两个小时，一直快两点汤姆才回来。期间一个乡下模样的印度老头不顾门卫的劝阻，放着其他的空位子不坐，非要跟我坐一桌。我面上若无其事，心里却直打鼓。情势下的害怕。

因为我想吃大块的炸鸡，印度的麦当劳又没有真正的鸡肉，所以我跟汤姆又换到了康诺特广场上那家新开的肯德基。饱餐之后，才发现肯德基的大门也早已关上，只能从厨房的后门穿出去。詹巴特街的所有商店都已关门大吉，连广场的空气似乎都凝结了。当下，我们也不敢逗留，匆匆回了旅店。

第二天，真相大白。原来在下午解散的时候，一些甘蔗农年轻气盛，为了发泄内心的愤恨不满，开始破坏周围的公共设施，袭击就近的商店，还强迫餐馆提供免费餐，场面愈演愈烈，吓得大家都关了门。

记得汤姆当时回来兴高采烈地跟我说，天文台居然打开了后门，任谁都可以免费进去。要知道天文台的外国游客门票要一百卢比，而本国人只要五卢比，事有蹊跷。后来才知道天文台的后门也是被人砸开的。不但如此，闹事的人还在草坪上点起了火，更不用说在百年文物上随地大小便了！

这都不是一个“惨”字能形容了！最难以想象的是，这一切的一切就发生在警察的眼皮底下。但他们只是袖手旁观，估计不敢管，也管不过来。

这一天，我想，天文台也有了眼泪！

五光十色的主要集市街

主要集市街是一条汇聚了中低档旅店的购物街道，也是世界各地背包客云集的地方。不论是购物还是住店，都是游客的不二之选。商品琳琅满目，应有尽有，价格要比詹巴特街便宜得多，尽管那附近有中国西藏用品市场和绣毯街。住店更是各种价位都有，能满足不同游客的需求。街对面就是新德里火车站，交通方便。可谓天时地利人和。

印度人开门营业晚是众所周知的，即便在主要集市街这种除了外国游客还是外国游客光顾的地方，也都是早上十一点左右。有天正是那个时候，背包的拉锁突然坏了，不能敞着满满一包东西就这么上街吧，那岂不便宜了小偷？之前就遭遇有小偷拉开拉链，幸好我发现得早，一声吼吓跑了人家。

我们找到一家已经开门的卖包铺，挑选背包。正仔细检查里边的装置（对背包客来说，包的实用性最重要）。居然听到老板没好气地说现在只能买，不能看，还没营业，要看下午来。不是吧，找上门的生意居然还这么对待。后来见识得多了，知道印度人并不把顾客当上帝。他们的生意经很差，多数不还价，更不知道薄利多销，态度也不好。可是汤姆不接受，举着双手念念有词，煞有其事地下了咒，叫这位店主永远没有生意，再生无数个女儿，差点把我笑死。估计这是在印度骂人最狠的话了。在印度，女儿可真是赔钱货，要准备一大堆的嫁妆才行，不然会没人要的；穷人家尤其如此，嫁女儿可是人生一大愁。所以如果汤姆的话灵验，估计店主是会哭死的。

话说回来，主要集市街可买的东西真是太多了，如果回家的最后一站是德里，那所有需要的小礼物纪念品都能在这里一站式置备全了。我喜欢印度教众神的美丽贴纸，汤姆喜欢众神的铜像，每次都挑上许多。另外一样是孔雀羽。

孔雀是印度的国鸟，宝蓝孔雀羽华丽如丝缎，让我爱不释手。

第一次回家时不确定海关能否通过，只买了六根小试，借着“顺”字顺利带回家。再次回家，买了五十根，可想我有多么钟爱了。过印度海关时，机场人员热心地帮我用报纸包起来，还慎重地盖了两个海关章上机。从上海浦东出关时，有一点点羽毛从包里露了出来（我第一次都没打包，就那么举着大摇大摆进的），结果被工作人员一把抢了过去，二话不说没收了，称动物原毛不得进口入关。尽管我有印度海关的出口检验章，但工作人员坚称他们无法检验，必须没收销毁。可怜我那五十根孔雀羽，不知今日花落谁家？

主要集市街有很多男女老少专门从事绘制“海娜”的工作。海娜是一门手绘人体艺术，通常绘在手上。画师用一种名为海娜的天然植物制成的棕黑色泥料，随心所欲地画出美丽妖娆的图案，能在皮肤上停留数天。价格从一百卢比到一千卢比不等，视图案的繁简而定。

海娜的由来源远流长，有着好几千年的历史，在东西方很多国家盛行。节日到来之际，女子都会以海娜盛装欢庆。在今天的印度，婚嫁之时，女子一手美丽的海娜是至关重要的。就是平日里，爱美的女子也愿意手上满满地涂着海娜。

第一次从印度回家，我特地在主要集市街找人画了左手，从指尖一直画到胳膊两侧。画师先上油作底，画完后二十分钟左右吹干，再上油以定形色，之后让泥料在手上停留两三个小时，方可洗去。画泥被装在一个圆锥形的袋中，从顶端小口中挤出来，细腻柔和。可惜我的这位画师把口给剪大了，流量太大，画泥很快就在我手上塌了下来，成了一堆烂泥。虽然画师又重新以简单的图案覆盖，仍不理想。我一夜都没有洗去画泥（不想画泥层层渗透，透过我垫着的长围巾把旅店的床单浸染了），但效果还是不尽如人意，颜色很淡，与在印度人深暗肤色上都很明显的海娜效果比起来，我的完全就是失败之作。本想臭美一番，却被老爸说手太脏，洗干净才好。可真是弄巧成拙，文化的不同！

住店“心”体验

第一次进印度时，我们提前在网上预订了酒店和接机服务，究其原因，还是打心底不了解印度。哪怕是去过墨西哥、古巴，甚至独自游遍中美洲的汤姆，也不知道会在印度面对些什么。安全到达并入住一个舒服的酒店，至少能让初来乍到的我们有个心理缓冲。

酒店周围的街区嘈杂破乱，没有看见一个外国人，顿时我的心里开始发慌。直到在酒店遇到了入住的其他外国人时，才感到些许安慰，就像抓住了一根救命稻草。在之后去的每一个地方，有没有外国人就成了我衡量安不安全的标准。好在印度真的是一个旅游大国，外国人随处可见，走了那么多地方，好像还真是没有一个地方没见到外国人的呢！不用说，安全是有保障的。

房价一千六百五十卢比，接机费用六百五十卢比，换算过来差不多合人民币二百五十元和一百元。这在国内算不上什么，但在印度可是一笔不小的费用。尤其是我们在印度旅游了一段时间充分认识了卢比的价值后，对花如此价钱用于住店打车还真是很心疼。

来瞧瞧我们的房间吧，不大不小，很老式的感觉，配有电扇、电视，洗手间带淋浴装置，还放着一个大桶和一个小桶杯，那时不明白到底是做什么用的，看上去是个很普通的宾馆房间。对于洗手间我们很是好奇，早就听说印度人上厕所不用纸，方便后只是用左手接水冲冲。之前在机场的卫生间看到有方便后的冲水装置，这里也有。不过这种装置好像暗藏着多个机关，有多个出水口，一不小心，水就喷到了脸上，好恶心！酒店也提供卫生纸，质量就别挑了，有就已是高级。也别担心，在印度很多地方都卖卫生纸，不过落层灰贵点而已，质量将就下就好了。所以每次我们都会从国内带上一堆面巾纸和湿巾纸，以备不时之需。湿巾纸在印度是稀罕物，鲜有看到。在这个不时需要用手吃东西却不见人洗手的地方，是非常有必要的。

印度没有地方提供热饮用水。洗澡也是，有热水是万幸，没热水很正常。我们每次登记入住时都会特意问一句洗澡有没有热水。还有一个细节是，洗澡的水是不是从管子里经喷头出来的。事实证明好多旅店都会用桶提供热水，也就是Hot Bucket，而不是Hot Shower。这才明白厕所里大小桶的功用了，除了用来洗衣服，也是用来提热洗澡水的，然后一点一点用小桶杯把水舀起来往身上冲倒。

更绝的是，一些旅店的卫生间有热水淋浴管，只是偏偏不流经那种高高在上能让人站直了的喷头，只与一米高、透出墙体十多厘米的简易水龙头相通。蹲着、贴着墙、将就着洗热水澡，还算是幸运，否则只能一杯一杯地接了兑上凉水洗。

还有至关重要的，一些旅店的洗澡热水只维持五到十分钟。夏天还好，大冬天可就遭罪了，刚热身就转凉水，每次都得速战速决。

换钱之痛

在国内，人民币不能直接兑换印度卢比，我们到达德里机场的第一件事就是把美金换成卢比。当时汇率是一美元换四十五卢比（一元人民币相当于七卢比）。

第一次我换了两百美金，当时没注意手续费，因为在国内最多就收五十元。第二次换了将近一万元人民币的美金，虽然当时汇率很低，但也没考虑那么多，后来才发现竟然损失了七八百元人民币，大大出乎我的意料。德里机场的Thomas Cook不但没有提示需要支付的任何费用，甚至连汇率都不曾提及。我想每个地方应该都差不多，机场至少要比外面那些纷杂的换钱点地道，没想到印度还真是机关重重，连机场银行也不例外。就这样，我们白白损失了一大笔钱。差不多一个星期的生活费呢！痛心，也不甘心，我们打电话到孟买的银行总部，他们居然也一问三不知。最后查证，对方唯一能给出的解释是在机场！

可是这又能怪谁呢？要知道，在印度这样的旅游大国，到处都是换钱点，哪怕小小的旅行社都可以，方便又可靠，而且不收取任何手续费。唉，这笔损失权当我们为印度机场做贡献了！

“三教九流”的交通

在机场，如果没有安排接机，可以使用二十四小时出租车预付费系统，价格公道，还省心省力，避开了尔虞我诈的麻烦，即便是大半夜第一次到印度，也可以大胆地使用。晚上的费用要比白天高一些，比如到主要集市街，白天是二百五十卢比，晚上就要三百四十四卢比。

第一次跟随接机人员来到停车场，眼前是一片狼藉，车子又小又破。一拉开面包车的车门，一股怪味儿扑面而来。

白天机场有公交到康诺特广场，五十卢比，半小时左右，非常便捷。车子前部也有专门放行李的地方，每个包加收五卢比。

印度的三轮车有分机动Auto-rickshaw（我们更爱说Tuktuk，发音更简单，或者直接Auto就可以了）和人力Bycle-rickshaw两种。在德里乃至整个印度，到处都是这两种车子，很方便。机动三轮车也有预付费系统，但不是每个地方都有。于是价格总是让游客头疼不已，不诚实的车主漫天要价，有时还不拉你去目的地，初来乍到、不了解行情的游客免不了被痛宰一顿。我们的经验是人力车骑半个小时以上在三十到五十卢比之间（视不同城市而定），行程在六七公里，起步价则要十卢比。机动车稍微贵一点，但也只是贵一点点。例如从康诺特广场到德里国际机场，三轮机动车要一个多小时，预付费在一百一十五卢比，我们自己找的车开价也不过一百六十卢比，很便宜。

有一次为图省事，我们直接付了旅店二百五十卢比，包车从主要集市街去机场。开到半道，面包车居然没油了，可恶的司机竟然没钱加油，更没钱另外找车，甚至还没手机联系后援。倒霉的事全让我们赶上了，而我们还急着赶飞机。无奈中我们把手机给他，可他说了半天也没说出个所以然。偏偏过往的出租车都是满载，我们打电话到旅店也没用。直到看我们火大时，司机才拦下一辆机动三轮车，却要我们自己掏钱，真是欺人太甚。最后他也顶不住了，掏出身上所有的七十卢比付了车费。想不到吧，还藏着钱呢，可恶！不过，印度的车子真是从来都没有加满油的，总是载了客之后再去加油，让客人等着，很失礼。

德里也有地铁，是继加尔各答之后第二个拥有地铁线路的印度城市。德里地铁开通于2002年。我们在印度的这一年里，机场线路（开通于2011年2月）和新的德里国际机场（2010年7月正式启用）都在修建中。我们从康诺特广场坐到集市区，一站地，八卢比。可进站要排长队安检，坐地铁的人太多，条件又一般，也不够高阔，压抑得让人透不过气来。我们宁愿坐车，还是地上好。

邮局体验

头一次来印度，三月初的天气，从家穿来的厚毛衣外套，到印度根本就用不上。三月的德里不是阳春三月，而是骄阳似火。

于是，去康诺特广场邮局把衣服寄回家。没想到，寄东西的手续还挺麻烦。首先，负责包裹的不是邮局，而是门口卖明信片的男子。其次，这里没有箱子。一个白纱布布袋，由男子当场手工缝制而成。同时还须填一式两份的邮寄单。等一切完毕，我们回到邮局，又被要求附上护照复印件。于是我们按照指示拐入右手边尽头的一个小巷里，花一个卢比复印。

尽管印度的邮政系统看上去不尽如人意，但我们每次邮回家的东西都很安全地送到了，速度也挺快，十天左右就能到。

平民电信

在印度只要看到STD/ISD，就表明可以打电话。STD表示国内，ISD是国际长途。这样的地方很多，价格也不是很贵，一分钟国际长途二十卢比左右。我的全球通打回国内一分钟需要人民币二十一元。

长期旅行需要预定旅店，咨询信息，同时为了保障突发事件时的安全，有随时可以拨打的手机是非常必要的。而且，中国的手机制式在印度完全适用，只需购买一张印度的手机卡就可以了。

在康诺特广场的Air Tel电信，我们花了九十卢比买了一个号。这里也需要提供护照复印件，并填写一张号码申请购买表。有了手机卡，还需等待二十四小时方能充值。在印度充值不是买一张充值卡就可以了，而是要去电信公司或一些专门提供充值服务的小卖部，给他们手机号，由其在一个特定的手机上输入号码，充值成功后会有短消息提示金额。充值的金额也并不是真正的最后花费，需要扣除一定额度的手续费。例如充值五百卢比，基本上会少二十到三十卢比。卡号漫游时，扣除的手续费要多一些。

德里的机场好像存心跟我们过不去，换钱损失了七八百元人民币，在Air Tel充值又把五百卢比充到了别人的手机上。当时我们充一千卢比，需要分两次操作。第一次输对了，第二次手误颠倒了一个数，成了别人的号码。工作人员说电脑指令已下，无法撤销，除非收到钱的人自动退回来。可是，这样的概率会有多大呢？

所幸从德里打电话回家每分钟只要八卢比。虽然手机一直在漫游，但这相当于一两块人民币的价格，跟我们的国际长途每分钟二十一块钱相比，怎么都值了。随时随地都能沟通，真是太棒了！

马图拉，克里须那的诞生地

从德里坐车到马图拉，头一次领略印度的路边风情，虽杂乱无章，倒也新奇快活，一点儿也不觉得糟糕。街边的水果排列得整齐又好看，橘子垒得像艺术品般高雅，香蕉金黄迷人，五花八门的零食让人眼花缭乱。卖艺的小女孩穿梭在汽车间，肢体灵活地前后空翻。行人不停地上车下车，热闹非凡。

一到马图拉，首先映入眼帘的是车站闲散的神牛，四处溜达着，居然比车子还要多，让我们直观地感受到了印度神牛的无所不在。牛乃印度教神物，印度教又是印度的国教（很多中国人都认为印度的宗教是佛教，这其实是一个误区。佛教虽然发源于印度，但到了今天信奉的人已寥寥无几），如此不难想象为何神牛遍地了。

不论是在汽车站里还是繁忙的大街上，它们都无所顾忌地在车前人后任意行走，想躺下时就躺下，随便翻着垃圾堆，甚至走着走着就拉了，一点也不受限，是真正的随性。

克里须那·詹马斯坦神庙

马图拉是古老的印度教圣城，也是克里须那的诞生地。克里须那是保护神毗湿奴的第八化身（创造神梵天、保护神毗湿奴和毁灭神湿婆为印度教的三大主神），主爱和喜乐。

克里须那·詹马斯坦神庙正坐落在传说中克里须那出生的地方。不管是白天还是夜幕降临，神庙前永远都排着两条长长的队伍，从各地赶来的信徒耐心有序地等候入庙。男女各一边，就像大姑娘的两条长辫子一直甩向街的尽头。

炎热的中午，太阳直射大地，我们跟随人群过安检入内。这是一天中唯一人少的时候。男女皆需分开检查，包、手机、相机都不能带入。进门是一个开阔的院子，里面有免费的食物，也有克里须那的纪念品售卖，还有供人休息的地方。真正进入寺庙一定要脱鞋（有免费的存鞋处）。跟着人群，迈过台阶，穿过一些房间，撞过一些小钟，经过一座特别供着克里须那神像的小屋，最后来到挂着克里须那和拉答以及众多牧牛女画像的大厅。

拉答是克里须那儿时的玩伴和爱人。第一次看到克里须那和拉答的画像，我还以为是两个大美女呢，都有着绝美的面容和相似的华服（印度教的神似乎长得都一个模样，饱满的天庭、凸出的大眼、高挺的鼻子、丰润的双颊，加上丰厚性感的双唇）。好在克里须那总是吹着笛子，头插一支孔雀翎。有时又是个胖嘟嘟的可爱娃娃，有时还是蓝色的，但不管是坐着的还是趴着的，都是克里须那。

大厅里，人们席地而坐，休憩膜拜，女人们欢快地跳起了舞，一片喜乐。在印度这样虔诚的宗教国家里，人们的生活都围绕着宗教和神而来，虽然贫穷，但因为信仰，内心丰盈而快乐。

马图拉不仅是印度教圣地，也是佛教寺宇的殿堂，到处布满了神庙宝物。11世纪初，在阿富汗军队的侵袭下，悉数被毁。马图拉也是印度最早的两个佛像雕刻中心之一，其古典主义审美的造型风格影响了包括我国在内的很多国家的佛像风格。今天，这些辉煌似乎都只能在马图拉的博物馆里领略了。

话虽如此，但过了圣门来到亚穆纳河边，再迂回穿梭于老城古街中，不得不被这里的老房子和雕刻所震撼，整面整面的石雕精美绝伦，流畅的线条不曾随着时间的流逝而退去。老房老街，古寺殿宇，缓缓流淌的亚穆纳河、岁月沉淀的沐浴台阶和自由自在地生活的猴子，安静祥和。

在马图拉以北十一公里处，坐落着另外一座古老的城市布林答般。它是克里须那和拉答游乐的地方，至今仍完好地保留了无数座印度教神庙。布林答般星罗棋布的街道更像是迷宫，轻易便让我们迷失其中。

圣城的另一体现就是随处可见的印度教苦行僧萨都。在马图拉亚穆纳河沿岸的古庙前，一身黄衣的萨都静静盘坐，一不小心还以为是融入古宅的雕像。他们的头发通常都搓成了无数条小麻花绳，绑起来盘在头顶，长长的一圈又一圈，加上长长的胡子，别有韵味。难怪很多背包客尤其是嬉皮士，不管男女都会模仿着把头发搓成麻花绳。

布林答般外的街边，三五成群的萨都席地而坐，群体吸大麻。萨

↑“Happy Holi!”圣城马图拉胡里节的狂欢

↑从北方邦赶来参加甘蔗游行的农民

↑旧德里闹市区如吊兰般交错横行的电缆线

↑泰姬陵，漫步的新婚夫妇

↑泰姬陵，爱的象征，建于 1632 年

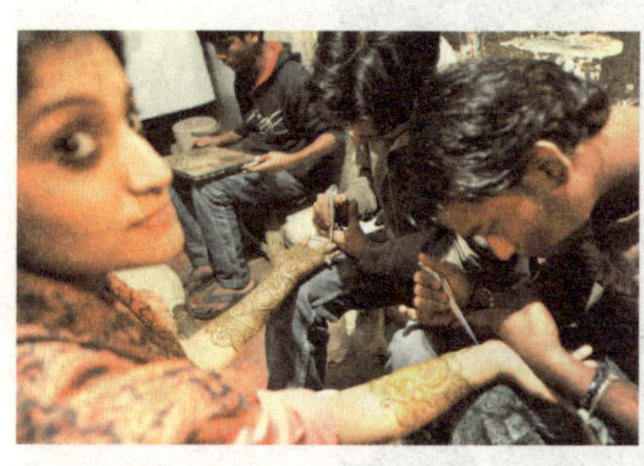

↑女子手上的曼海蒂，以海娜为颜料的人体手绘艺术

↑德里市中心，街角的老式二手书摊

↑薄雾微光中的恒河沿岸
晨曦中的恒河祈祷

↑恒河边的夜晚普斋

↑恒河渡岸的印度教信徒

↑戈代加讷尔：避暑山庄里的可爱小红帽

↑潜心修行的苦行僧萨都

↑恒河上岸街里的各式招牌

↑古努尔：清晨采摘茶叶的女子，尼尔吉里丘陵盛产红茶

↑科瓦拉姆：摘椰子喽

↑科瓦拉姆：渔民不易。几十个男子 + 数个小时 + 九牛二虎之力 = 一兜小鱼

↑肯尼亚古马里：印度的第一缕阳光，日出祈福

↑肯尼亚古马里：日落晚照下的渔村一角

↑马杜赖：南印度传统达罗毗荼风格的米纳克希神庙

↑乌迪比：游神车，车里端坐的是神克里须那

↑乌迪比：（通常在心愿达成后）神庙里，印度教信徒用米粉画几何图形的古拉姆图案

↑特里凡得琅：神清气爽的出租车司机

都吸食大麻，据说是为了专注于精神上的苦修，同时也被认为是与湿婆在灵魂上的结合。路旁，只有两三平方米大小的房子里住着当地的巴巴（Baba，普通大众对萨都的尊称，但有别于普通修行的萨都，“巴巴”还有老师引导的意思）。他们瘦骨嶙峋，光着上身，下身只围着一小块布襟。也许这正是世外之人超脱的另一种境界吧。

疯狂洒红节

洒红节，即胡里节，是印度人挥洒颜色的节日，在每年的二三月间举行。洒红节标志着印度新春的来临，从这之后天气也就炎热起来。节前两三天氛围就很浓郁了，所有的人不分等级、贫富，相互抛洒五颜六色的粉末，或调入水中相互泼洒，举国欢庆。街上的每一个人都成了追逐的目标。挥、洒、喷、抹、倒，所有的色彩都淋漓尽致地渲染开来，让本就绚烂多彩的国度灵动跳跃起来，人成了最佳的艺术品。

在全印度最推崇洒红节的马图拉和布林答般，庆祝格外隆重和热闹。每年前来朝圣的信徒多达几十万，无数的外国游客被吸引。

我们在三月初赶到马图拉，正是为一睹这疯狂的节日盛况。随着时间临近，一切都开始预热。早晨四五点，街上的音乐就开始劲爆。

我们接到的第一抹红，是在布林答般城外空荡的街道上，当时还没意识到什么，只觉得身上湿漉漉的。刚想大叫，就看到我的手上和书上星星点点地沾上了紫红色，像花儿一样绚烂绽开。原本的一点点懊恼因为节日气氛的感染而欢快起来。

在布林答般的大街小巷，我和汤姆成了所有人追逐的对象，尤其是我。这种时候，外国女孩似乎更为惹眼。不管是过往的行人，还是开摩托车、汽车的，都会在我身旁停下，有的透过车窗朝我身上抛粉，有的径直下车跑过来。真的有人索性把一大袋的粉末全部扣在了我身上，他们倒是爽快了，可怜我，本是很开心地体验这疯狂一刻，却因粉末入了眼疼得流出了眼泪。洒红期间，为了加重色彩的鲜艳度，一些粉末会特别添加化学物质，伤害很大。虽然也有好心人舀水给我冲洗，但偏偏我戴的是隐形眼镜。小孩子淘气，直接用水枪，更淘气些的小男孩出其不意，用特制的小铁罐“嗞”的一下袭击我的后腿，顿时让我觉得触了电。他们很快乐，我却无奈地“啊啊”狂叫。

这一路，我们狼狈得犹如过街老鼠，狂奔不已，却还是躲闪不及！

布林答般的班克比哈里寺，是真正的狂欢之所。寺前被挤得水泄不通，每个人都早已看不出真实模样，披红挂绿，地上更像下了暴雨一样湿透了。进庙要脱鞋，人们随意把拖鞋扔在门口，只有我跟汤姆不敢，谁让我们只有一双昂贵的徒步鞋呢？于是，汤姆进去，我看鞋，坐在人来人往的大门口，傻傻地、带着视死如归的气概接受大家毫不吝啬、大把大把的粉末。之前在大街上的惨状，到了这里就是小巫见大巫了，我的头上脸上身上全部是粉末，抖下来都可以论斤卖了。倒是有人同情地看着我傻笑，也有人献给我一两朵鲜花，还有人给我从寺庙里拿出来的由树叶包裹着的点心。

圣殿里，所有人都玩疯了，节日成了狂欢的战场，烟尘迷雾，一片狼藉。豪放的“Happy Holi！”声此起彼伏，心情畅快无比！

晚上回去时，我和汤姆从头到脚都红彤彤的，早没人样了。不说洗衣服了，光是洗头就让人伤神，因为都抓不到头皮，全是一层厚厚的粉。好不容易洗完，头发干涩得像稻草，头皮和身上的红更是需要连洗好几天才能褪尽。我们为汤姆的相机做了相应的防护，套上了一层外衣，但最终也没能逃过粉末的侵袭。

印度游历正巧一年，第一次去印度为赶洒红节，一年后离开又在尼泊尔加德满都经历了一场尼泊尔洒红，是冥冥中注定还是机缘巧合？两个比邻的国家庆祝洒红的时间基本是一样的。

尼泊尔的洒红节提前一个礼拜就零星开始了，先是小孩之间用水袋互相追逐，游客相安无事。但随着时间不断临近，全民参与，我们也跟着卷入。跟印度庆祝的方式不同，这里不是撒粉末，而是扔掷水袋。巴掌大的塑料袋里装着一袋子水砸向行人，生疼生疼。最酷的是很多人都埋伏在五六层高的房顶上让水袋直落而下，路人除了一路狂奔以外，别无他法，更不用说还击了。即使坐在人力车中，路边的小孩依然能从夹缝中投中我们。最最惨的就是头上遭遇了，强大的冲击力差点让我哭出来，汤姆为此还摔了一跤。偏是在这节日的氛围下，还恼不得。玩的人袭击完，痛快地喊上一句：“Happy Holi！”

比起印度洒红，尼泊尔少了许多色彩，多了一些粗蛮。尼泊尔洒红的乐趣绝对不是重在参与，而是在楼顶上看着楼下行人的惨烈“中弹”。这一天，泰米尔（加德满都世界游客的集中地）所有的楼顶都是全面埋伏，全副武装，没有行人的时候就彼此袭击取乐。这一天，店铺基本上关张大吉，“愚蠢”的开着的一两家总是不可避免地遭殃。这一天，“水弹”过火的地方，都出动了武装警察，甚为壮观！

面对同一个洒红节，我的反应截然不同。在印度，当彩粉扑来时，再多我都能快乐地回应；但对于尼泊尔的水弹，真是让人疼得忍无可忍，想骂人了。比之尼泊尔，印度洒红节要多彩有趣得多，尼泊尔的更像一场“力量”的博弈！

我被亲，汤姆被耍

印度的甜点花样繁多，且都甜得发腻，以至于我这个喜甜的江南女子都无法恭维。我们爱吃的也仅限于潘图儿和杰乐比两种。前者是深棕色的奶球，后者是橘黄色的面粉圈，都在糖浆里炸过，热气腾腾地吃下去最美了。

在Jagannath Puri街上，有家很干净的甜点铺。因为第一次看到，什么都觉得新鲜，我拿起相机咔咔拍起来，引得旁边一位印度妇女强烈要求我给她照相。完了，她拉起我的手亲了一下，还示意我回亲她，嘴里不停地嘱咐一定要保留她的相片，一定要记得她！这个奇怪的吻手礼，在我之后的一年中都不曾再碰到过。对于这个“上礼”，我很受宠若惊，有点傻，有点反应不过来。

比起我的被亲，汤姆就比较惨了。第一次喝拉昔（印度的酸奶，北部很常见。这里很别致地飘了一片红玫瑰花瓣，尝起来甜甜的，带着玫瑰的香气），竟然被人耍。在印度，拉昔大多是用陶土杯装的，吃完一摔就好了，一次性使用。明明只是陶土烧制的土红杯子，却被一人说成是可以吃的。尽管汤姆很狐疑，还是小心翼翼地咬了一点点，除了那一股子土腥味，什么味道都没有。当汤姆用求证的目光望向店家老板时，老板居然用手指了指脑袋，示意我们那人精神不正常，真是晕菜。

疯狂“小色鬼”

来印度之前，就听说一些印度男爱骚扰外国女性，所以建议女子不要单独行走，最好有个伴，最好是男伴，并以夫妻相称，我和汤姆就是。在印度只有已婚妇女才会受到尊重，单身女子柔弱无助，这就成了他们的机会。对于“骚扰”，大家都只能差不多就算了，不能太较真。只是怎么也没想到，为了在马图拉经历疯狂的洒红节，我竟然遭遇了疯狂可笑的“劫色”，围攻我的还是一群半大不小的孩子！

跟汤姆一起旅游，为了见识更多的当地风情，总是要徒步走很多路。再者他总爱开辟小道，不走寻常路，这在印度很多时候就成了一种历险。这一日，从马图拉到老城亚穆纳河边，我们照例没走大道，而是挑了同一方向的一条小巷穿行。小巷看上去很破乱，不一会儿一群小孩围上了我们。刚开始还好，只是要拍照，看完照片后又开心地在我相机前挤，来来回回，好像总也照不够。我们也乐得撒开了照。在印度，相机是最好的媒介，总能轻易拉近人与人之间的距离。印度人实在太喜欢照相了，光是看到他们自己的影像就能乐上半天。

很快，人越来越多，最后发展成几十个小男孩追着我们走了好几条街，场面开始失控。小孩子居然开始抓我，还挑逗地摸我屁股，紧挨着我的居然还莫名其妙地充当起了护花使者，搂着我大言不惭地说是保护我。那一刻，我真是手足无措，轰也轰不走，逃又逃不掉，恼也不是，骂也不是，因为都是些十一二岁的小男孩，还不过我的肩高呢。噩梦一样。还有个可恶的小鬼喷了我一屁股的紫水，气得我都失语了！

虽然也有大人试图喝止这些小孩，但无济于事。汤姆本来还在后边拍着照，场面失控时，也只能无奈地跟在后边，双手还得护着相机。就这样，我们快步跑向主路大街，男孩们依然穷追不舍。

幸而一辆机动三轮车适时出现，来了场英雄救美，这才脱离困境。我刚对车上三个男人心存感激时，旁边的那人竟然开始蹭我的脸，还妄想亲我。不是吧？出了虎口又入狼窝？

就这样，我沮丧懊恼了一下午。没想到，这一天的境遇还没完。傍晚从布林答般坐车回来，居然又被十四五岁的小司机揩油。敢情这一天“色魔”都出场了。估计是节日的氛围让所有人都失了控，无所顾忌起来。怪不得在马图拉老街游走时，一个热心中年人特地提醒我们，一定要提防小孩。

游历印度一年，我们发现这种不大不小的男孩最难对付，他们就像是无人管教的顽劣猴子，到处闲荡惹是生非。真是气煞人！

可怕的火车之旅

在印度第一次坐火车是在马图拉，目的地瓦拉纳西。

由于赶上洒红节，我们自己买不到票，找了家离车站较近的旅行社代理。二等卧铺，两个人八百零六卢比，外加手续费两百卢比。代理人员很热情，借着洒红节的高涨氛围，欣然给了我和汤姆两个大拥抱，完全忘了那满身的红彩。

在印度找旅行社买票很方便，到处都有背包客的行走足迹，多的是帮忙买票的代理点，手续费从二十、五十到一百卢比不等。有些是电子票，但都采用实名制，在车厢上也会有座位布告栏帮助识别。

火车是晚上十点。第一次去印度的火车站，心里不踏实，八点我们就到了车站。马图拉的火车站地处荒郊野外，漆黑的夜里，车站里到处都是人，横七竖八地在地上躺着，更像是一个乞丐收容所。车站不查票，上车才检票。没有候车室，直接去往黑咕隆咚的站台。站台上所有的人席地而坐，脚边堆着包裹行李。可怜我们也不知道去哪儿上车，好不容易才找了个警察装扮的值守人员咨询（在印度，我总是搞不明白身着黄制服的人到底是警察还是士兵，这两者到底有没有区别，因为他们几乎都佩枪，琢磨到最后反倒自己连最初的概念都混淆了）。

九点，来了一列破旧漆黑的火车，没有一盏灯亮着。热心人说，这就是我们的车。再一看停在跟前的车厢就是我们的S1，庆幸免去了奔跑的慌乱。可是车厢门居然锁着，上车的人顿时跟炸了窝一样，疯狂挣扎。很快有人从车窗爬了进去，把门打开。我们惊悚疑惑地跟着人群挤上了车，黑灯瞎火，都看不清楚铺位号。头顶的风扇也纹丝不动，人们窜来窜去，我们在黑暗中惊魂未定。原以为二等卧铺很舒服，现在看来简直就是进了难民营。

终于，灯亮了，风扇也转了。过道左右都是上下铺，铺位上满满的都是人，根本不是一人一个铺位。再看地上，也满是人。每到一个站，就见呼啦下去一堆又上来一堆，一晚上都没消停过，嘈杂不堪，但就是没见着一个查票的。

三月的印度北部，早晚有点凉，可把火车上的我俩冻得够呛，印度人倒是都准备了毯子。虽然他们穿着破旧，带的毯子都很干净，看着很温暖。一路上是醒了又睡，睡了又醒，蒙眬间总是一地的人。我们的大包都搁在下铺床底，用链条锁着，这是在印度坐火车的基本常识，印度人也是这么做的。除此，还有一个超大电脑包，装着电脑和我们一路上消遣的书及一些小东西，另外是一个很沉的相机包。这两个重要物件每次都跟我睡在一起，床头一个床尾一个，虽然不是很舒服，须蜷缩着保持同一个姿势，时间长了半个身子就疼，胳膊也麻，但庆幸的是还放得下（就跟坐人力三轮车一样，要在两个座位空间里堆下所有的包，外加我们两个大人，就跟小山堆一样。包的摆放也成了技术加艺术。机动三轮车要稍微好些，空间大一点）。

半夜，可怜的汤姆遭遇拉肚子，跑去厕所，里面脏得一塌糊涂。印度火车的厕所有两种，一个是西式的，也就是坐便，但没有盖；另一个是印度式的，其实就是国内的蹲式。每次，我都选后者，因为不会有身体上的接触，当然两者都不乐观。

印度火车停的站很多，间歇也很长。很多人都会下车走一走，车开的时候再跳上来。火车门多半都敞着，卖东西的小贩不时上蹿下跳，身手敏捷得让人佩服。

瓦拉纳西，恒河文明

坐落在恒河河畔的瓦拉纳西，相传由毁灭神湿婆建立，自古就是印度教的中心圣城，有着“城市之光”的美誉。恒河文明在此孕育而生。

发源于喜马拉雅山脉的恒河，是印度的母亲河，也是它的宗教圣河。话说恒河是天上恒河女神的化身，恒河女神有着超凡净化的能力，所有罪孽污垢一经她的点触，都会得净洗脱。古时，国王们为了超度罪孽深重的先祖，在几代人的虔心努力下，终求得女神下凡。虽然这只是印度教的神话，却道出了恒河在印度人心中举足轻重的地位和不容亵渎的超凡神力与魅力。

走过繁闹的街市来到恒河边，沿着一座座古老的建筑漫步在无尽的石阶之上，看着大人沐浴洗衣，孩子拽着风筝嬉戏，荡舟之人顺水而下，这一端的凡间生活生机盎然。另一端却又是生命的终结处，人生的最后一站——火葬台。两者紧密相连，让人感慨这里所传承的古老生活方式和神奇的信仰。每年都有无数信徒不远千里赶来，在恒河水中洗净罪孽，也期望死后能在这圣洁之地火葬。

来到瓦拉纳西，真的就像来到了天堂，无数的背包客在这里徜徉，不同的语言在这里交汇。尤其日韩年轻人更是多得不得了，感觉就像长年驻扎在这里。街边林立的小店店员动辄日韩语齐上，可惜很少有人会猜我是中国人，虽然这里是游客必经的瓦拉纳西，但来自中国的游客相对较少，像我们这样的背包客更是少之又少了！

一年来瓦拉纳西三次，只碰到一个从北京来的湖北女子，单枪匹马，很是勇敢。

法会普斋

早上游船开启了在瓦拉纳西的一天，薄雾微光中，游船荡漾在恒河之上，带我们领略无边无尽的石阶沿岸、金光中泛黄的建筑，还有耐得住凌晨的清冷在水中沐浴的信徒。

Dashaswamedh Ghat是最热闹的地方，每个木头台子上都坐着一个祈福人员。他们端坐着，不时向游客招手示意坐下，然后说一堆话，让游客念一堆莫名其妙的名字，算是赐福游客的家人，接着会收取很多钱。我也被诱惑了一次，刚开始觉得很新鲜，也顺服地叽里咕噜跟着念了一通，最后一听狮子大开口要钱了，机灵地站起来跑了。

在这里祈福的人很多，尤其是新婚夫妇。幸运时，我们一天可以看到四五对。新人盛装而行，极为耀眼。

傍晚六七点时，这里又会举行盛大的法会普斋。这是瓦拉纳西每天都有的盛会，人们都聚集在这里。五个身着红衣的印度教俊美男子在经文吟唱中点燃火盏，完成一系列的行礼仪式。摇曳的火光，动人的梵乐，不失唯美。结束时，信徒上前感受火光拂面，快乐地接过神职人员分发的一粒粒白色小糖，放入嘴里，接收神的赐福。

放灯也是傍晚必做的一件事。白天那些卖贴画、明信片、闪粉的小孩都加入妇女的行列，捧着一篮子的花烛向游人兜售。大家都点上灯，许下心愿，放入恒河，目送着梦想在水光中踯躅前行。

火葬台，人生的终点站

没看之前，总以为火葬台在恒河下游，人们虽在恒河里沐浴洗衣，水源总是干净的，因为信徒还会喝圣河的水。但到了之后才惊讶地发现完全不是这样。以Dashaswamedh Ghat为中心，南北两边都有火葬台。

北边的Manikarnika Ghat是主要的火葬场，不论什么时候都热火朝天。而南边的Chauki Ghat较小，不成规模。游客可以毫无顾忌地驻足观看，但严禁拍照。如果非拍不可，还是有办法的。这里有专门负责此类事务的“老大”，向他支付一笔不小的费用即可。通常这些人看到巨型相机会自动找上门。尼泊尔帕斯帕提那神庙的巴格马蒂河边，却完全允许拍摄，无人制止。

火葬台一个一个就在眼前。用黄绢白布裹着的遗体会先在恒河水中浸一下，然后放到已架起的柴火堆上。在印度，人们的生活和鲜花密不可分，女子头上爱戴白色的大串茉莉，从头到脚飘着香气。礼神也用鲜花，诸如红色的玫瑰、橘黄的万寿菊等。人死后，遗体同样会裹上花环。木柴都是家属花钱买的，火葬台后面就是买卖的地方。木柴按重量计算，秤自然也是巨型的。据说很多穷人负担不起焚烧的木柴费用，所以即使是在这人生的最后一刻都要精打细算，以花最少的钱来火化遗体。一具火化完紧接着一具，二十四小时的熊熊烈火，浓浓黑烟，燃不尽也散不尽，空气中时刻弥漫着遗体烧焦的味道。

火葬台处，死者的家属里只有男士才可以在场，有时还有乐队在一旁吹奏。死者肉身燃尽时，为了灵魂的最终解放，还需要敲碎头骨。而不能火化的孕妇和婴儿就只能沉河，身上绑缚石头，等船行驶到河中心再投，所以看到漂浮的尸体也就不足为怪了。

这是个很诡异的场面，人生的最后一场告别如此简单直白，在世人眼前一点点化为灰烬。我以为自己会很害怕，但当近距离地驻足观看时，心里却是特别安静，看着火堆上包裹得笔直的头和脚，竟然完全没有恐惧。虽然这是我平生第一次看到尸体，而且是十几、二十具的在火堆上熊熊燃烧，那样坦荡直接地呈现在我的眼前。也许是在特定的时间，在神圣的恒河边，一切都得以净化的缘故吧。感慨万千。只是看着离火葬台几步之遥的人们照常吃喝，还是无法接受。

朝这一片火葬台后边的街市走去，总能碰到一两队抬着尸体的人“嗯嗯呀呀”走过来。那一刻，在狭长的街道里，当他们经由我身边时，我一下子害怕了，全身起鸡皮疙瘩，最终承受不起。

三次停留瓦拉纳西，两次去看火葬，其实每次都很想去看，却又有些怕，感觉怪异。只是那烟，那味道，时常随风起舞，彼时都不知该睁眼还是闭眼，吸气还是屏息，有些无措，也好奇跟我们一起围观的游客，是不是都如他们看上去那般平静。

紧挨着Chauki Ghat小小火葬台的，是Dhobi Ghat，洗衣服的地方。在这里奋力“浣纱”的几乎都是男子，偶尔能见到一两个女人。他们有节奏地在石板上摔打着衣服，一件又一件，不见停歇。也许正是因为需要如此的臂力才由男子来做。孟买的Dhobi Ghat洗衣厂颇具规模，在创造财富的同时，也早已成了外国游人观光的一景。

洗完的纱丽随地铺在台阶上，就像一幅幅自由泼洒的水彩画，华丽动人。其他衣裤则随风晾挂在由两股绳子拧成的衣架上，简单漂亮！

一样的神猴，不一样的故事

我们有孙悟空保护唐僧西天取经，印度也有神猴哈奴曼协助王子罗摩打败恶魔罗波那、救出妻子西塔的故事。哈奴曼是力量、意志和忠诚的象征。在生活中，印度的猴子却是泛滥成灾，城市的大街小巷到处都是，可不像在中国只有特殊景点和动物园才有。

恒河边，猴子们总在台阶或房檐上穿梭流浪，也总见好心人拿西红柿喂它们。这些淘气的猴子第一次偷吃了我晒在阳台上还发青的香蕉，第二次又偷了西红柿。这倒让我们童心大发，买上很多的西红柿来喂它们。

每次一打开窗，猴子们就会像孩子一样欢快地跑来。我总爱先逗它们一会儿，看着它们想够够不着的急样，两个眼睛睁得圆溜溜的，眨巴眨巴，胳膊一点点地伸进来，嘴里发出像孩子一样的嗯嗯声，可爱至极。一旦抓到，就迫不及待地坐在窗台上吃起来，一点也不会浪费，连掉在窗台上的西红柿籽都一粒粒地捡起来送进嘴里，吃完一个又会马上伸手来要。只是有一次玩过火了，小猴子半天没够着，一下急了，差点就从窗户栏里挤了进来，吓得我赶紧扔了西红柿关窗闪人。

在尼泊尔的猴子庙，我们也遭遇了猴子抢面包。猴子在我们边上有滋有味地吃着，而我们只能饿着肚子眼巴巴地看着，真是爱恨交加。在印度和尼泊尔等信奉哈奴曼的地方，这种事司空见惯。

萨罗斯瓦蒂普斋

萨罗斯瓦蒂是创造神梵天的妻子，集知识、音乐和艺术为一体，被称为辩才女神。每年的辩才女神普斋在一月到二月间举行，这是一个年轻人的节日，以祈求学有所成。尽管每个地方的具体仪式都有所不同，但这一天，却是万万不能碰书的。

2010年，我们有幸目睹。前后整整三天，瓦拉纳西的大街小巷都供着辩才女神，行进的车子上也是。在音乐的律动下，年轻人迎着车队载歌载舞。恒河岸边，小孩子一路唱着小跑着来到河边，把一二十厘米大小的辩才女神像投进恒河；河面上，游船载着一座两米高的神像巡游。到了晚上，神像更是被源源不断地从大街小巷里拿出来“送”入恒河，小的捧在手里，大的却要一群人哎呦哎呦合力抬起。每一尊辩才女神都美得出神入化，色彩鲜亮，形态各异，无比精致！

节日后，我们意外地发现了从恒河中捞出的女神骨架，原来女神像都是用稻草和泥制作的，真是精妙至极。

恒河边，人们随意地坐在台阶上，就像随意晾晒的纱丽。尽管台阶上都是土，偶尔会有走过的神牛随地方便，流浪狗满台阶地晃荡，但这丝毫不会影响休憩的人就着一杯奶味浓郁的甜美印度茶，静静享受午后的阳光，任时间悄悄流逝。

这里是背包客的最爱。即使在古老悠远的恒河岸边，暗黄的建筑墙根洋洋洒洒地流淌着印度人排泄出来的弯弯“小溪”，要随时屏住呼吸，但它仍然是天堂。就那么待着，什么都不做，用心感受松弛与安宁。

来过瓦拉纳西三次，每一次都煞是喜欢，甚至在走过大半个印度之后，还不得不承认，瓦拉纳西真是一个让人流连销魂的地方。

Varanasi is vara-nice！！！

这里也是音乐的天堂，很多人专门跑来印度学习鼓艺。印度的鼓乐直击人心，在手指和掌的灵动下，敲出最简单又复杂的节奏，让身体里的每个细胞乃至血液都跳动起来。那一刻，心却是宁静祥和的。

河岸上那幽深的小巷子里帘子后都是学习的地方，只听得鼓声不断，皆是那灵动的梵乐，没有轰鸣。往里窥去，满地便是那些来自不同国家、不同肤色的年轻人。

岸边的台阶上也多是三三两两坐着拍鼓、吹笛子的年轻人，追求的是那份心境和逍遥。还有就是嬉皮士自在地耍着手中的两个球。夜晚的黑暗中能看到他们龙飞凤舞，酷极了！

似乎所有来这里的背包客都是一个模子里出来的，不管寒冷酷热，清一色的围巾扎头，一件宽松的布衣，下身不分男女都穿着大大的裙裤或灯笼裤。小店里自然也都充斥着这些衣服，也许质量不怎样，但价格便宜。瓦拉纳西的丝织品很出名，常常看到小店里席地而坐的游客跟前散了一地的衣物，尽情地挑选。

瓦拉纳西什么都好，唯独在食物上有所欠缺。尤其是在试了恒河上岸一条街的饮食之后，我们更是得出这种结论：瓦拉纳西没有好吃的（街口的拉昔倒是浓郁可人），没有好餐馆。指南上明确提示在瓦拉纳西吃东西一定要很小心，要挑地方，因为在这里吃坏肚子是普遍现象。水也一定要喝瓶装的。事实上在印度，我们只喝大品牌的瓶装矿泉水。结果来印度还没一个礼拜，在瓦拉纳西不到两天，汤姆就倒下了，开始疯狂地拉肚子，连带发烧，惨兮兮地在床上整整躺了两天，最后还是支撑着离开，上了去往科钦的列车。而那两天，我们已经是按指南上推荐的有信誉的饭店吃饭。只能说这里的饮食实在让人不敢恭维，水成了大忌，味道也只是马马虎虎而已。

南下科钦

从瓦拉纳西南下到科钦，坐火车要五十个小时。好在AC空调的二等卧铺非常舒服，上下两层四个铺位，可以拉上帘子，隔成独立空间，以分开过道边上的另两个上下铺。虽然也只是两千多卢比一张票，但这已是印度上层有钱人的专属，所以整个车厢都很安静，也没有了上上下下的闲杂人等。我们在铺位上聊聊天看看书睡睡觉，似乎不是那么漫长难熬了。

这是我们在印度坐过的最好的火车，但真正的最好还是在电影《穿越大吉岭》。火车即干净又漂亮，不但充满了印度风情，卧铺还是小套间，天方夜谭的让男主角与列车的印度女服务员在卫生间有了一段艳情。先不说这个在现实生活中的绝无可能，就连片中的这辆火车，也是摄制组由印度铁路借来，在彻底地改头换面下成了我们看到的这辆高级的美丽享受。但只是在电影里！（2010年3月，印度最豪华的旅游列车Maharaja Express开始运营，提供王宫贵族般的服务，花费在上万美金）

象头神伽内沙是湿婆和雪山女神帕尔瓦蒂的儿子。话说湿婆离家一段时间，回来发现妻子床上睡着一个年轻男孩。盛怒之下，把男孩的头砍了下来。可惜那是湿婆的亲生儿子，但一切都为时已晚。由于神力限制，湿婆只能把第一眼看到的大象脑袋安在了儿子身上。于是，伽内沙就成了我们现在看到的憨憨可爱的象头神形象。

在印度，伽内沙是最为大家喜爱的印度教幸运神，不管是谋事业还是祛病消灾，甚至小到新店开张、买个东西，人们都爱向伽内沙祈祷，摸一摸象头，达成所愿。

话说伽内沙有了大象头，肚子也跟着不一样了。每天，他都要吃很多很多东西，很快肚子就跟充了气的气球一样圆滚滚！一天，伽内沙出门游玩。一路上不断听到路人的嘲笑：“胖死了！胖死了！”伽内沙为此纳闷。这时，一只老鼠冲出来，用尖尖的小爪子指着伽内沙的肚子，笑得是四脚朝天。伽内沙这才明白自己成了笑柄，一生气就抓了这只老鼠当坐骑。可他依旧不停地吃呀吃，终于把肚子撑破了。于是，又随手抓了条蛇系在腰上。

这就是象头神老鼠坐骑和蛇腰带的由来。给我讲这个故事的是一个叫库什的中年男子，来自英国。这个长得虎背熊腰的大汉却是一口的酥香软语，说话非常轻盈，一不小心就会听不到，失落在空气里。

库什和他父亲刚好睡我们对铺。他和八十岁的老父亲特地从英国回来，为的就是一圆父亲到恒河的心愿，然后再到南部海边看一看。这位不停咳嗽、瘦骨嶙峋的老人，显然兴致高涨，很爱搭话，但我们就是听不懂他的印度话。

父子俩十分有趣，得知汤姆吃坏肚子后，提供了印度秘方，咀嚼一种叫吉拉的香料，特别管用。还说吉拉是很平常的香料，厨房必备，火车上也会有。于是我一路走一路念着“吉拉”，等我奋力穿过人群，挤过好几节车厢，好不容易才到了火车中部的餐车时，居然把名字给念忘了！对着一帮师傅，我只能解释说是治肚子疼的，可他们显然没听懂，尽管我连说带比画，他们也配合地笑着帮我猜，给我看看这个看看那个。只是我哪知道这种香料长什么样呀！无奈，我又越过重重人群回去。不过这次学聪明了，让库什给我写了下来。拿着小纸条去，厨房的人马上抓了一把给我。原来是长得像孜然一样的细长小东西，尝起来有点辣！其实就是孜然，除了调味，还能开胃理气、驱风止痛。

两天两夜后，火车终于在凌晨一点到达科钦埃尔纳古勒姆站，我们跟库什父子就此告别。可怜汤姆还是老样子，恹恹的，实在不敢大意，于是我们直奔附近的医院。

在喀拉拉跑医院，想家了

跟印度的医院打交道，是怎么也得挑一挑的，更别说是头一次了。所选Medical Trust Hospital，是因为指南上说这是喀拉拉最先进的私人医院之一，且二十四小时服务。

从车站到医院，也就是走十分钟的路，汤姆把十五卢比的人力车费听成了五十卢比，一生气，决定走着去。大半夜黑乎乎的，我们晕晕乎乎又搞错了方向，走了很久也没找到。好不容易碰着个路人，偏偏路人也稀里糊涂地说就在前边了，结果当然越走越远。南部的晚上要比瓦拉纳西闷热得多，我们俩背着包，很快全身都是汗，怎么也走不动了。等再次看到机动三轮车，便毫不犹豫地坐了上去，才花了二十卢比。这番折腾！

凌晨的医院空空荡荡，虽然简陋，但很干净，飘着消毒水的味道。除了值班的大夫外，另有几个实习生，还有一两个穿着黄制服的执勤站岗人员。汤姆想住院检查，但住院必须等到第二天早上，当时检查无法住院。真奇怪，不都是有病快医的吗？住院不是代表严重吗？

汤姆做检查的时候，女实习生就跟我聊天。都知道印度人喜欢聊天，总爱问“哪里来的”“叫什么名字”之类，几乎碰到的每一个人都会不厌其烦地问相同的问题。即使是不相干的人也特地跑过来，问完头也不回地消失。不用大惊小怪，因为这就是印度，就当他们热情吧。只是眼前这位说着英语的女子，口音极重，我都听不明白。在印度，英语就像我们的普通话，非常普及，是当地人的第二语言。当然各地都有口音，印度人就属于口音极重的一类。有时候，不用说我，就连汤姆都只能连猜带蒙。可怜我大半夜的，听不懂，还得没话找话。最后，这位实习生把我们的英文指南翻了个遍。想来，印度人看老外整理的印度旅游还是很有意思的。

汤姆的出现就像是救星，但检查结果要白天十点以后才能取。

到达旅店已是凌晨三点。洗漱完开心地上床。原以为能安稳地睡个好觉了，可刚躺下，汤姆就不舒服想吐。之后我胃里五味翻滚，苦水翻江倒海而来，难不成我也病了？

头一次做了想家的梦，梦到了爸爸妈妈，心理防线一下子崩溃。早上醒来迫不及待地打电话回家，一听到老爸的声音却完全哽咽，说不出一句话来，第一次尝尽想家的滋味。

科钦，阿拉伯海风情皇后

有着“阿拉伯海皇后”美誉的科钦，入选美国《国家地理》杂志“全球十大乐土”和“一生必游的五十地”。美丽的科钦由我们坐火车到达的门户埃尔纳古勒姆和科钦老城组成。

从干燥的北部一下子来到南部的海边城市，好像瞬间什么都变了。人不一样了，更现代些；氛围不一样了，更轻松些；生活不一样了，更实质些；城市不一样了，更舒适些。同时也因为这里曾经是葡萄牙和英国的殖民地，宗教信仰也发生了变化，不再是印度教，而是基督教。

在埃尔纳古勒姆，随处可见一座座欧式基督教教堂，纯净唯美。

我们在第二晚由埃尔纳古勒姆移居到科钦堡。在花园式的环境里，看着那些殖民统治遗留的老建筑，那一栋栋崭新又鲜艳的欧式小楼，好生向往。漫步其中，尽享小资情调。

两旁的参天大树盖住整个街道，房前房后都是椰树花果。从到科钦开始就可以尽情地享用新鲜的椰子汁了。橙黄色的红椰，平常的绿椰，捧上一个喝完了汁水，再一劈两半，挖出鲜美无比的白净果肉。

海岸边，一只只黑乌鸦飞来飞去。原以为海上只应该有白海鸥，但到了印度似乎就全成了黑乌鸦，黑压压的一片。我们一不小心踩着了海滩上一小堆沙堆。热心的渔民告诫我们走路一定要小心脚下。原来这个小沙堆不是别的，而是每天清晨来这里方便后的印度人留下的“地雷”标记。比起北部，这里似乎要文明开化许多。

在科钦，我们第一次发现了超市。印度少有超市，基本上都是20世纪七八十年代那种小店面的商铺，里面黑洞洞的。虽然超市里的东西少之又少，但无论走到哪儿，我们都渴望能找到它，那是一种久违的欣慰感，也许是一种连接现代文明的自我心理安慰吧！

老祖宗的中国渔网

海边架起的一张张中国渔网，真是百闻不如一见。看了半天，原来跟我小时候用过的捕小猫鱼的网是一样的，把一张四方网的四个角拴在两根交叉的小木条的顶端，再将木条中间拴住，连接起另一根拉杆，以杠杆原理拉起渔网。这个中国渔网在放大了无数倍之后，要由四五个人才能拽起。渔民手里活儿不停，口中却也不停，热情招呼着过往的游客上前体验一把。我在汤姆的怂恿下上了甲板。先有两个人帮忙放下网，等了会儿，我和其他四个渔民就分别拽五个角的绳子，真是使出了吃奶的劲儿。我想咱是在“支援”印度人，可不能丢了中国人的脸，怎么说这中国渔网也是郑和下西洋时传下的呢。嗨哟，嗨哟，起了两次网，我已快没了力气，却没捞到一条大鱼，只有零星的几条小不点，让人失望。刚要礼貌地告辞，不想渔民向我伸出了一只手。原来这也是“Treat or Trick”的小计谋呢。怪不得这些渔民有鱼没鱼都在撒网，原来是为了吸引游客这条大鱼。

真正打渔的船早晚都出海，满载着成筐成筐的海鲜归来。海边一溜儿全是卖海鲜的，有品种不一、大大小小的鱼虾蟹，但没有贝类。买了海鲜可以拿到专门的餐厅做，很多小孩都会来海边揽客。价格也还行，比如我们问的一公斤海鲜的加工费是一百二十五卢比。在这里有的是吃海鲜的地方，饮食不成问题，比之北部，南部的生活可是大大上了一个台阶。

卡塔卡利，大神之舞

卡塔卡利舞是喀拉拉邦的传统宗教舞蹈，也是世界上最古老的戏剧形式之一，发源地就是科钦。舞蹈的故事角色取材于印度神话，特别是两大史诗《罗摩衍那》和《摩诃婆罗多》。

我们在中国渔网这边的沙滩上看了演出。傍晚时分开始，舞台很简单，旁边摆着简易的塑料椅子，但演员的妆容却是一点都不马虎，浓重的油彩画在脸上，华丽至极。当然我们没有看懂，先是一个人，然后两个人，三个人，最后四个人，配着隆重的道具，手里拿着树叶、光着脚来回地跳着相同的舞步，长达一个小时之久。之前不懂为什么参加表演的只有男士，看了才知道这就跟瓦拉纳西河边浣纱一样，不单单是艺术，更是体力活。尤其最后上场的这位主角高举双手、头顶一人多高的道具跳一个小时，不是一般人能承受的。

卡塔卡利的精髓在于通过舞者的面部表情和手势来传达情感，

非常深奥。形式有传统和舞台精简两种。很显然，这是原汁原味的民俗。不管是传统还是舞台形式，卡塔卡利的妆容都至关重要，色彩像代码一样诠释了角色的关键。绿色为身份高贵的男性，黑色为森林里的居住者，红色代表了邪恶和愤怒，等等。

有幸来到这里，就一定不要错过，卡塔卡利像京剧一样，是当地的文化精粹。

美味的居家晚餐

在海边，又遇库什父子。他们住家庭旅馆，可随意使用厨房，所以库什提议晚上一起买海鲜做饭时，正中我们的下怀。之前在餐馆只吃了一条鱼就花了五百卢比，想着能美美地吃一顿大餐，真是求之不得!

我们和库什一起去买了鱼虾鸡蛋和蔬菜，印度的蔬菜都小小的，好像在这酷热的气候下受到了压制一样。小小的西红柿，小小的姜，小小的茄子……这顿饭由我和库什掌勺。我做了油焖大虾和西红柿炒鸡蛋，库什做的咖喱鱼，外加长粒香的米饭和饮料，很丰盛！这里自然是没有筷子的，我跟汤姆用叉子。虽然库什父子早已移居英国，但还是跟所有的印度人一样，直接右手抓饭，吃鱼吃虾。

之后，我们就要离开科钦去往阿勒普扎。库什父子会一直待到四月份，他们跟我一样喜欢这里舒适悠哉的生活。只有汤姆例外，因为这里比起印度北部少了许多色彩，于是也就少了许多摄影题材。

阿勒普扎，椰林水乡

椰林遍地的喀拉拉洋溢着一派热带风情，原生态的椰林水乡巡游自然不容错过。科钦和奎隆的椰林颇具盛名，但最为迂回妙曼的椰林水乡却是在阿勒普扎。这又是怎样的一番景象呢？

19世纪中期时，阿勒普扎是这一片回水区域的主要港口，素有“东方威尼斯”的美名。每年八月，这里都会举行一年一度的蛇船大赛（得名于船的尾部酷似眼镜蛇蛇头），是喀拉拉邦的一大盛事。蛇船狭长，能容纳一百多名划桨手和二三十个歌手，一路高歌而进，声势浩荡。

相较于比赛的蛇船，我们的椰林回水之旅只是简单小巧的一片轻舟。汤姆在船头，我在船中，船夫在船尾，各占一方。停泊处，也不过是同样的几条小船而已。

回水之旅

清晨六点半，小船缓缓驶出窄窄的浅滩污水，慢慢划向椰林深处。薄雾轻起，经过一丛丛的水草，紫色小花徐徐而来，半个小时后一切豁然开朗。这时，太阳已渐渐露出一点红晕，椰林环绕，小岛云集，鸟儿纵飞，如梦境般美妙宁静。清新的空气拂面而来。我们驾着船，轻触涟漪，抚着水中莲，惬意无比。

突然一片别致的船屋映入眼帘，原木建造，高大精致，一座挨着一座，绵延数里。紧接着视野一片开阔，几经回转，才遥现那人烟缥缈的椰林人家。

水乡人家的一天始于水中，女子们在忙着洗漱。水中嬉戏的两个天真烂漫的小女孩像黑天鹅般吸引了我们的目光，其中一个竟然是我们船夫的女儿，今年八岁。

经邀请我们上了岸，穿过堤岸，来到船夫的家。其实只是两间破旧的房子，黑乎乎的，只有门，没有采光的窗户，里边有一个小小的黑白电视机，一些最最基本的生活用品。虽然旁边又盖了一间大的，但也只是水泥框架而已。就连从屋里搬出来让我们坐的两个塑料椅子，也是颤颤巍巍的。

与此成鲜明对比的却是椰林间许多漂亮的小洋房，黄的粉的，颜色鲜亮。从埃尔纳古勒姆到阿勒普扎，一路上多是这种两三层独栋庭院洋房，面积巨大，堪称豪宅，且周围椰树环绕。如此居住环境真是让人艳慕，而且家家户户都配有私家车。

一路走来，南方显然要比北方富裕得多。但从船夫一家来看，南方贫富分化也厉害。船夫一穷二白，连赖以生存的小船都是向朋友借的。我们一趟游船费用，划上五个小时也不过七百五十卢比，除去旅店的佣金，剩下的才是他的，也不知能不能拿一半的钱。

屋里唯一显眼的是那张一家四口的全家福，虽然质地粗糙，但夫妻俩和一男一女两个孩子的笑容却极为灿烂。汤姆主动给父女俩照起相来。问到邮寄地址时，这位三十出头能说一点英文的船夫原来并不识字，只是从上衣口袋中掏出一张印着他姓名地址的小纸条来。好在他的孩子们已经上学，遗憾也就少了一些。我们热情地把随身带的笔分给了几个一直跟着我们的小孩（笔是我们特地从国内带来的）。

继续蜿蜒前行，途中遇上一些迷你蛇船在林间穿梭叫卖新鲜的小鱼，岸边则有女子垂钓，这一幕让我们禁不住想尝尝鲜。船夫轻车熟路地把我们带到了沿岸的一家小餐厅。享受一番美味之后，我们就要往回赶了。

回来的路上依依不舍，天似乎也有所感应，“好心”地吹起了逆风。看着船夫一人干使劲，不见船行，汤姆自告奋勇当了一回船夫，惹得过往的船只一阵笑看。中午这个时候，正赶上船屋出动，载着那些有钱的老外和印度人浩浩荡荡地从我们旁边飞驰而过，激得水面余波不断，惊得我们的小船左右摇摆。

回到嘈杂的小镇，心里仍念着椰林深处的那份幽静，恍如隔世。

海滩围观

从阿勒普扎开始，也就开始了我们的印度海滩之旅。但阿勒普扎的海滩显然还不成气候，空空荡荡，浪也大，并不适合游泳。

我们在无人的沙滩上躺下。午后的阳光渐渐淡去，海滩上的人也越来越多，一群男孩不断来到我们周围拍照嬉戏，打破了原有的清静。不知是不是喝多了，他们还不断跟我们搭讪，不见离去。最后我们只得收拾东西转移阵地。

另一端，有一群坐旅游大巴来游玩、穿着旁遮普服的印度女子在水中嬉戏。在印度，女人的传统服饰除了纱丽，还有上衣下裤的旁遮普服。它虽少了些妙曼，但更简单方便，也比纱丽要凉快得多。印度女子的小蛮腰是可以随便露的，但不可以露腿，所以海边的这些女子只能任裤子全部湿透，倒也不影响她们的兴致。

我们就近坐下，以为挨着一群女子，麻烦怎么也会少一些。但很快，一个男子和七八个女子朝我们围过来，目不转睛地盯着我们，开始问问题。他们从上往下打量我们，我们是由下而上看他们。两方对峙，终于汤姆说了句："It's like we are the zoo!（我们似乎成了动物园！）"他们才识趣地散开。

一下午回来，我俩完全"黑"成了印度人。最惨的是，我长了"胡子"。为了防止阳光直射，我在脸上蒙了层纱巾，但阳光层层穿透，有了特效，唇周突起处明显要比周边黑得多。呜呼哀哉！

特里凡得琅，静谧古迹

来到喀拉拉邦首府的特里凡得琅，是和大多数人一样，为了中转去临近的科瓦拉姆海滩和印度最南端的肯尼亚古马里。

话虽如此，但老市区的帕德马纳巴史瓦米神庙周围，却是一片古迹光景，神庙、塔门、圣池，古色古香。远远就能看到这座建于16世纪的梯形高耸塔庙，风格承自泰米尔纳德邦的达罗毗茶。神殿供奉的毗湿奴所用的一万两千零八块圣石全部由大象运自尼泊尔（2011年6月，神庙密室又发现了数以吨计的财宝，震惊世界）。

神庙只允许印度教信徒入内。饶是如此，进入神庙时还必须严格遵守着装要求。男子裸上身，下身着托蒂（一块六米多长的布围在腰间，把腿完全包起来），女子须着传统纱丽（长度也在六米，靠娴熟的技巧把布掖到合适的长度再围在腰间）。神庙旁还设有服饰租赁处。

炎热的天气，到处都是卖鲜果汁的。排队等待时，我们第一次看到了为结婚而乞讨的穷苦人家。母女各捧一个碗，一家一家地求嫁妆钱。没有嫁妆的印度女子不但面临嫁不出去的尴尬，更会被夫家看不起，甚至被虐待。

中午，我们明显有了中暑的感觉，拿出从家带的藿香正气水，小小一支，一股中药混合酒精味，怎么都咽不下去。汤姆吐了一半，我勉强舔了下舌头，这也太难喝了，心想就算是中暑也比这好过多了。

科瓦拉姆，无边无尽

从车站旁的大斜坡下去走两分钟就是美丽的科瓦拉姆海滩。我们预订的旅店要经过两个海滩，虽然只需走十分钟的路，但天气实在是热，走在沙滩上时，脚都抬不起来，感觉一个劲儿地往下陷，背上的包越来越沉。之前还豪气冲天地觉得就是中暑也比喝藿香正气水强呢，现在可不是了，觉得比死还难受。等终于到达旅店时，我已经完全虚脱了，汗珠噼里啪啦地往下掉，全身起了一层鸡皮疙瘩，整个人几乎就要晕过去了。

早在20世纪60年代，嬉皮士就来到了科瓦拉姆。但一直到20世纪90年代，科瓦拉姆才真正迎来了旅游热潮。从那以后，科瓦拉姆发生了翻天覆地的变化，明显不同于喀拉拉的其他地方，成了邦属最完美的海滩度假胜地。

海边开发出一片商店、旅店和餐馆。这里的海滩已经完全开化，成了气候，外国游客再也不用有所顾忌，没有印度人会奇怪地盯着你，想穿什么就穿什么，想露哪儿就露哪儿，比基尼也随处可见。

小店就有泳装卖，尽管数量不多，样式也不好看，质地还很粗糙，却要七百五十卢比。想着这里的巨浪，我都不会游泳，下水还是再等等吧。怎料我们刚舒服地在海滩上躺下，天空中突然飘过一大朵云彩，不给力地下起雨来，越下越大。

于是早早地歇了，姑且坐在院子里静静地享受傍晚的清凉。用冰水沏上一杯茶，充分享受这一份凉爽。茶叶是从家带的，但一直没有热水，只好冰镇茶叶，就像刚到德里时，两盒方便面也是用凉水浸泡而成，在这一刻竟然也是有滋有味。花前月下，庭院深深，品上一口冰茶，无意中体验了一种别样的美意。

Vizhinjam渔村，上午友善，下午暴躁

早上五点半，天没亮，我们就出门了。耳边除了海浪声就只剩一片静寂，黑暗中由灯塔指路，从海滩一路往上爬。目的地是南边的Vizhinjam渔村，再打算沿着海岸线一直走到八公里外的Chowara海滩。前一晚，我们让房东画了张地图，这样方向对了，也就不会走错了。

渔港早已堆满了等待渔船归来的人，渔船满载而归。各种各样的鱼，一倒在地上，人群就马上围过来，负责人开始估价，不过秤，嘴里不停地喊着价格，咕噜噜的一串从高到低，直到有人叫喊拿下，那人才会停下去收钱。议价的都是说一不二的女人。买下后，女人们很快会在旁边分散开来，坐在地上摆摊零售。

这里不管是卖鱼的，还是织网的，都会跟我们要钱要吃的。而后来村子里碰到的每一个小孩都会跟我们要笔。就连现在正忙着拉网、分身乏术的渔民也没忘向我们索要钱财，我们表示没有，结果他们很生气，也不让我们拍照。

渔民的生活不易。尤其是几十个人由两边好不容易拉起一

张网，粗粗的绳子，耗尽九牛二虎之力也不过捕得一兜小鱼，连我们都觉得无奈。渔民脾气不好也属正常。房东早就提醒说，去Vizhinjam，早上的时候大家会很友好，但下午四点之后，他们就开始酗酒爆粗了。

Chowara 海滩

之后的八公里，沿着海岸线爬上又爬下，穿梭在一望无际的椰林中。偶尔路过度假别墅区，坐拥优越地理位置。路过无人的海滩，却是污秽连连，臭气熏天，远远地还能看到蹲着裸露在外的屁股。

就这样走啊走，似乎感觉不到累了，顺着连绵起伏的海岸线，一直走到悬崖峭壁边，最后没了路。好心人告诉我们从这里走，还要五公里，然后又说四公里，最后又成了三公里。也不知是不是热糊涂了，居然比我们还晕乎。

最终走向大马路，到底走不动了，连最后一口水也都喝完了。坐上公交，却是刚上车就下车，只剩一公里而已。下车的地方，是一个教堂，当时是中午十二点，一群人正在祈祷。

这下总到了吧？明明就在我们眼前的海滩，生生被一座有钱人的度假村院门拦住了。几番无路，一说还要走很远很远。我们都想打道回府了。

最后碰到一个在海滩度假村工作的男孩，我们尾随着他，抄小道，穿椰林，上了一条宽马路。海滩入口就跟所有的度假海滩一样了，两边商店林立，但没有一家是卖水的。

还以为科瓦拉姆海滩斜坡角度已经够大，但这里几乎就是九十度垂直了，上来下去要费劲得多，我们是完全散了架。

海滩终于出现，要比科瓦拉姆安静得多，人也要少得多，所见不过五六个老外。沙滩一边停了无数渔船，另一边无人的海滩成了我们的寄居地。天无比炎热，没有水卖，只有一两个印度女人头顶着水果，一个菠萝要一百卢比。看我们无动于衷，女人自动降价到四十卢比。这一刻我们急需的是水，要的也只是水，我们甚至愿意付跑腿费，但这些人一听说水马上扭头就跑。更可笑的是，这里竟还有追着我们卖鼓的人，就是没有水。真正是渴死我们了。

烈日当空，我们差点就被烤焦了，不到一个小时，就赶紧往回撤了。

这一天，好像就该我们走很多路似的，还是在教堂那坐车，却只是到Kovalam Juction，结果又走了两公里路才回到了旅店。

这一天，我们起码走了十五六公里的路。回到旅店，气一下子就散了，累趴下了，饥肠辘辘，没兴致，也提不起劲儿了。晚上，我们拿出从家带的应急的豆腐干，干巴巴地吃了。可是吃完，我还是饿，于是饿出了胃气，开始生气。

原以为累了一天，晚上肯定要大餐慰劳自己的。要知道，这里有无尽的海鲜，好吃的油炸蔬菜肉面饼，尤其是奶酪，Pakkora是我们吃过的全印度最好吃的。小面团里裹着奶酪往油里一炸，金黄金黄，蘸上黄辣椒酱和番茄酱，美味无比。连这里的乌鸦都跟我们抢呢！可是偏偏两人累得谁也不想动窝，心里偏又觉得屈得很。唉，我可怜的印度小磨难！

肯尼亚古马里，科摩林角

早上九点的车去肯尼亚古马里。但一直快等到十点车才来。等车的时候，我们就坐在路边上看那些扫街的印度女人。没有簸箕，她们只是用一小张纸板捡，来来回回一点一点，效率实在是低，手又直接接触垃圾，很脏。不禁想起在瓦拉纳西看到的那些在城市建设中搬砖的女人，也是用头顶，一次又一次，不用小车，五六块厚实的大砖头一趟趟地搬着。在这个国家，依然沿袭着其古老的传承方式慢慢延续着生命，也许很过时、很不可思议，但时刻抓住我们的心。

肯尼亚古马里是印度教圣地，位于印度大陆最南端，称之为科摩林角，是阿拉伯海、印度洋和孟加拉湾三海交汇之地。

一天从绝美的日出开始。早上四五点钟天还没亮，大家都从四面八方赶来。一群群的学生、游客，就跟鱼儿似的，一下子都游到了海边（正如泰山日出让我们趋之若鹜）。看那火红火红的太阳从海水深处一点一点升起，傍晚又缓缓地坠入其中，心里涌满感动。

在美丽奇观面前，我们也顾不上脚边石头边的“人造地雷”了，对着升起和落下的太阳，双手合十，默默祈祷！

湿婆的眼睛

古马里·阿曼神庙供奉的是处子女神肯亚。相传肯亚是湿婆未过门的妻子，由于婚礼当天湿婆没有出现，专为喜宴准备的米粒就一直没用。多年后这些米粒化成了海滩上的沙子。可惜神庙只允许印度教信徒进入，没机会观瞻，要不然也许还能发现些女神当年的嫁妆呢。

自然，我们并不知道海滩上的沙石是不是当日喜宴的食物变来，但在这里我第一次认识了“湿婆的眼睛”。故事还是跟肯亚有关。传说有个小女孩向女神祈福，以挖出自己的眼睛来换取重病母亲的康复。最终感动的肯亚又回赐了女孩一双更明媚的大眼睛。

当然，我们看到的并不是真的眼睛，只是长在海蜗牛头上的盖子，小小的一颗圆粒贝壳，全天然，正面是石黄色、圆形，底部是一圈一圈螺旋纹，平的，就像人工切割加工过一样。因为传说，他们被赋予了神奇的力量。至于为什么名字跟湿婆有关就不得而知了。沙滩上可以捡到，小贩也卖，是做首饰的“无价宝”，像手链、耳环等，一般游客区的小店都有成品卖。蓝黑色大颗粒的，是从泰国进口的，更绚丽些。

甘地纪念馆

印度国父甘地（1869-1948）是印度民族主义独立运动的伟大领袖，世称“圣雄”。印度各地都有甘地纪念馆，以缅怀这位伟人。我们在天涯海角进入甘地纪念馆瞻仰。

墙上挂着甘地的相片，每一张他都是身穿一件白衫，瘦骨嶙峋，戴着圆框眼镜。最常见的是他拄着拐杖的那张，不管是相片还是雕塑，几乎随处可见。底层大厅中央有一个石台，里边存放了他的骨灰，斜上方的屋顶上有个小圆孔，阳光每天从这里穿过，直射到骨灰台上。

一进馆，管理人员马上就向我们讲解起来，自主地当起了导游。这个颇有些“强迫症”的中年男子出人意料地还是个摄影爱好者，他一把夺过我手中的相机，不停地让我们在甘地的每一张相片前合影，在每一个他觉得有意思的角落给我们照相，整个参观过程，我连自己的相机都没有摸到。用完我的，他还想拿汤姆的过过瘾，又激情无比地把我的围巾一次次地取下，按印度人的方式再系上。

就这样一个热情得忘乎所以的人，仍不忘要“贡献”，并暗示有人给了五百卢比。汤姆说没那么多钱，给五十吧，偏偏摸出张一百的。于是，这个快乐的印度男人跟我们大大地拥抱了两下才算作别。

在印度握手是再普通不过的事了，男的都会跟你握手，就连街上那些脏兮兮的小孩也会一个劲儿地伸出小手，很多时候我们都不知该怎么拒绝。拥抱，则是热情过度才会如此。

海湾中，高达四十米的印度教圣人泰鲁瓦鲁瓦的石像和印度教改革者维韦卡南达的纪念馆巍然矗立。

海滩的石亭里，以家庭为单位的印度人围成一圈席地而坐，拿出准备好的粮食——咖喱米饭，伸右手抓起来就往嘴里送，吃得遍地都是，最后也踩得到处都是。吃前不见洗手，吃完水一冲就完事了。看着让人不敢恭维，但也着实有趣，因为所有人都一样，乐在其中。

这天还有人请汤姆吃冰激凌，起因是汤姆没零钱。我总是丢三落四的，所以面值五十以上的卢比都归汤姆管，二十以下的归我，于是我的兜里是一堆的硬币小钱。买个冰激凌五卢比，汤姆只有一百的，这样的钱在印度找不开是再正常不过。结果，旁边一个印度人看不下去了，二话不说帮忙付了钱。虽说不过几卢比，但还是让我们心里好一阵感慨，南部的人就是慷慨!

岸边有很多卖青芒的，剖成片，撒上咖喱粉就那么吃了，尝尝还不错，就是有点酸。有时是黄瓜，直接削了皮，一样撒上咖喱粉。

海中央的礁石堤岸是螃蟹安居乐业的地方。旁边的渔村紧连着船，也紧连着洁白美丽的大教堂，笼罩在一片金色的阳光下。笑意盈盈的妇女端坐门口。小孩则不断地叫嚷着“Pen”，甚至连打招呼都成了“Hello！ School pen！”。

在印度北部和南部感受到的另一个明显区别就是，北方小孩一律要钱要吃的，到了南方，孩子上学的多了，进步了些，要的反倒是写字用的笔了。当然，我们还是不能见一个给一支，因为人实在太多了。

诡异之夜

大晚上，从肯尼亚古马里坐车到拉梅斯沃勒姆，就像一场噩梦。

先是车上的人因为小孩座位跟售票员争吵，司机也停车加入，二十分钟后才接着上路。整段时间里居然没有一个人抱怨。我们坐在最后一排，本就颠簸，加上糟糕的路况，心里直害怕，担心一不小心就把腰给闪了。一路上开开停停，总是在午夜嘈杂的饭馆前停下，上厕所也是跟着一群女人往黑乎乎的饭馆后的空地走，就地解决。一路上，我们半睡半醒着。

凌晨三点半，神志不清的我们被迅速赶下了车，傻傻地看着这个荒芜又前不着村后不着店的车站。好在还有机动三轮，把我们拉到了罗摩灵格斯瓦拉神庙跟前。四点，我们入住就近的旅店。房子又破又闷又热，我们不求热水，可是这里连最起码的冷水都没有。

折腾了一晚上，我们又脏又累，也管不了那么多了，倒床就睡。没多会儿，又是一阵难受欲呕，我赶紧起身拉灯。一瞬间，一些灰从房顶上掉下来，飘过汤姆的头，掉在床上，紧接着“砰”的一声，有东西就砸到了床上。只见一只硕大的老鼠迅速地冲向厕所门缝，钻了进去。

就在这一秒钟之前，我莫名其妙地想到了蛇，接着房顶上的老鼠就砸在了床上。之后恍惚蒙眬间，我明明感觉自己睁着眼清清楚楚地看到一只大大的口袋飘飘忽忽，由门向我飘来，再飘飘然往床后飘去。当时感觉真真切切，不觉得是梦，可是如果不是梦那又是什么呢?

硕鼠加怪象，这一晚着实诡异！早上停电，风扇都停了，我们整个就睡在了汗里。

拉梅斯沃勒姆，朝圣的圆满之地

拉梅斯沃勒姆其实是一个岛，非常非常小，与斯里兰卡隔海相望不到二十公里。这个边界小岛也是印度南部最重要的印度教圣地，可谓印度南部的“瓦拉纳西”。虽然这里风光的迷人程度远远不能跟瓦拉纳西相提并论，但对于印度教信徒来说，只有在去过瓦拉纳西和拉梅斯沃勒姆之后，朝圣才算真正的完满。城镇围绕着罗摩灵格斯瓦拉神庙展开，有大小白塔各一座。

在印度，有人信奉毗湿奴，有人追随湿婆。在拉梅斯沃勒姆，因为罗摩，两者在一起被膜拜。罗摩是毗湿奴的第七化身，主完美道德。话说当年罗摩在杀死恶魔罗波那之后，需要供奉湿婆方可赎罪。按照指示，哈奴曼将取回的圣石林伽供奉在罗摩灵格斯瓦拉神庙。林伽被认为是湿婆的生殖器，是湿婆无限创造能力的象征。林伽通常和象征着女性生殖器官的底座约尼在一起，两者合二为一，为生命万物的起源（在瓦拉纳西恒河边，就有湿婆的林伽——黑色石柱树立，和约尼一起，由鲜花供奉）。

神庙有东西两个正式入口。我们由北边一个看似废墟的口进入，眼前呼的一下别有洞天，气派的回廊廊柱一望无际。神庙的精妙之处就是这长达两百零五米的长廊和一千两百一十二根的廊柱。除此之外，就是神庙中的那二十二口水井了。据说每一口井都有着特殊的神力，于是每个井台前都排满了信徒，有专人打出一桶桶的水畅快淋漓地由上而下、从头到脚地泼到信徒身上。水珠滴答，信徒带着满脸的幸福和满足步入内殿。

从恒河，我们就可以看出水在印度至关重要，是印度教徒的生命信仰。入乡随俗，每到一个神圣的地方我们都会带一瓶圣水回去。商铺里有卖，二十卢比，由一个红铜小罐密封着，小小的，不占一点分量，带着很方便。

穿过回廊，走出井台，来到主殿，有一座巨大的神牛像。黑暗的光线下还站着一只活生生的大象，象脸上的油彩在这一刻似乎有了魔力，恍然之下，我还以为是象头神伽内沙呢。

马纳尔湾的水很平静，神牛悠闲，羊儿溜达，小孩嬉戏，妇女在旁，远处小舟，一片极乐祥和。

马杜赖，千年曼陀罗

作为南印度商贸中心的马杜赖，早在公元前3世纪，就源源不断地出口香料、丝织品和珍珠。马杜赖是潘迪亚王朝一千多年来的都城。正是在潘迪亚王朝统治之下，马杜赖修建了规模宏大的米纳克希神庙。

印度老城的建设基本上都是围着主神庙展开。马杜赖也不例外，以米纳克希神庙为中心，城市街道像曼陀罗花一样开放，千年来不曾有过大的改变。

浪漫的神

米纳克希神庙是马杜赖的精髓所在，每天经过这里的人成千上万。在这偌大的城市里，我们也只为它而来。神庙是典型的南印度传统达罗毗荼寺庙风格，高耸的阶梯形精致塔门，配以无数立体神像，形态各异，绚丽华美。在喀拉拉邦的阿勒普扎和特里凡得琅，我们就对此神庙风格有了些认识。在拉梅斯沃勒姆，梯形的塔庙洁白无瑕。到了马杜赖，几万个彩色小人又一次生动地覆满了塔身。

神庙有东南西北四座塔门，高耸入天。院内供奉的是女神米纳克希和她的丈夫湿婆。相传，当年潘迪亚国王祈求上天赐予一个儿子。米纳克希（帕尔瓦蒂的化身）在祭火中以三岁儿童形象显现，不但有着鱼一样的眼睛，漂亮过人，还怪异地长着三个乳房。话说这第三个乳房会在米纳克希遇到命中之人时自然消失。长大后的米纳克希继承了王位。不断出征、想主宰世界的她来到了冈仁波齐峰（即西藏阿里“神山”，梵文意为“湿婆的天堂”）。这时湿婆出现了。如预言所示，米纳克希的第三个乳房消失了。两人回到马杜赖大婚，成了潘迪亚的国王和王后。

神庙隆重，在神殿后面我们又发现了一处同样古老的建筑，里边的神像精致至极，神韵丰足，不知以前是做什么用的，现在却是普通民众的裁缝市场，这么有世纪古韵的石殿如此用途真是让人备感实惠呢。这里就是印度，一切皆平凡而用。

头疼的小费

我们所住旅店最精妙之处，就是面对最美的米纳克希神庙景观。站在顶层天台，一切都在眼前。晨曦、夜灯，洒在神庙上是那么美妙安宁。清晨，不到五点我们就跑上去等待晨光出现的一刹那，看瑰丽的塔门一座座罗列，像美丽的画卷铺陈开来，在深蓝的天空下神秘而耀眼。晚上，拿把椅子在此乘凉更是妙不可言，神仙一般。

唯一不足，或者说让我们反感的是这里的服务生。每次坐电梯，服务生都会跟我们要吃的。因为住在六层，每次上下都要乘电梯，而电梯是老式铁栅的，要服务生拉门坚守的那种。更夸张的是，他们直接就跟街上的乞丐一样用手做着吃的动作。有一次，服务生还抓着汤姆的胳膊不放。这些人都穿着酒店的制服，有一份体面的工作，但行为举止让人大跌眼镜。这样一天来回好几次，实在是忍无可忍。最后离去时，汤姆宁愿背着包从六楼一直走下去也不愿坐电梯。

旅店服务人员跟我们要吃的，其实是索要小费的另一种方式。小费，由于西方游客的习惯，一些印度人自然习惯索要。可我是中国人，没那习惯，也不主张。当然偶尔碰到服务特别好、特舒心时，我们还是会给的。另外需要一提的是，印度的一些餐馆旅店除基本费用外，还会额外加收12.5%或20%的税。如此一来，数额就很可观了。所以再提到小费不小费，一切都看自己乐意了。

戈代加纳尔，避暑胜地

从马杜赖到戈代加纳尔，车子行进在山中，一侧山崖，凉爽至极。之前路边多是椰林芭蕉，到了山中则是野花多多香又香。

戈代加纳尔简称戈代，坐落在帕拉尼山山顶，海拔在两千米以上，意为“森林的礼物”。19世纪，英国人为了躲避高温和热带疾病首先来到了这里。之后，美国传教士在这里建起了学校。今天的戈代已成了很多人的避暑胜地。

戈代山坡此起彼伏，树木繁茂，不乏美丽的湖泊、瀑布和峭壁岩石，是徒步郊游的好地方。小城经济由此应运而发展，很热闹。

每年的四月到六月是戈代的最佳旅游时节。这时既没有早春的冷，也没有夏天的热，更没有冬天的薄雾浓雨。我们到的时候恰值三月底，早晚温差很大，感觉就像是从一个极地一下子蹦到了另外一个极地。早上凉，要穿长袖；中午穿短袖，不冷不热很舒服；到了晚上真的是好冷好冷，穿着长衣长裤外加两条毛毯，睡觉都觉着冷。比起马杜赖和其他南部城市的燥热汗湿，这儿的骤冷让我们很是受不了。

当地人早晚都有戴帽子，穿毛衣的习惯。小孩戴的红色毛线帽就跟故事里的小红帽一样可爱。

不知道为什么，估计也是凉爽的气温条件允许吧，戈代到处都是家庭自制的巧克力店，且口味繁多，加入各种各样的杏仁果类，便宜又好吃（原材料的可可粉据说直接购自吉百利公司）。按分量卖，花个二三十卢比就够我们吃了，超便宜。

唯一一次尝试牛肉

在戈代，我第一次也是唯一一次在印度尝试了牛肉。牛，在印度被视作神物，所以印度教徒是不吃牛肉的。而我在这里吃的也不过是水牛的肉。在印度和尼泊尔，牛肉（Beef）和水牛肉（Buffalo Meat）是有区别的。例如尼泊尔的尼瓦人，百分之八十五以上为印度教徒，他们不但吃肉，同时也吃水牛肉，但是坚决不碰牛肉。在印度，一般是在基督教地区和有藏族人居住的地区才会吃，这里有教堂也有藏族人开的小店，看来是完全符合条件了。

不管怎样，这里的牛肉香料饭（Buffalo Biryani）超好吃，半份只要二十五卢比，特便宜（因为吃的人少，牛肉比鸡肉、羊肉要便宜一半）。虽然我很爱吃牛肉，可是这一次之后我就再也没吃过了。因为在这个很少吃牛肉的国度，感觉就像是犯了大忌一样，心里总是怪怪的。而且，印度本来就是个很少吃肉的国家，既然不能保证什么，还是少吃。任何东西，吃的人少那最好还是不要吃。入乡还是随俗的好。

戈代的旅游带动了当地的一切，发展很成熟，教育也很完善，除了当地的国际学校外，还有一个国际捐助的残疾儿童学校。不用说，这些生活在山里的孩子是幸福也是快乐的。特别是残疾儿童，从身心和教育上都受到了良好的照顾，比起印度路边那些没人管的孩子，真的是掉在了蜜罐里！

窗明几净的教室里，我们有幸观摩了一堂课。十几岁的孩子们生动活泼，我们与他们聊天，跟他们一起看大屏幕上的动物世界，感觉不到一丝阴影。

毫无疑问，这里是一片乐土。

古努尔，茶香

中国是茶的故乡，而印度是世界上唯一一个能在茶叶生产和消费上与我们媲美的国家。喝茶是印度人每天雷打不动的习惯，不管是工作生活娱乐聊天，最不可缺的就是一杯又一杯的茶。大街小巷到处都是茶摊。把红茶和水一起煮沸，再放入牛奶接着煮，通常也加姜末，有时又会是马萨拉的香料，自由调制，最后搁砂糖，一杯香浓可口的印度奶茶就煮成了。用滤网把奶茶倒入杯中，滤除茶叶渣子。印度奶茶的关键是现煮现喝，空气中也因此奶香不断，热气不断，似乎所有人的日子都跟着茶的热度蒸蒸日上，有滋有味。

印度的茶叶生长区主要在北部的大吉岭和阿萨姆地区，南部的则集中在尼尔吉里丘陵。我们此次到访的古努尔就坐落在尼尔吉里丘陵，海拔超过一千八百米，出产著名的尼尔吉里红茶。青山丘陵连绵不绝，披覆着茶树、桉树和银橡树，为尼尔吉里地区最美丽的风景。

古努尔四季青翠，颇受印度电影的青睐，尤以羊羔鼻子和海豚鼻子出名。

清晨，我们搭乘七点的头班车，经过羊羔鼻子来到海豚鼻子。山上山下茶树成片，陡峭断崖时现眼前。妇女们已踏着清晨的露水采摘茶叶。这时的印度女人不再身披绝艳纱丽，只一件普通的灰色耐脏外套，头发也包了起来。时常在国内电影中看到盛装的少数民族在田间茶林劳作，只有真正去过的人才知道，那些漂亮的头饰服装是他们压箱底的家当，只有在节日里才会隆重地穿戴，就像我们不会穿着雅致娇媚的旗袍和高跟鞋去打扫卫生。劳动，是回归大自然的一份真实。

采茶女喜气盈盈。一对采茶夫妻特地要求我们给他们合影，冲洗出来再寄给他们，我们也确实这么做了。但管事的就没那么好说话，远远看到就跑过来，不让照相。如此美丽的地方，有了人的生气却不可以照相，可惜了一片好景致。漫步在山间，深深地吸气呼气，纳山岭之秀于一身，无疑是最美的。

因为有着与斯里兰卡相近的地理环境和气候条件，尼尔吉里丘陵出产的红茶与锡兰红茶口味颇为相似。茶色浓橙，又别具一格地清新雅致，配以不同的花果牛奶，引发美妙的“奶茶之旅”。当地最好最贵的红茶当属橙白毫，以刚长出来的二叶加工而成。要的就是金贵！

自然，古努尔小镇多的是卖茶叶的地方。尽管没有热水，爱喝茶的我还是忍不住地买了一两红茶，过过嘴瘾。

伯拉卡德，人情暖意

原计划是从古努尔去往南部十几公里远的乌蒂。乌蒂同样由英国人发现，是著名的山中避暑胜地。很多人都是舍古努尔直接去往乌蒂，但我们的最终目的并不是来印度避暑，再者已领略过戈代风情，于是反其道而行，舍乌蒂，盘旋下山，离开了这温宜凉爽的好地方。

相同的路，又在昨天车祸的地方停留了半个小时。车子停下时，也是乘客方便的时机。依然是一面悬崖，一边山坡，让我不知所措。好在有同车的印度妇女向我招手示意，于是跟着她在车子后方十几米处蹲下。这时已不再介意周围有没有人，大家都一样。再者背包时间长了，早抛去扭捏。

依然是平常的几个小时，不平常的是我跟汤姆吵架了，至于为什么现在是怎么也想不起来了，反正是芝麻绿豆莫名其妙。我俩一路都没说话，结果到了车站，事态愈演愈烈，冷战变成了要回家。汤姆开始分包，清理各自的东西。准备在路上吃的橘子散落满地。这是我们来印度后第一次吵架，好像也是唯一的一次，却又吵得如此不可开交，当时还真以为印度之旅就此结束了呢。

站内人来人往，边上的印度人都停下来直直地看着我们。说实话，让我们尴尬的不是印度人，而是偶尔瞥来两眼的一两个老外。

但已顾不了了，本就惹眼的我们大无畏地在车站上演了一场生动的异国情怨。

天很快黑了，东西分完，我们俩也和好了。马上统一战线，去找那混乱的去伯拉卡德的车站，就像什么事都没发生过。也许这就是两个人一起旅行，总会有一个时刻莫名其妙地来火，但一有状况又会共同面对。两人是同盟，是亲人，也是彼此唯一的依靠。

这一天漫长而倒霉。早上七点坐车，晚上八点才到伯拉卡德。周边旅店却全部爆满，说是结婚派对。可怜我们在这个鸟不拉屎的地方整整找了一个小时，汤姆放弃了。一人弱时，另一人要坚强，这是两个人的生存准则。于是，我让汤姆看着包，独自在黑暗中沿着马路另一端前进，终于在离车站十多分钟步程远的地方找到了一家。到了第二天，才闹明白昨晚下车的地方是政府经营的车站，小镇的中心在所住旅店附近的私人车站，这里另有一方天地。难怪昨晚除了几家旅店，什么都没找到。

伯拉卡德没什么特别。来这里只是因为在科钦碰到一个摄影记者，据他说马拉普扎的小村子非常有趣。辗转来到伯拉卡德，要从这里坐车去马拉普扎。

马拉普扎

马拉普扎距离伯拉卡德七公里，地处郊外，半小时车程。公共汽车前半部分的座位都标着女士专座，有趣的是尽管后半截位子都空着，这些女人还是不可思议地挤在前面，与男士明显区隔开来。

车子最终在一个像是公园的地方停下来，是大坝水上乐园，当地的一大景点，据说游人无数。不用说“游人”指的是印度游客，除此就没什么了。往回走走，光秃秃的山脚下有一些小房子，我们推测这就是所谓“有趣”的村子了。

迎面走来一个女人，头顶一捆柴，邀请我们进村。在她眼中，我是马来西亚人。全拜印度一个月来的骄阳水土所赐，让我有了异国风情。

我们的到来惊动了小小村落里的所有人，姑娘小伙儿跟在身后，汤姆领一队男生，我身后跟了一排女生。奇怪的是，他们都以为我们是来做研究的，男孩子特地带汤姆去看了村里的石头（也许这就是玄机，但我们怎么知道呢）。

村里有间托儿所，七八个小孩排排站，让我们照相。一个女孩要我签名，这种事已是第二次碰到了。第一次是在阿勒普扎的女子中学，当时有点晕，我一个背包客而已，推辞了。这次我大笔一挥写下了中文名，因为汤姆说她们肯定是想看看中国的文字，言之有理。可她们还要我的电话号码，国际长途哎。

走之前，来了张集体合影。一女孩亲热地在我脸上亲了一下，我热情地回抱了她，所谓礼尚往来，感受远方朋友的温情快乐。

这一天从地图上来看，有点像走过场一样多去了一个地方，并无特别。不过添上人情暖意，也就不虚此行了。

惊心动魄悬崖路

从伯拉卡德坐车到卡尔贝塔，目的地是瓦亚纳德山区。

又一次领略喀拉拉的椰林穿梭，洋房相伴，羡煞！但行程的最后一个小时却让我们惊心动魄。窄窄的单行悬崖山道，绕来绕去一直要爬上海拔两千米，路的宽度只能刚好错开两辆车而已，转弯处必须等对面的车子先行才能行进。夜漆黑不见五指，虽然司机技术好得没话说（在印度这么久，早领教了印度人开车的疯狂，三轮车在混乱的街道上横冲直撞，驾车人面不改色心不跳，真是久经沙场，小菜一碟。最真实的情况却是，印度的车祸死亡人数位居世界第一，让人不寒而栗）。可是眼看着对面的车子嗖地“撞”过来，车灯一晃，重心迅速闪向左边（印度是靠左行驶），接着便是无休止的爬坡转弯。

黑夜里，车子就像猛兽在山林中搜捕，车灯成了最摄人心魄的眼睛。我们坐前排，心一直悬到了嗓子眼儿，那个紧张呀。我紧紧地挨着汤姆，紧紧地攥着他的手，我还年轻啊！

终于终于，车子爬上了坡顶，再次进入平原。好不轻松。

瓦亚纳德，探寻原住民

瓦亚纳德山区是喀拉拉的天然绿色屏障。这里是野生动物园保护区，也是香料咖啡种植园。无数的原住民村落，吸引我们前来探寻。

从地图上看，乌蒂连着瓦亚纳德山区，其实它们分属两个邦，当时没有仔细看，结果多走了一圈弯路，下山又上山，体验了一次急速心跳。但到达目的地并没这么简单，我们在作为游客中转站的中心枢纽小镇卡尔贝塔住下，第二天一早坐车去小镇Mananthavady，从那里换乘，行程两个小时。原住民部落主要有三个，Kurumbas、Adiyas和Paniyas。

Kurumbas是天然的采集者，以采摘水果蜂蜜和草药为生。Adiyas和Paniyas则以农间劳动为主。Kurumbas和Adiyas的村落很散，一间间房子散落在林间，不是想象中茅草顶的泥土枝条房，而是红瓦的土石房。村落里没几家人家。人也一反惯常所遇印度人的热情，特冷淡，不喜照相。女子的服饰没什么特别之处，穿的不是纱丽，反像是保守的宽松睡裙，鼻子上也没多戴几个环，平常而已。

村民说这一片到了晚上，可以看到很多野生大象。可惜指南上没有提到，我们事前也没准备在这里过夜，错过了。要不然，看着成群的野象奔跑号叫，该有多酷！

没有人没有象，看着林边潺潺的小溪，我们索性脱掉鞋子卷起裤腿，让双脚彻底凉爽。一群群小蝌蚪在我们驻足的时候迅速啃上脚丫，怪怪的痒痒的，让人忍不住想笑，纯天然的养生SPA！

在另一边的Paniyas，女子极爱打扮，但跟在Kurumbas和Adiyas看到的一样，今天她们穿着“睡衣”，没有佩戴任何夸张的饰品。穿过路边丛林，入眼的是半树腰的树屋，一座座长在篱笆院里、农田里，简单利落，是看守农作物时的哨所，也是孩子们的栖息玩耍之处！他们就跟猴子一样，一眨眼工夫便蹿了上去。以树杈为阶，树干是天然的梯子，却让我一步一崴。

Paniyas人朴素热情，一对母女执意要我们去她们家喝咖啡。屋子很简单，小小三间。一进门的右手边是女孩的房间，一张单人床、一个衣橱、一台收音机和一张弟弟的相片；左边是妈妈的房间，挂着帘子，没有门；之后是吃饭的地方，往里是个院子，空空如也，是厨房。

印度乡间的灶头很简单，用土垒起一个小坑，就完事了。就是在城市里马路边，我们也能看到那些穷人随便用两块石头或砖一垒，架上一口锅，点上火就万事俱备了。

这一天奇热无比。从Mananthavady返回时，车上坐了个穆斯林妇女，一身黑衣，蒙脸，只露出两个眼睛。虽然这打扮我们在瓦拉纳西时早已见过，可那会儿还没这么热。眼前这位戴着黑色手套，穿着黑色袜子，像个粽子般裹得密不透风。

那时总想这些身在印度的穆斯林，眼见周围纱丽艳美，却只能从头到脚一身黑衣，会不会特郁闷？留意得多了，才发现黑罩衣下鲜艳的美丽衣裳。真是爱美之心人皆有之。

之后又上来个老婆婆，与那袭黑衣对比，老婆婆一身雪白纱丽，全身金光闪闪，像个贵族，戴满了金饰。耳边至少六七个耳洞，还不算耳垂上的那个。重重繁花，将那不堪负重的耳朵坠出一个大窟窿，风景也是一边倒。也不知这是不是当地的少数部落，可比我们特地寻找的有意思多了！

坎努尔，泰颜舞之都

坎努尔在历史上是座海上香料贸易港口，香料贸易曾持续了几个世纪，也是穆斯林的渔场集镇。

海滩是这里的特色。我们每坐一个地方，依然会有印度青年围上，盯着我们，跟我们聊天。我们一次次地挪远，挪到没人的地方，但很快又是如此。

太阳下山我们离开时，正是老少一家出动的时候，海滩一下子热闹起来。远远地能看到一身黑的穆斯林女子，即便是在海滩上，同样裹得密不透风。

恰值周末，有钱的印度人开车来这里度假，临近海滩的地方有独幢豪华别墅。这里的海滩完全属于印度人，老外不含在内。

当然，我们来坎努尔，也不是为了享受海滩，而是为了这里的泰颜舞。

泰颜舞是喀拉拉北马拉巴地区颇富戏剧表演性的宗教仪式，有着几千年的历史，通常在村子的神庙里举行。泰颜舞仪式内容众多，仅坎努尔地区就有四百多种。

从演员来说，泰颜舞同科钦的卡塔卡利舞一样，都为男子，也都有隆重的妆面服饰和头饰道具，可谓有过之而无不及。但泰颜舞和卡塔卡利舞有着质的区别。卡塔卡利的演员装扮成神，通过角色故事的表演来诠释神。但泰颜舞的演员在装扮成神的模样后，即被赋予了神力。泰颜舞是神的舞步，所有的观众都相信自己能得到神的赐福。值得一提的是，泰颜舞由最低等的人群（土著部落）和上层的婆罗门组合而成，演绎神灵的只能是低等的不可接触者，只有他们才真正拥有神力。这与现实生活中更高阶级的人更接近神灵的种姓制度截然相反。

印度教形成了印度的种姓制度，将人划分为四个等级，婆罗门（祭司贵族）、刹帝利（统治者和武士）、吠舍（商人和工匠）和首陀罗（农民和卑微工作者），生来已定。种姓直观地反映了人的地位和职业（对于等级的划分诠释，各有出处。祭祀属婆罗门，统治者属刹帝利，两者毫无疑问。但武士有时又被归为刹帝利或者吠舍。吠舍中包括商人，但农民和工匠有时归吠舍有时又归首陀罗。这看似简单的划分里其实又是层层细分，估计外人是说不清的。我参照的是20世纪60年代出版的印度指南），除此之外的芸芸众生皆为不可接触者，即贱民。

虽然印度的种姓制度已经取消，但在现实生活中依然惯性地存活着。不管是过去还是现在，泰颜舞都是一种另类的“正义”声张。

我们凌晨四点起床，四点半出发，跟旅店的德国女人搭伴去看泰颜舞。

半个小时后，到达坐落在河边的穆萨潘神庙。主殿五点半才开门。尽管仍是一片夜色，腾腾人气早已褪去早上的清冷，殿前河畔台阶，信徒撩起了冰凉的水。

印度神庙基本都取名于供奉的神灵，此处供奉的自然就是穆萨潘。穆萨潘被视为湿婆和毗湿奴，为婆罗门神的共和体。我们看的这出泰颜舞演的是穆萨潘湿婆的形象。

开门时，人员都已装扮完毕，六点开演，六点半结束，七点接着第二场。湿婆奇装异服，夸张至极，有点龙王的味道，从头到脚红得隆重，脚步轻盈地来回走着舞步，手摇短剑，侍者全程相随；其他人员吹吹打打。我们依然听不懂也看不懂，整个很唐璜。殿内禁止照相，观看时，男女分开，左右各站一边。仪式一结束，人群蜂拥而上，递过香油钱，接受神赐福。汤姆被点到了头和手。

所看卡塔卡利和泰颜舞，两者道具皆为怪异，形势唐璜，怪就怪在我们什么都看不懂，却仍然能感受到那份圣洁和肃重，没有一丝可笑。甚至在看完之后，还有一种特别的欲望，想表达出这份与众不同的神圣，奈何言语贫乏。

泰颜舞从每年的十月十一月一直持续到来年的五六月，时间不同，神殿不同。其中的泰颜舞节更是让所有人大开眼界，是真正狂欢和祈福的时刻。

乌迪比，神授意的海边圣城

据史记载，圣人Madhva在海边搭救了一艘遇险的船。船长以整船货物相赠时，圣人只选取了一块檀香木。没想到木头破开，里边是一尊完美的克里须那神像。见此天象神意，Madhva在乌迪比兴建了克里须那神庙。信徒源源不断，神庙也因此成为众多克里希须那庙中最重要的一座。

乌迪比的克里须那神经常以不同形象示人，服装多达五十套。最神气的是，头戴钻石王冠的克里须那还有一套钻石衣。可谓王者风范。

每年一月中旬，乌迪比都会举行神车节。顾名思义，就是神像端坐在车里，由众人拉着欢庆巡游。除此，在一些特定场合，也会有神车游行。

赶了一天路，却在晚上交了好运，在神庙街撞上神车游行。首先入眼的是三架巨大的彩球神车，高达十五米，底部是巨大的木质车轮，同为木质的底座精雕细琢，马兽在前。中间楼座宽敞，外以克里须那的画像装饰，顶部红白色的巨型圆球。夜间，红色就成了一圈灯韵。

七点，庆典由神庙圣水池中的游船拉开序幕。圣池中的水运自恒河，每十二年添加一次。游船开动后，声势浩荡的神车游行就开始了。听热心人介绍，这次是富贵人家的祈福。神庙街人声鼎沸，大象领队，焰火礼花助阵，巨人小鬼表演，礼乐相伴，好不热闹。所有的人哄拥着上前拉起粗粗的麻绳拖动车轮，三座神车，一座跟着一个缓缓向前。高高的神车楼座中有祭司伴着克里须那神像，夜光下，神秘而荣耀。行进的队伍走走停停，停下来是为了让朝圣者更好地瞻仰，也为了我们的克里须那充分享受这快乐的一刻。

一个轰轰烈烈的晚上！

第二天早上十点，胜景再次上演。昨晚我手忙脚乱举着相机一路跟随，今天则尽情加入了拉神车的行列，拉得是满头大汗。前边拉，后边撬。这是最齐心协力的时刻，没了高低贵贱，不管是富贵儒雅的夫人，还是街上流浪的乞丐，都一心向前。平常在大街上很少看到的上层有钱人，这个时候就全出动了。

一圈拉完，尊贵的祭司从车上抛下几盘食物，接着就是硬币。虽然只是一块两块的卢比，但这撒下的钱就跟佛祖开过光似的，谁都争相哄抢。我们也不例外。

接下来就是入庙诵经礼神了。端坐在金椅上的克里须那被抬入主事的大殿，鼓乐相奏，众人退避，中间自然成道。神殿灿黄华丽，克里须那也是一片金黄，最后置入金黄主台的吊篮里，金灿灿的一片，晃得我们都没看清这位“金主”的模样。众人让道，殿内只有神牛怡然自卧。我们围着神牛散坐开来。对着神牛，信徒是又亲又摸，还殷勤地送上小点心，这待遇，哪是一般动物能享受的啊！神牛毛发又黑又亮，真是养尊处优。本次大典中，汤姆意外地被钦点为“御用”摄影师（举目之下，也就我们两个老外），在主持大师的示意下，走上神台拍下那家有钱人接受“颁奖”的历史一幕。

轻巧象鼻

在乌迪比神庙前，晚上领队的大象白天也不闲着，担着一份特别的美差——象鼻赐福，象头神伽内沙来也!

我们要做的只是把钱放到象鼻处。当下，象鼻卷起钱，轻触你的头顶，以表神来之福。看着别人这么做，我心下生痒，却又有点怕，这么个庞然大物。最终还是递过五卢比，然后是轻轻的，真的只是轻轻一点，蜻蜓点水般，很温柔的触碰，却让我兴奋得直跳，心里好喜欢。于是又在旁边小铺花了十卢比买了六个芭蕉孝敬。这个鬼精灵，收到钱，点完头，马上就把钱交给边上拿着鞭子的人（又是那一身土不拉叽的黄制服），收到香蕉则一口吞下肚，都不带嚼的。真是好喜欢这个“小”东西啊，只是那管教之人面目严肃，一个笑脸都没有，还不允许留影纪念。

卡尔卡拉小镇

周日是政府法定休息日，神庙周围的小店基本都关门了。百般无聊之际，我们碰到一个经常来乌迪比游玩的小伙子，他建议我们去看看卡尔卡拉。于是，在拉完神车的下午，我们马不停蹄地赶往卡尔卡拉。

距离乌迪比一个小时车程的卡尔卡拉小镇古色古香，有很多颇具规模的红瓦老房子，跟特里凡得琅的帕德马纳巴史瓦米神庙以及之后的戈卡纳圣水池周围一样，十分宁谧，古韵十足。小镇历史一直能追溯到10世纪初，曾经举足轻重，是耆那教圣地。今日，小镇的机动车叫嚣着，终是扰了那份古朴雅致。

↑戈卡纳：中午门庭若市？午休时间！

↑戈卡纳：修补渔网，渔民的必修课

↑果阿：源自拉贾斯坦邦的 Lambadi 部落女人，曾经的游牧吉卜赛人

↑果阿人的休闲一刻：啤酒和大麻香烟

↑果阿：传统水果摊

↑“Holy cow!”在孟买市中心街道上自由游荡的印度教神牛

↑孟买中心的繁忙街景

↑百秀乐，孟买郊区的典型平民窟

↑上下班拥挤的孟买郊区火车

↑ 2014 年，海吉拉成为印度合法的第三性人

↑ Kamathipura, 孟买最古老也是亚洲第二大的红灯区，始于 1795 年
→ 出淤泥而不染，站在贫民窟门洞里的女人
↓ 滨海大道风景

↑印度大选日

↑印度的神！下方图为作者参加拍摄的电影《情系板球》中的男神沙希德·卡普沙！

↑孟买：作者在参加的广告拍摄中偶遇印度男神阿米尔·汗

↑不苟言笑的 Rabari 部落女子

↑ Ahir 部落笑语姐妹花

↑杜瓦尔卡：沙地中打水的女人

↑杜瓦尔卡：涨潮瞬间

↑卡奇北部：Banni 地区的小姐妹

↑卡奇北部：Khavda 小镇的男人

↑热情如火的 Harijan 部落女子

↑萨桑格尔：三四百年前的非裔，现今融入当地

↑萨桑格尔：当地少见的着传统服饰的男人

戈卡纳，牛耳朵

“戈卡纳”意为牛的耳朵，是卡纳塔克北部的海边小镇，两千多年来一直是印度教湿婆派的中心。传说湿婆正是在牛耳朵里显现的。除了神圣的宗教神庙，这里椰树摇曳，碧海蓝天，细沙洁白，有着与世隔绝的海滩。20世纪90年代，嬉皮士从逐渐商业化的果阿来到了这里（还别说，这里最多的就是嬉皮士，巨酷无比），戈卡纳才被西方游客挖掘。之后就成了不容错过的一站，一颗闪耀的旅游新星。但它紧挨着果阿邦，会被多数游人不以为然地跳过。正因为如此，才让今天的戈卡纳仍安享着自己独特的美丽。

默哈巴勒什瓦尔神庙供奉的林伽取自湿婆的故乡——喜马拉雅山冈仁波齐峰。这是印度力量最强大的林伽之一，据说前来朝拜的人只要看它一眼就能得到湿婆的赐福。殿中供奉的湿婆神像有一千五百多年的历史。老外原本可以入内，但由于一些人的出格行径被拒之门外。

戈卡纳小镇生活气息浓郁，尽管满目都是老外，又有风情购物街，但它还是按照自己的步骤，怡然自得。中午店铺集体关门休息，整个街道安静入眠。圣水池四周，红瓦老屋，宁静致远，门廊却又是整面整面的炫彩。

到处可见端坐着的上了岁数的老婆婆们，她们露着肩和整个后背，胸前由一块布围系着裹到脚踝，脖子上缠了无数条珠子项链，让我们误以为是当地的部落打扮。打听后才知道，这是当地人过去的穿衣风格，真是时尚又前卫。反倒现在的年轻一反古旧，只是一身的平常纱丽。

小小的戈卡纳坐拥五个天然海滩。戈卡纳海滩是渔民渔船渔网。稍远一点的是Kudlee海滩，沿着海岸线往南，爬过山头二十分钟就到了，有很多小屋供老外租住，价格非常非常便宜。更远处的，再翻过一个山头就到了OM海滩。剩下的几个就更远了。

OM海滩因形状很像印度教的吉祥字符“ॐ”得名。这里老外多，印度人也多，小屋很有规模也很漂亮。在此处，我们同样遭遇了“骚扰”，不过主角换了，不再是印度人，而是两只淘气的神牛，来来回回地直闯我们的领地，赶都赶不走。所有的外国游客都舒舒服服地躺在树丛下，半晒着太阳，眯着眼看书。我和汤姆还带了一个大西瓜享用。可神牛一来，大家都仓皇起身躲闪。一次又一次，最后还是汤姆开动脑筋，用我们吃剩的西瓜引着神牛一直走到了海滩的另一边，还了所有人的清静。

眼花缭乱的Lambadi

Lambadi本是拉贾斯坦邦的游牧民族，印度的“吉卜赛人”。他们从印度北部迁移到印度中部和南部，从事农业和贸易。定居下来的Lambadi开始慢慢接受当地文化，尽管像嫁出去的女儿泼出去的水一样逐渐淡化了原宗邦属的关系，但依然过着多姿多彩的生活。

Lambadi女子衣饰艳丽，多为红衣，镶嵌着无数闪耀的小镜子。她们戴着用硬币做成的项链和戒指，摇荡烦琐的铃铛既是耳饰也是发卡，双臂文身，手脚上无数个镯子。在戈卡纳我们就有幸见到了两位，一位在风情街的小铺里，一位在海滩上，都是上了年纪的老妇人。

小铺里的那妇人一身彩衣闪闪发光，手指和脚趾上都戴着硬币戒指。长这么大，我们哪见过这打扮啊，如此不期然地呈现在眼前，就像被神灯一下子擦亮了眼睛，让我们不愿离去！为此我们在小铺买了两件薄薄的无袖低胸上衣（在戈卡纳，穿衣完全没有禁忌，让我第一次彻底凉爽。但也正是这件小衣，惹得春光乍现，在从果阿坐车去阿兰博尔海滩的路上给我惹了麻烦，那是后话），甚至都没有讨价还价，为的就是能在小店多待会儿，照几张相片。

令人不解的是当我们提出要给这对母女寄相片时，店家女儿却说不用。这还是第一次碰到不索要相片的呢，汤姆猜这妇人并不是真正的妈妈，是店家雇来招揽顾客的。言之有理。来印度一个多月了，先是纱丽让人着迷，但之后就视为平常，连特地找寻的瓦亚纳德部落都已不再特别，时至今日，我们又一次看到了不一样的特色部落，再次激动，就像被注入了新的血液，亢奋不已。

化装舞会

戈卡纳似乎每天都有事发生。白天街上有敲锣打鼓、打扮得像小鬼一样的跳舞人群，小铺前女孩顶着神龛唱歌，虽然只是为赚取一点生活费，却是别样生动。

晚上，所有的老外，不管是住在镇上的，还是远在几公里外海滩边上的，都一窝蜂地聚集到镇上，就像夜晚的蚊子迫不及待地出窝。

这一晚，说是Holi Festival。当时特诧异，一个月前刚过完怎么又来了，想着恐怖的粉末之争，虽然极度不愿青红一片惨兮兮，但也不愿错过。

时间是晚上九点到凌晨一点。我们早早去候着。街上坐着等的都是老外。纸飞机、纸神庙、纸圣牛，还有纸摄像机，全都是巨型纸模。人们奇装异服，有的男人一副伪娘打扮，浓妆艳抹身着纱丽，俨然绝世妖姬，妩媚怪异偏又风情万种，说不出的味道。其中一个还在头上顶一捆柴，彻底女人到底。小孩和少年画上了朋克妆，酷酷地用假发、废纸和塑料瓶当道具，有的干脆套上了几十个瓶子穿起来的外套和防雨蓑衣。

十点，人越来越多，终于水泄不通，黑鸦鸦的一片。一辆卡车上，打头阵的小女孩和四五个男妖姬配着劲乐狂扭，来来回回换了好几曲，跳来跳去也没成形。纸飞机上天，最终因为力不能及掉了下来。

近两个小时，除了乱哄哄的人群，什么也没看到。当地人三两离去，我们也失望地回去了。原来，此Holi不同于彼Holi，更确切地说这是Halloween，一场诡异的印度式全民化装舞会。

果阿邦，嬉皮士的天堂

果阿邦位于印度西海岸，有着无数个自由海滩，并因此闻名。经过长达四百五十一年的葡萄牙殖民统治，于20世纪60年代回归主权。之后，世界各地的嬉皮士蜂拥至此，果阿成了畅想音乐、艺术和生活的自由天堂。今日，首府潘吉姆依然保留着浓郁的葡式风情，老果阿到处都是世界遗产级的教堂和修道院，曾经的嬉皮士跳蚤市场依然活跃，这里让所有过来人感慨，一个最不像印度的地方。

帕洛伦遭遇黑店

帕洛伦海滩非常漂亮，是所有印度海滩中最美也最有南亚风情的，当然也不可避免地最为拥挤，到处是游客。海滩边林立的那一排餐馆酒吧无论什么时候都人气十足，去往海滩的那条路上更是挤满了各种小店，琳琅满目。泳装店终于举目皆是了，高档的低档的各种潮流款式应有尽有。不用说，我也买了一件，四百五十卢比，虽然还是中国制造，但印度的保守终于在这里网开一面。小店里各种吊篮吊椅别具一格，更是让人好生喜欢。果阿的情调果真不一样，浪漫又小资。

在帕洛伦，来印度一个多月后，我们第一次遇到了中国人，还同住一家旅店。虽然只是两个在班加罗尔学习软件的中国留学生（印度是软件出口大国，可在印度上网却是件超级郁闷的事，不但设备老旧，速度也超级慢，价格倒是不便宜，费用普遍在三十到六十卢比每小时，偶尔能碰上二十或二十五的，但少之又少），两人完全不是背包客，但能碰到已是不易，聊天也就自然而然了。

印度“硅谷”班加罗尔是个漂亮的现代化花园城市。来这里留学的好处是一年就可以拿到硕士研究生学位，时间短是最诱人的砝码。这是他们在印度的第一次游玩，一切都觉得新鲜，处于亢奋状态。一个男孩不停地念叨着“这里太便宜了，太便宜了，我要马上打电话让老爸坐飞机来玩”。少不更事的大男孩！

说到印度便宜呢，真正便宜的是这里的交通费，火车、汽车费往往是咱们的几分之一。国内随便一张两三个小时的汽车票动不动就是上百，印度也就十几块钱，便宜得不是一点两点。当然印度的速度和车况是不能跟咱们比的，差得也不是一点两点。但这里说的是在印度只要有点钱去哪都不用发怵，不怕没车票钱（飞机自然是贵的，有钱人的专属）。除此，物价也还行，也还便宜。比较起来，要说最贵的也就是吃饭了，六个大虾要八十元人民币，这还真是天杀的价格。

晚上十一点，我们去吃夜宵。服务员说“Six for Fifty Rupees”。虾有两三寸长，算下来也就是人民币一块多钱一只，其实也不便宜。服务员接着说，点烧烤另送一份薯条，这样一来价格就很诱人了。于是，我们要了一份虾，外加一份馕。

吃的时候挺美，虽然肉一点点，一口一个，还考虑着是不是再来一份。幸好没有，因为结账的时候我们就傻眼了，账单上写着六个虾 四百五十卢比——“6-450”，再一想，英文“four”同“for”。我们被狠狠地宰了。也就是说一只“虾米”卖到了龙虾的价格，十块多人民币呀！为了让我们信服，老板拿出了其他老外的点菜单，都是六只虾四百五十卢比。看来，跟我们一样上当的人还不在少数！当然，我们除了付钱，别无选择。

就这样，连带影响了我们的好心情。住了一个晚上之后，我们愤愤地离开了这个美丽又糟透了的地方。

打心底讲，我很喜欢帕洛伦，真的很美，海滩的氛围很成熟，让我完全放松自在地呼吸透气，畅想那一份久违的自在。还有可爱的流浪大黄狗。每次，它都会安静地趴在我们旁边。但对于汤姆来说，帕洛伦除了小店还是小店，人也太多。他还是喜欢戈卡纳，那里才是真正的天堂。

路上下巴脱臼了

去往本瑙林海滩的车上人挤得要死，天也热得要命，好在我俩挨着门，能透些空气。但依然热得稀里糊涂，我开始不停地打哈欠，也不知是来印度这段时间没的吃，营养没供上，还是从来就没这么热过，骨头热胀冷缩来不及适应，一打哈欠我的下巴竟脱了臼，难受得连带眼睛都有反应，狂掉眼泪。

可怜我，从小到大哪儿受过这份罪啊，都是这个鬼印度给闹的。偏是好死不死，赶上下车又来了。要拿行李，要挤出人群，偏偏嘴还合不上，这滋味还真不是人受的，好在最后下车挣扎的当口又合上了。但也就此留下了后遗症。最尴尬的一次是之后在普杰的村民家吃饭，咬不动印度薄饼恰帕提和土豆咖喱，只得囫囵吞枣，然后倒霉的下巴出状况了，只得跑到院子里拼命吸气，扇着手，不让眼泪掉下来，好可怜。回国之后，却再也没有发生，只是在印度。

老人的天下

本瑙林海滩人好少，零零落落的只是一些上了岁数的老外。往北三公里是科瓦尔海滩，人多餐厅也多。还是感觉人少的本瑙林舒服一点。海边只有四五家餐馆，白天有两家开着。我们二选一。当店主知道我们是从帕洛伦过来时，便说了这样一句，帕洛伦是年轻人的天堂，这里只有老人。那，是不是代表我们也老了？

小店的炒饭超好吃。吃罢结账时，老板说离开时再结吧，于是整个下午我们都在这附近。长椅，太阳浴，看书，踩海。弄潮的小贝壳随潮而上，随波而隐，动作快得不得了。循着痕迹，我迅速把它们挖出来，满一捧时再漫天撒下，好不快活！到了傍晚，渔民就用网兜捞小蛤蛎，做成美味的海鲜！

小憩的时候，来了几个兜售小物件的Lambadi年轻女子，不停地在我们面前转悠。也许是因为我俩好说话，有两个居然不走了，有一搭没一搭地跟我们聊。之后，汤姆去了科瓦尔，我也没睡着。

反倒是这两位，一点也不见外，一个挨着我睡在躺椅上，一个就着沙滩打起了呼噜。汤姆回来时，看见我们三个和睦地睡在一起，超搞笑。

晚餐仍在那家小店，但汤姆点餐失败。要了素炒米饭和铁板鱼柳，居然全是米饭加蔬菜，都没看到鱼丝，超郁闷。由此，汤姆退出决策权，日后食物决定权都归了我。女的在这方面总是比男的强，至少我比汤姆强。嘿嘿！虽然我总是想这个要那个的，但至少点的都是好东西，当然我也只是指饭菜上的搭配，味道可保证不了。就像汤姆说的，我总是兴致勃勃地点餐，浅尝之下就开始后悔。不过那又是另一回事了。

那天汤姆不知被什么蜇了屁股，半边又红又烫，如同火烧，还奇痒无比，擦了风油精也不见好转，持续了一个多星期。

诗意花香的潘吉姆

潘吉姆，果阿首府。

整个潘吉姆完好地保留着葡萄牙殖民时期留下来的老房子，洋溢着浪漫的葡式风情。其中最古老又富情趣的地方要属Fontainhas区域。狭窄的街道，一栋栋美丽的房子，带着炫彩的狭长窗户，暗红、淡黄，蓝、绿都是葡萄牙时期的传统色。窗台上错落有致地摆着各式花木盆栽，美丽至极。晚上睡觉时，打开窗户，就可以闻到迎风而来的阵阵花香，让生活充满了无尽的诗意！

潘吉姆的街道干净整洁又安静，路上没什么人。中午时间店门紧闭，可看的似乎就是那些颜色各异的老房子，载着岁月的味道。

雪白的圣母大教堂坐落在城市中心，是潘吉姆的地标。潘吉姆倚着曼多维河，河畔有豪华邮轮停靠，还有想不到的邮轮赌场！更出人意料的是挂着三个大大的中国字“少林村”的大招牌。在尼泊尔加德满都时，我们进过赌场。规模还算大，但没有人气。赌场禁止尼泊尔人入内，赚的都是老外的钱。我们只玩了一把，输了一千卢比后转身走人，就跟在澳门一样，体验一番就走，不是真的赌钱。

中午的鱼市没什么人，也只卖些零星小鱼，空气中弥漫着鱼腥味。早上则热闹非凡，海鲜贝壳什么都有，只是我在旅店里只顾睡懒觉了。汤姆回来时，出乎意料地给我买了只大大的炸鸡腿。可惜一点儿也不新鲜，我咬了两口就放下了。汤姆特郁闷，因为每次他的“意外惊喜”似乎都被食物的“意外惊喜”搞砸了。

前晚看美剧《盾》（旅行中，除了随身带的书籍以供消遣，我们还带了DVD，在笔记本上看），见肖恩给了玛拉一个棒球套，里边藏着求婚戒指时，我还戏说，我只要一只鸡腿就行。于我，在印度有得吃就最幸福！

老果阿，宗教的天堂

老果阿旧时是果阿邦的首府，繁华一时，但在17世纪，由于疟疾霍乱肆行，最终被遗弃了。今天的老果阿，除了教堂修道院，就是教堂修道院，也只有教堂修道院，华贵典雅又不失古朴祥和，像遗落凡间的精灵一样坐落在花园般葱葱郁郁的仙境里。老果阿教堂被联合国教科文组织列入《世界遗产名录》。

一下午我们爬坡上坎参观了不止六七座圣教堂，宗教与艺术完美地结合，真让人慨叹这些“遗产”的馈赠。仁圣耶稣教堂是其中最为出名的一座，安放着圣方济各·沙勿略的尊贵遗体。

圣人沙勿略（1506-1552）出生于西班牙，早年学习哲学和神学，后成为牧师，是耶稣会的建立者。1541年，在葡萄牙国王的派遣下，沙勿略耗时一年来到果阿，在感化无数民众的同时，也建造起了无数座教堂。

沙勿略也曾远赴斯里兰卡、马来西亚、中国和日本传播教义，最后在广东上川岛染病去世。噩耗传至马来西亚，信徒立刻赶到上川岛，将遗体带回安葬。后又运至老果阿，最终留在了这里，至今保存在仁圣耶稣教堂。

伟大的沙勿略能治病救人，也能起死回生，让所有信徒都为之倾倒。据说，沙勿略曾被一位葡萄牙女信徒咬下过一个趾头。去世后，又被追随者和神职人员拿走部分遗体。

今天的沙勿略被安置在内为玻璃、外包银质的棺柩中，每一个来到教堂的人都可以近距离朝拜。每十年会举行一次盛大的开棺大典。最近的一次是在2004至2005年，至少有二十五六万信徒前来朝圣。

圣人沙勿略的号召力，可以由此想象。

在巴加抽奖

巴加海滩绵延无尽，但天不作美，风大浪高，在沙滩上待一小会儿就惹得一身沙子，眼睛根本睁不开，去海边也只是湿一下身而已。这里的老外超级多，海滩餐馆前那一长排躺椅上满是巨型白种女人，毫不羞赧地穿着比基尼，露着白花花的赘肉，超级自信。

从巴加一路到卡兰古特，溜溜达达也不远，路上全是卖东西的小店。其中有两家尼泊尔人和中国西藏人开的市场，让我们一下子怀念起西藏。在卡兰古特、巴加、马普萨和阿瓜达堡（所谓的阿瓜达堡也只剩下一个圆台一段城墙而已）转悠，我们享受着小镇、海滩和跳蚤市场的完美结合！

清早，走在路上，一个印度男截住我们，自称是翠鸟啤酒的销售代表，随即拿出一打刮奖卡，让我们抽取。我们刮到了两瓶啤酒。接着，印度男又邀请我们去一家依山傍水新开的皇家度假村参加另一项抽奖活动，前提是我们必须是夫妻或者男女朋友。

我们盘算一番，想来也没什么损失，不过是随便溜达，于是就去了。酒店还为参加的男女提供免费的西式自助早餐，吃的很不错。餐厅里陆续进来了一对对老外，同样由印度男领入。

用完早餐，我们被带到一间办公室做问卷调查，“在一起多久了”“什么时候来到果阿”“准备待多久”“住的旅店标准”等等，意在评估我们是否为潜在客户群，能否成为会员。当然了，我们只是落拓的背包客，看着工作人员眨眨眼，我们抽到了“B”奖项。奖项共分A、B、C三种，B为在果阿、巴厘岛或泰国任何一处皇家度假村免费住宿一周。

紧接着，我们又被领到另一间办公室，领取了两瓶啤酒和一份详细介绍兑奖事项的单子，接着就被送回巴加。单子上的“游戏规则”是，在填寄旅行单时，随付一百美金管理费，恕不退还。如此也就明了。

Nice Try！但我们要聪明得多，享受了一顿免费的营养早餐。

反倒是那两瓶啤酒，因为我和汤姆滴酒不沾，顺手给了街上的两个大男孩，做了人情！

马普萨星期五集市

马普萨是临近海滩较大的一个城镇，每周五的集市是当地最热闹，也是所有老外必赶的，就在马普萨车站旁。

入眼的是成堆成堆金灿灿的芭蕉，成车成车的椰子、西瓜、橘子，卖筐的妇女一大箩筐。从水果蔬菜海鲜到调料品，日常百货首饰包包绣毯工艺品，一应俱全。

最吸引我们的依然是Lambadi女人，风情万种，艳若彩虹，让人眼花缭乱，摊前堆的传统饰品更是让人爱不释手。我们在一对老夫妇那里，看中了由二十五分、五十分等印度钱币穿成的项链、戒指和趾环，以及耳饰和发饰的铃铛，说是老东西，谁知道呢，不过这些钱币的确不再流通了。锡制首饰看上去灰不溜秋的，于我是脏东西，于汤姆是宝贝。尽管我们的旅行长途跋涉，行程万里，很多时候看到喜欢的东西只能拼命忍住不买，但这次破了例，一口气买了大大小小的项链、戒指等共九件，沉甸甸的，还得了个小锦囊装戒指（两个是趾环，我也学了一把印度已婚女人，把它戴在可爱的脚趾头上，作为已婚宣誓）。这位“金玉”琅铛的老妇人做起生意来一点也不含糊，老伴只是打下手而已。不用说，Lambadi的女人是真正的生意好手。

之后又从另外一个Lambadi女人那儿买了个像苗族人戴的那种项圈。可惜都是些便宜金属制成，不是银的，不然沉甸甸的多值钱啊。纳闷这么美丽的东西为什么不都制成银的呢？想来也是奢侈品，那从头到脚的首饰，已是价值不菲！这些就像是他们的餐具和取水壶一样，实用又好看。

我们又买了一堆水果、金枪鱼罐头和两个大大的面包，这成了第二天的美味营养午餐。小西瓜十卢比一个。卖西瓜的小男孩还单花了两卢比给我买了个口袋装，欣赏之余我又多拿了一个。芒果五十卢比六个，不大不小。香蕉总是最便宜的，二十卢比十六个。连着杆子成串成串金黄金黄的香蕉，在印度总看不够，尤其芭蕉，小小憨憨可爱至极。金枪鱼罐头一百卢比，面包十卢比，很便宜了。这样的一顿饭比去餐馆要便宜一大半，营养又丰盛。

苹果就贵了，不大不小的一个至少二十卢比，还是从中国进口的。在印度苹果基本只分两种，一种是中国红富士，还有一种是红红狭长的美国蛇果，一样贵。苹果就这样成了奢侈品，在家不爱吃，在这里吃一个还令人心疼。而且大多数苹果都不是很新鲜，皱皱巴巴像个受气小老太婆的脸，真是不耐看。

阿泊拉星期六夜市

赶完星期五的马普萨集市，又接着赶星期六晚上的集市。白天在巴加海滩，我们被严重晒伤，全身又红又疼，俨然两只烤熟了的大龙虾。

20世纪70年代，德国人Ingo Grill来到阿泊拉，建立了星期六夜市。这是露天棚子，但入口处要安检。

虽然卖的依然是工艺品、首饰和服装，但这里同星期五市场明显不同，针对的不再是印度人，而是老外。有一半店家是长期生活在这里的嬉皮士，另一半是印度人。现场还有劲酷的乐队和风味美食区。星光月夜和着迷样的灯光音乐，市场散发着迷人的光景。

嬉皮士的作品全部自制，别具一格，仅此一家。饰品更是独一无二。我们看上一对“湿婆眼睛”耳环。后来又看到两只天然的贝壳戒指，只是简单的抛光打洞而已，浑然天成，堪称完美！两个八百卢比，有点贵。但没有讲价的余地，原创就值钱，老外碰老外，实在是欣赏。毫不犹豫地买下戒指，放弃了那对耳环。

印度手工制成的笔记本总是让我们爱不释手，质朴的皮制、原始粗糙的纸张，配上印度教的神像，总是一眼恋上下手买入！记录印度的点点滴滴，再合适不过。

夜色下，穿梭在纸醉金迷的店里，累了饿了，来上一份美食，绝对够味。音乐无限，俨然是特别为老外准备的Party。让世界各地的人聚到这里，享受美食、购物、狂欢的异国快乐！

这是一个美丽的动人之夜！

海滩遇险

在果阿的海滩小镇，总能见到嬉皮老外租着摩托车一路招摇疯狂地开过，呼呼有声。在安朱纳，不单是开车的老外多了，因故受伤的老外也是一个接一个。我们刚到，就碰到一个一瘸一拐独自离开的欧洲女，白白嫩嫩的非常漂亮，可是骑摩托伤了脚。之后又遇到两个伤胳膊伤腿的老外。印度人开车都很疯，连小孩都能随便驾驶上路，看着就后怕。这群老外也是凑热闹，来了三不管地带就撒开了花，不出事才怪。

美美地去海滩，却碰到警察在敛尸。开始没在意，只看到三个人抬一块裹着布的东西。我的直觉是海上垃圾。汤姆反应快，看到有两个人穿的是黄色警服，马上明白是具尸体，赶紧让我回头。死者带着血，估计之前就那么漂在了海上。

我开始作呕。这跟瓦拉纳西恒河边上的火化尸体截然不同。海滩边上都是餐厅，门前一排排躺椅里是老外在悠闲地日光浴。举目一看，所有人一派泰然，无动于衷，该吃的吃，该喝的喝，连一丁点儿反应都没有。尤其是距离不过十米远、正对的那家，店伙计居然拿着菜单，一路兴冲冲地跑过去揭开盖布探个究竟。还让不让人吃饭？水里嬉戏的照样欢腾，就像什么也没看到，什么也没发生！

之后我们又在孟买的郊区火车站看到了同样的情形。一具带血的男尸躺在担架上，苍蝇满身，直挺挺地停放在消息指示牌前，所有行人若无其事地经过指示牌，没有丝毫波澜。也许这就是印度，生死轮回再平常不过。

安朱纳海滩，岩礁地带，我们意外地发现了美丽的“湿婆眼睛”，早晚都去捡。浪很大，印度西海岸的海滩似乎都如此，并不适合游泳。大浪袭来时，躲都躲不及，整个就把我们打湿了，甚至还冲跑了我的一只拖鞋。这可是当时在戈代花了三百卢比买的！汤姆奋不顾身地游进了脏兮兮的红色海水给抢了回来。远处，才是那一片蓝。

但每一次的浪潮退去，都会给我们带来好多“湿婆眼睛”。仅仅一下午，我们就捡了好几百颗，装入后来在跳蚤市场买的湿婆铁盒子，算是功德圆满。

海滩上死了好多小水母，因为油船泄漏，污染了海水。浪来时，我都要很小心地躲避，无论如何，这么多漂浮着的水母，加上之前的莫名死尸，多少还是在我心里留下了阴影，总怕下一秒一个浪冲上来什么，万一又拽住了我的脚怎么办？

四月中旬的安朱纳，早晚很凉快。可是中午，吸食了一早阳光的海滩早已是滚烫灼人，光脚走在上面，差点把我和汤姆的脚丫子给烫掉。旁边的印度人看着我们“哇哇”的惨叫奔跑直笑，当时我真想一屁股就坐在地上，让两个脚离地，解放了它们。那一刻疼得让人想哭。现在想起来，都觉得生疼，短短几分钟的路真是让我们刻骨铭心。

跳蚤市场

每个星期三的跳蚤市场是安朱纳最出名的闹市，要比阿泊拉星期六晚的集市大好几倍，位置在海滩的尽头。我们早早就去了。

摊主正在积极地准备，之前空空的支架已摆得琳琅满目，市场的占地面积超级大。我们赶的是末季，雨季前的最后一次，规模不过是十一月份时的十分之一。可想而知，盛况时这里的规模。

眼前的气势和耳闻的盛名都让我们十分期待，最后却是失望。几乎所有商家的商品都如出一辙，没什么新意，大部分东西可以在任何一个游客区买到。

尼泊尔人和中国西藏人从巴加赶来。马普萨星期五集市的人也来了，我们又碰到了那对Lambadi夫妇和卖绣毯的姑娘。星期六集市的老外也到了，我看到了先前那对耳环。

如果之前没有去过马普萨和阿泊拉的集市，来这里感觉一定特棒特让人兴奋，因为什么都有。但我俩实在是逛得有点多了，感觉整个市场没有阿泊拉星期六晚的贵气迷人，没有了老外的尽情加盟，没有乐队，更没有诱人的美食；也没有马普萨星期五市场的嘈杂有趣，缺少了当地人的参与，显得单调无聊。看多了就不新鲜了。

以为会满载而归，最后只买了三个带着伽梨、湿婆和伽内沙图案的铁皮盒子，一盒当地已婚妇女发际线的红粉（其实哪儿都有卖，顺手买的，跟洒红的粉一样），还有一个装小玩意儿的小兜袋。之前一直想买个遮阳的风情帽，以为在果阿可以买到，到处都是嬉皮士，总能淘到最酷的东西吧，但真的没有，失望！

看到几块大绣毯，挂墙上或铺地上都很漂亮，要价四千卢比，没有丝毫砍价的余地。又一次验证了这里是印度，到处都是不可一世的一口价，宁愿不做生意也不讨价还价。

大胆开放的威戈他

威戈他有大中小三个海滩。大的是印度人的欢愉之所，老外一般去小海滩，海滩尽头有一张巨石人脸。

沙礁岩上，我们意外地看到了一对年轻印度男女的大胆舌吻。男孩想进一步时，女孩就给推开了。回头看到我们，他们会马上分开，装作什么都没发生。这倒让我们大大地开了眼，也着实兴奋了一把。就是在印度电影里也不曾见过这么亲密的镜头呀，更不用说现实生活中了。我们甚至听说，哪怕是结了婚的印度夫妇，都有男子不曾见过老婆玉体的。

想来这里是果阿，周围也都是开化的老外。如此，那日我们在安朱纳海滩碰到三个帅气英俊的长发印度男孩在石岩堆中抽着大麻，怡然也坦然，甚至邀约我们同享，也就不足为怪了。

静心阿兰博尔

阿兰博尔是果阿北部最后一个海滩，宽广无限，人不是很多。跟其他海滩相比，可以说是未尽开发了，不曾破坏，反倒有了味道。

上了岁数的嬉皮士通常一到这里就会住上很久。常有做妈妈的带着很小的宝宝来玩。一个白人妈妈抱着一个刚出生没多久的小小白娃娃。还有的手里抱一个，肚子里挺一个。如此全家出动，真的是让人佩服。旅行中总是能看到一些西方人，酷酷地带着孩子一块儿旅行。

阿兰博尔的海水清澈干净，最奇特的是沿浅滩往里走时，海底一高一低如波浪般起伏，走起来像是在随着海浪跳跃，让人欣喜。海滩一头是沿着礁石峭壁砸出来的岩石路，小店饭馆林立两侧，穿梭其中，大有曲径通幽之感，忽地豁然开朗，又到了一个新海滩，即湖边海滩。因海滩另一侧是座不大不小的活水湖而得名，依山而卧葱葱郁郁，占尽天然。

湖水没入丛林，在温泉的作用力下，湖底尽是硫黄泥。据说当年嬉皮士的最爱就是把泥涂抹于全身（说是对人体有好处），赤条条地隐在湖的尽头深处。当时到底怎样，我们不得而知，但汤姆还真的游到了那尽头深处。上了堤岸，在葱葱郁郁中走下来，倒也别致。

湖水波澜不惊，清澈见底。大大小小的鱼在我们脚边巡游，一点儿都不怕生。如此平静，让人舍了波澜壮阔的海岸，浸入湖中安宁。

水的无限静止，让我大胆地漂浮其上，竟然诱来了一只蓝蜻蜓，久久地在我鼻头唇边下巴厮磨，不肯离去。汤姆和我不忍打破这温情的一刻，结果我就那么傻傻地直躺着，一动不动，在猛烈的阳光下足足晒了半个多小时，四肢僵硬，连脖子都快酸掉了！只为了这只可爱的蓝蜻蜓！

孟买，多样万花筒

孟买，英文原为Bombay，1996年更名为Mumbai。十多年过去，依然有很多人沿用旧称，所以这两个名字都能听到。孟买之名源于当地女神孟巴。在过去不到五百年的时间里，孟买从一个小渔村发展成今天的商业重地和贸易中心，汇聚了从各个地方前来寻找机会的不同阶层不同职业不同信仰的人，在这里体味人生百态。孟买是印度顶尖繁富之地，也有着亚洲最多的贫民窟，包括亚洲最大的贫民窟达拉维。宝莱坞电影更是孟买的活招牌，它倾注了很多人的梦想。

我们到达时，已是星期六早上。

因为所剩银两无多，周日银行又关门，汤姆顾不上休息就去取钱，留我在旅店休息。干干净净地冲了个澡，洗去一夜火车的邋遢，揉完衣服，躺在床上，居然破天荒地会睡不着，盘算起汤姆出门的时间。

银行星期六的营业时间是早十点到下午一点，十点出门的汤姆一直到中午十二点都没有回来。都说孟买很乱很乱，我开始天马行空地乱想。

就这样，过了一点，也没见着汤姆回来。这下我可是真的慌了神。屋里的阴暗更是加深了我的担忧，想着阳光能给我安慰，立马起身跑到十字路口，在明晃晃地太阳下，看着人来人往，心里才慢慢亮堂起来，安心了许多。

站着的二十分钟里，不断有人问要不要打车，我一个劲儿摇头，眼睛不断扫射着往来的各个方向。一见着汤姆从一辆计程车里出来，不禁流下泪来。

因为离银行不远，汤姆便走着去了，排了老长的队，取完钱后又碰到一个卖“药”的，就想顺便打听下延长签证的事（我的签证三个月快到期了，他想着这些人神通广大）。跟着人打车去了一个地方，等了半个小时，也没见到关键人物，又打车回来。

消失这么长时间，全因他以为我正在呼呼地做美梦呢。

旅行中，习惯了两个人同做一件事情，稍微分开时间长一点，都会紧张。好在阳光灿烂，虚惊一场！

科拉巴是孟买的游客观光集聚地，也是新一代都市年轻人的最爱。印度门、泰姬酒店都坐落在此，周围满是购物商店。

此印度门非彼印度门，是为纪念英国国王乔治五世夫妇1911年的到访。但它们又是游人散步观光的好地方。夜晚的广场聚满了消暑游玩的人，小摊小贩汇聚，还有精美的马车带你领略无边的海边城市夜色。

泰姬酒店位于印度门后方，面朝大海。从大门到大堂，要经过三道安检。作为印度民族主义象征的泰姬酒店在今天无疑是孟买的又一大招牌，游客争相在大堂一游留影纪念。冷气更是充足，让人舒服得不想离去。酒店一层有很多商铺，书店里关于印度的书包罗万象，不论从哪个方面入手，都能让你满意而归。去了好多次，先是为了逛书店，后来纯粹是为了纳凉，舒服的冷气。

焦伯蒂海滩位于滨海大道的最北端，是渔民打鱼和孩子们的玩耍之地。简单的帐篷就那么支着。海滩并不是为了游泳（在印度那么久，走过半壁海滩，却并不曾见过印度人真正下海游泳过，可谓资源浪费），而是市民休闲娱乐的好地方。每到傍晚和周末，海滩都挤满了人，摆小摊的商贩一个接一个，卖着水果沙拉、烤玉米等等。除了卖吃的用的，还有一个小型的“人工”游乐园。海盗船、小小摩天轮、小转盘，没有电源没有按钮，一切全靠人体的掌控。就拿摩天轮来说，眼看着男孩身手矫健地爬上跳下，三个男人合作，用身体的力量及惯性来带动转轮旋转。这不仅仅是身手灵活了，更是初生牛犊不怕虎呢！动作迅猛一气呵成，让人目瞪口呆！

比之傍晚的热闹，中午灼热的沙滩则空空荡荡，没什么人，唯独沙地树丛角落藏匿着一对对印度男女，耳鬓厮磨。这是印度给我的又一印象。在开放城市公园树丛的遮阴下，男女会很亲密。树丛外还会有偷看的男子，有时自己还会禁不住动作起来。

寂静之塔是帕西人（即波斯人）安置遗体的地方。公元7世纪，为了躲避阿拉伯人的迫害，帕西人来到印度。今天，在孟买定居下来的后人依然恪守着几千年来古老的帕西信仰——琐罗亚斯德教（拜火教）。人死后，不用土葬和火葬，而是把尸体放置在这七座开放式的塔顶，任由秃鹫吞食和风化。最终的遗骸也被保存在塔里。

“秃鹫吞食”似乎跟中国西藏的天葬如出一辙，但不同的是帕西人并不需要肢解尸体，而是完整的一具陈放在那里。对于帕西人来说，身体是肮脏的，死后必须通过大自然的净化。喂食秃鹫也是为了在死后做最后一次奉献。以前的印度多的是秃鹫，吃尽一具尸体只需短短几分钟。但在现代化进程中，百分之九十九的秃鹫已经消失，吃尽一具尸体需要经年累月。

为此，一些帕西人开始选择火化，但大多数的顽固派依然选择天然古旧之法。据说寂静之塔也提供了应对措施，利用太阳能来加快处理尸体。当然寂静之塔是谢绝参观的。

因此，我们只是在外边看到这一片郁郁葱葱的园区，覆满了树丛，不曾窥到一点点的塔边。一只孔雀在闲逛。至于里边，想象吧。

从科拉巴到教堂门车站、西瓦吉车站，一路走来，都有很多可看的，比如威尔士亲王博物馆、当代艺术馆。除了展品，在馆外的这条街上，也会有一些艺术青年的小摊，出售自己的得意作品。我们就碰到了一幅喜欢的细密画。而孟买大学和钟塔球场这边，随时都上演着激烈的板球比赛。这样的溜达很有意义，因为多数建筑都是英国殖民时期遗留下来的，在很平常的大楼顶端都可以看到精美巨大的雕像，氛围很不一样，贵族又大气。

西瓦吉车站原名维多利亚火车站，这座以维多利亚女王命名的英殖民时期建筑在风格上是百花争鸣，兼具维多利亚式、哥特式和巴洛克式。即使在今天看来依然冷艳绝美，不可方物。这是孟买迎接我们的第一站。从凌乱不堪的站内出来，看到外表截然不同的西瓦吉车站时，心生慨叹。这多么像一个雍容华贵的美妇，撑起了一个皇宫的表象，但里边却是恐怖的印度车站，一个小乞丐，好像风马牛不相及，怎么都联系不起来。不像教堂门车站，虽然名字奇怪，实地一看就是个车站。

从西瓦吉车站沿着高架桥方向往北，随意走入任何一条街道，离开游客区域的科拉巴和教堂门城堡地区，感受另一方的孟买城市生活。同样美轮美奂的贾玛清真寺，到了晚上更是午夜星辉。这里的街道永远都是繁忙拥挤，车牛人也永远都在同一条马路上共行。

中午时分，我们在清真寺遇见了一场穆斯林的婚礼。新郎帅气逼人，一身白色传统打扮，戴着头巾帽，穿着小尖鞋，俨然童话里的王子。没有见到新娘，事实上整个婚礼中不曾见到一个穆斯林女子。清真寺中来来往往的男士都穿着白色长服，气宇轩昂，连那些小男生都煞是养眼好看。

附近的穆斯林市场更是热闹非凡，到处是只露出两只眼睛的黑衣女子。女子忌讳照相，甚至有男子也在躲避镜头。烤羊肉串处处是，加上咖喱小饼，别有风味！不过围着吃的都是一帮男子，我是夹杂其中的唯一一个异性！

累了渴了，随时都可以来上一杯新鲜现榨的甘蔗汁，加上冰块，冰爽甜美。只是冰和水是我们的大忌。要知道印度百分之八十的疾病都由不洁净的水引起，让人丝毫不敢大意。至于杯子干不干净就不能计较太多了，跟食物一样，只要不让我们生病就好。补充体能的甘蔗汁非常便宜，五卢比、七卢比整整一大杯，好幸福！

失魂达拉维

在孟买两千多个贫民窟里，达拉维堪称亚洲最大。随着电影《贫民窟的百万富翁》在全球热映，那一片蓝色的贫民窟屋脊让人震撼。那一刻抓住的不是贫穷，却是无尽的意象美。由此引发孟买贫民窟热游。

现实旅行社是科拉巴地区一个专门安排贫民窟行程的旅行社。由当地导游带领进入神秘的贫民窟，行程方式有长、短途，随团或包团。出行也有火车和包车两种选择。但所有行程中一律不可以拍照。

我们参加的短途，费用是每人四百卢比，两个半小时。约好下午一点四十五在教堂门车站出发。同样在车站等候的还有两个老外。导游两点才出现，来了却又让我们接着等，说是还有人。这种组团方式随机性较大，也就是说随时都可以加入，不到最后一刻，连导游也不知道到底有多少个人。

火车票价是六卢比单程，十二卢比来回。当天的回程票可以一起买。到了目的地，居然还是等，终不见一个人影，倒是导游碰到熟人聊上了。一直过了三点，他才缓缓开始了当日的行程（千万不要指望印度人的时间观念），但也只是简单地带我们去看了一下贫民窟的生存环境。在这一片肮脏狭小、昏暗不见天日的地方，服装、皮革、陶艺和塑料等小规模的生产欣欣向荣，还有烤面包，随便拿一块塞在嘴里，一样的松软可口。就是在这种非人的环境里，达拉维创造了每年五亿到十亿美元的营业额，有出口也有内销。

在这片二百二十公顷的土地上，城中之城达拉维生活着一百多万寻找生活和希望的印度人。尽管满目肮脏、拥挤的破棚和道道污水无限延伸，上千人共用一个厕所，处处病源，条件差得不能再差，但他们的月收入仍在三千卢比以上（不到五百元人民币），完全高于人均国民收入。而廉价的房租更是让他们省下一大笔钱，寄回家用。据说政府正打算把达拉维改建成一个现代的城镇住宅中心。这也许是所有人的梦想，但目前来说还真的只是一个梦想。

我们小心翼翼地穿梭在狭窄黑暗的街巷中，神经绷紧。当地人们的友好，也没有抵消我们紧张的情绪。孩子们在垃圾堆和污水中玩耍，不时有野狗咆哮，前行令人尴尬，停步又让人慌张。心里总是不安，担心这种参观会使他们心里压抑，产生极端行为，所以连这里的狗都让我们觉得比别处的凶狠得多。事实证明了一路平安，其实他们也是平常人，不平常的只是生活状态而已！

没有看到电影里的那一片屋脊，当时旅行社信誓旦旦，倒是导游直截了当，明确告诉看不到。整个行程不超过一个小时，比之前说的两个半小时缩水了一半还多！据说我们所支付的费用中有一部分会直接回馈贫民窟。

整个行程让我们有些失望，因为只看到了一点点皮毛，没有深入到生活起居中，导游也只是应付而已。加之组团时明确声明不可拍照，于是就有了我们自己的贫民窟之旅。

只是没想到，第一次随团虽失望，但至少平淡安全。第二次，就令我们惊魂了！

经过了第一次，心里多少有了些底，当然我们还是不敢大意，更不敢贸然走入之前那片工业区。因为我们更想要的，只是那一片屋脊。

为此，我俩居然进了警察局。事情很简单，因为想看那一片屋脊，于是我们进了一栋近二十层的居民楼，这片贫民窟中唯一一栋高新院楼。进去时并没有人阻拦，汤姆直接上了顶层，顶层住户还热心地让他进了屋。我跟在后面，因为爬了一半就累得一屁股坐在了楼梯上。楼内装有电梯，但从楼道的窗户可以清晰地看到贫民窟的房子，我们自然选择爬楼，谁知麻烦自此而起。在我中间歇息的时候，从楼上下来一个中年男子，一看到我就劈头盖脸地问我是做什么的，有几个人，在哪里等等。

没多久，汤姆就下来，身边跟着一个开电梯的人。我们下了楼，没想到门口围了一大帮男人，更夸张的是楼口的栅门完全被他们给拉上了，将我们困在了里边。为首的就是那个问我话的人。不用想，始作俑者也是他了。这些人叫嚣着，恶狠狠地说要报警，不断控诉我们擅闯楼宇。其中一个倒是爽快，直接让我们给钱，不然就去警局。

又做梦了吧？大白天的，竟然遭到了非法绑架，我们又怎能乖乖地束手就擒，于是使出吃奶的劲儿，奋力扒出了铁栅栏。还真得好好看看这群围攻我们的“恶狼”，没有一个让我们说话，听我们解释，还一个劲儿地推搡，生怕一不小心被我们跑掉似的。这个时候，还怕什么呢，报警！

不一会儿，警车呜呜地来了，前后好几辆，我们被带去警察局。车上除开车的和前驾外，还有两个专门看管我们的警察。谈起始末，聊起《贫民窟的百万富翁》，他们笑了，都是电影惹的祸！

登记了姓名、年龄、国籍和孟买住址，我还准备理直气壮地陈述过程呢，可警官一句话都没问，就打发我们去门外的椅子上候着了。

现场唯一到警局的是那个跟我们张口要钱、谢了顶的圆胖矮男人，是那栋楼的管理人，他叽里呱啦控诉了一长串，我们听来听去就明白了一个字“Permission”（许可）。哗哗地宣泄完，登记罢，他就走了。

我和汤姆被不闻不问地晾在外边，心里还是七上八下的，万一有个什么，那可是叫天天不灵、叫地地不应呢。就那么坐了十几分钟，一个女警通知我们可以走了，还很温和地解释说，有人报案他们就得受理，请我们下次一定要记得先得到许可，再进入这种鬼地方，以免引起不必要的麻烦。

简单也在理，就这样，一场惊心动魄无声无息地结束了！噩梦呀，来得快也去得快，很恍然。也挺纳闷那些闹事的人，不会真的是闲来无聊，想让我们进监狱吧？

不管怎样，还是有些后怕的。万一万一，唉，某些印度人！

夜 宴

穷人有穷人的挣扎，富人有富人的享受，哪个国家都一样。印度也是如此。

去过达拉维，逛过科拉巴附近的渔民棚户区、百秀乐贫民窟，还有德比洗衣厂和垃圾场等等，晚上再去科拉巴的夜店，每一个人都是那么地时尚光鲜亮丽，都不是平常能在印度大街上看到的那群人。不说那夜晚的酒饮，光是这几千卢比的门票消费就让人咋舌，正所谓印度上等有钱人。只是这夜宴中的印度男女和我们平日看到的真正的印度，差距是如此地悬殊。

可谓天上人间。

莺莺燕燕红灯区

福克兰路，孟买的红灯区。

下午六点，浓妆艳抹的女子已稀稀落落地开始站街。整整一条街两边的房子里都是这种女子。大都已不再年轻，漂亮的也很少，姿色平庸，穿着纱丽或者直接仔裤T恤。

第一次，我们特地打了一辆车从这条香艳的街道穿过，好让心里有个底。之后是汤姆独行，快步拿着相机走过，几乎不曾有人留意，只偶尔有打招呼的，最后却在拐角处碰到了好聊天的警察。因为之前贫民窟的经历，我们尽力想避免和警察打交道，这一趟，什么都没拍到。我只是坐在街角的一家餐厅里等。

之后又去了几次，把时间提前到了四五点。这时候街上的人显然要少得多，零零落落的，没有几个。汤姆空身试着走了两次。一次还跟一个女人聊了起来，女人以为有戏，开价五百卢比、三百卢比，最后降到两百卢比，还领着汤姆去看了地方。里边一片黑暗，一排门帘将每一个小间都隔开，但每一个小间里又是上下铺，很小很小，就跟火车铺位那么大，非常窘迫。

我们一连去了好多次，不甘心。但最终不敢，因为老外的脸太招摇，加之手中的相机是怎么都不可能隐藏的，结果什么也没拍到。为了满足好奇心，我也独自走了一下这趟所谓的女人街，心里依然紧张，不敢直视街边花哨的小姐们，只是快步走过，装作若无其事地扫视两眼，还真是没胆呢！要知道，这条街正经的印度女人从来都不走的，满大街除了两眼放光的印度男人，也就只有这些小姐了。老外要观光估计也只能走后门。

福克兰路是这条街的名字。事实上，这片区域属于Kamathipura。Kamathipura是孟买最早也是亚洲最大的红灯区，一直可以追溯到1795年，由英国人建立，是供英军和当地人玩乐消遣的地方。其中福克兰路最为红火。19世纪末至20世纪初，大量女性被从欧洲大陆和日本贩卖到这里。英国人离开后，印度人完全接手。现在的女子都来自印度和尼泊尔。

最早时期的夜夜笙歌只能靠我们想象了。但在20世纪70年代末，一位美国女摄影师玛丽·艾伦·马克在此拍下了弥足珍贵的历史照片，笼子里招揽顾客的妓女、十二岁的少女、男性工作者装扮成女子以供同性寻欢、洗澡交欢等诸多景象，一一记录了当年的繁华盛景，有欢乐、有无奈也有眼泪。

很难想象当年这位女摄影师是怎么办到的，我们真是自叹弗如。但正是这些照片又勾起了我们特别的好奇，那个时期的印度到底是什么样的？因为图片上的男男女女十分释然，坦坦荡荡。

20世纪的90年代初，这里依然热闹着十万女子。如今，在Kamathipura 和福克兰路大概还有一万人。虽然不复往日，但这个营生依然存在，生活无论好坏，仍在继续！夜幕降临，霓虹闪动，生活也才刚刚开始。

纱丽飘扬，高楼隔间，青色窗门，一派绮丽。

妖艳海吉拉

海吉拉本是男儿身，青春期时，自愿切除男性生殖器官。从此，他们以女性自居，披上纱丽，擦脂抹粉，花枝招展，像女人一样行走说话生活。

真正意识到海吉拉的存在，是在来孟买的火车上。一连串的击掌声引起了我们的关注，只见三五个纱丽男子浓妆艳抹，扭着腰，在经过的每一个铺位前击掌两下。更奇怪的是火车上的每一个人都在下一秒掏了钱，让我们诧异。因为在车上碰到卖艺卖唱者时，几乎所有人都视而不见。这晚上一趟，早上又一趟，车上的人给了再给，真是让人费解。

海吉拉最早被视为神的使者。史诗《罗摩衍那》中提到，罗摩结束十四年的流亡后归来，仆人中只有海吉拉留守原地不离不弃。被感动的罗摩由此赐予海吉拉趋福避祸的能力。但凡吉庆场合，海吉拉都会唱歌跳舞给人祝福。一旦她们被拒绝，会做出些过激行为。在婚庆期间和孕育阶段，人们最怕的就是海吉拉带来不好的“祝福”，所以每个人都愿意奉上一点钱财，破财消灾。

海吉拉是个特定的生活群体。一旦成为海吉拉，就完全脱离了原本的家庭社会关系。海吉拉的社会地位很低，并不受人尊重。今天，在争取第三性权益的海吉拉基本上靠乞讨、表演为生，也有的作为性工作者出现。但她们全然不同于在红灯区工作的“伪娘”。伪娘完全保持了男性器官，只是打扮成女性来取悦特殊需要的同性。

从福克兰路经过一片穆斯林居住区，再经过一片肮脏混乱，就来到“重工业区”。街道上都是回收的铁制品，脏就更不在话下。海吉拉居住在这里。虽然跟红灯区一样，这里的房子也是楼层，但外观要差得多。

刚到这里，就碰上两个去铺子要钱的海吉拉。特别简单，上门拍拍手，人就给钱了，拿了钱她们再去下一家。这两个不是很漂亮，从面容上一眼能看出是男性，但白粉红唇柳腰。经过简单询问，在征得同意下我们拍了两张相片，在琢磨着要给多少钱的时候，两人转身就走了。我们原地纳闷时，她们又领来了另外一个也许是“妈妈”类的海吉拉（海吉拉也是有组织的，有各自的头目古鲁）。这里，我们还是暂且称其为“妈妈”吧。“妈妈”开口了，但只跟我们要了十卢比，大大出乎我们的意料，要得好少。最主要的是她们的友善让我们大跌眼镜！

我们继续搜索。夏日的午后，海吉拉三三两两在大街上闲坐乘凉。两个特年轻漂亮的，一开始将我们拒绝了。后来，其中一个又追上来让我们等一下，接着就闪进了那栋楼中的一扇门，之后出来招呼我们进去。我们看看周围努力干活的正常男子，再看看这黑黢黢的门洞，有些犹豫，但又不愿意就这样放弃，于是鼓起勇气跟着这个漂亮的海吉拉进入。这一整栋楼都是海吉拉们的安身立命之所。通过又黑又暗的狭长过道，经过几个门，透过门缝清楚地看到在打牌聊天的海吉拉，我们入了其中一个小门。

屋里已有三个海吉拉，一个很胖，一个中等，另一个就是先前那个瘦瘦的海吉拉，披着妩媚的鬈发，漂亮至极，举手投足轻盈优美，简直就是一个完美的女人。一进门的左边有一张很高很高的单人床，及至我的胸部。她们热情地把我拉了上去，让我坐在床上。

床很窄，马马虎虎也就能挤下两个人。床的两端直接顶着墙，床头挂着女式的手提包和胸衣。门的右边是一个小小的梳妆台，放着些化妆品。墙上挂着胖海吉拉的相片，是从照相馆里拍的。除此之外房间里就只有一张小凳子了，其实也就容得下这一张小凳子。屋子狭长，面积不过两三平方米。床头左侧有一布帘，隔开里边洗漱的角落。房间里常年不见阳光，一片阴暗，靠的只是一盏昏黄的小灯。这里就是她们的家，海吉拉生活的地方。

我们面前的海吉拉爽朗大方，谈笑风生。她们无所顾忌地调笑，当着我们的面去抓对方的胸部。她们像少数民族、部落文化一样吸引着我们，如此零距离地跟她们在一起，既紧张又兴奋。四个海吉拉中，胖高个儿一直都没怎么说话，中等的看着最像个平常女子的却长着张利嘴，知道我们的意图，便一个劲儿地要钱。我们表明身上没那么多钱，只能意思一下。那两个瘦而美丽的海吉拉，柔柔弱弱，好和气，像是知书达理的大家闺秀。不过她们真的是很好说话，从独照到合影，再到我加入其中，大家亲亲热热地凑在一起，一点儿都不觉得扭捏尴尬。

我们一照完相片，那个最平常的海吉拉又开始叫价了。于是，我掏空了两个裤兜，把所有的钱都翻出来，有一两百卢比（看，我拿小钱、汤姆拿大钱的好处又显现出来了）。我们许诺，相片洗出来后一定会给她们送过来。伶牙俐齿的那个海吉拉依然不依不饶，胖高个儿始终没说话，但那两个漂亮美眉示意我们赶紧走，不要跟她废话，“We're friends！”我们是朋友。好温馨柔软的一句话！

一个星期后的一天，我们把相片送了过去（在孟买，我们终于有时间把所有人的相片都洗出来、寄出去，整整好几百张的相片），惹得其他海吉拉好生羡慕，非要让给她们照相。只是我们不想再蹚浑水了，借口没带相机，跟每个人握手告别。

其实第一次拍完照走出去时，感觉就跟做梦一样，怎么都不敢相信我们那么轻易地就把海吉拉搞定了。反倒是红灯区，原以为简单，却是试了好多次都不知所措，无功而返！之后，我们在旧德里、赫尔德瓦尔和安拉阿巴德等地也见过海吉拉。奇异的一族！

劲歌劲舞宝莱坞

我们都知道美国好莱坞，那在印度孟买就不得不提宝莱坞了。沉迷于宝来坞电影的人来到印度肯定会有心理落差，因为电影里的印度寄托了所有印度人的光鲜华丽和梦想。这也是为什么印度人爱看宝莱坞电影的原因。而宝莱坞电影的最大特点就是不管什么类型的影片，打斗暴力仇杀也好，浪漫爱情也罢，中间总少不了煽情的招牌歌舞。

在Salvation Army旅店，总是会有人来招募外国人当群众演员。金发白皮肤是他们的最爱，因为明显区别于印度人的黑发暗色皮肤（印度人的黑分两种，一种是黑中带黄，晒黑的那种，还有一种就完全是黑色人种的黑，南部原住民多有这些特征。印度人以白为美，跟咱们倒是一样，电视上的化妆品广告也都是怎么让你一夜之间亮白。在印度，白不仅代表美丽，更是富裕和地位的象征）。但有时候也不那么重要，为的只是人数。虽然一天五百卢比的酬劳对于每一个在这里游玩的外国人来说都毫无诱惑，还不够付一晚上住宿的费用，但见识不了好莱坞，来宝莱坞体验一下也是一段经历。

等到我们做群众演员，却是为了一场板球赛。在印度，人们对板球的喜爱就好比巴西人对足球那般热烈疯狂。印度的大街小巷，不管是小男孩还是成年男子，只要有空地，都是他们的赛场。当晚，汤姆就开始幻想当一回板球手明星的滋味！

六点起床，七点在旅店门口集合。加上从其他旅店招募到的老外，整整挤了两辆几十座的大巴！一路上经过无数的贫民窟。两个小时后，我们到达了DY Patil 露天体育场。第一件事是吃早餐。之后，工作人员开始挑人，几个金发女孩被带去换衣服，另七个金发男孩作为板球手，外加一个裁判。其余的我们是什么事儿都没有，闲坐在地上。

除了我们这些外国人，还有一群印度妇女，也是群众演员。同我们不一样的是，印度女人都在那里描眉涂粉点胭脂，一样都不马虎。跟她们比起来，我们一律清汤挂面，素面朝天，只有两个很妖艳的欧洲女子像中世纪的贵妇一样，戴着夸张的遮阳帽。

等到艳阳高照，运动员才准备就绪，我们这些未选中的就被安排到观众席入座。这个2008年刚刚交付使用的运动场，据说能容纳六万名观众，各项设施都达到了国际水准。不过这点我们都没看出来，除了巨大很新之外，看到的只是椅子上厚厚的一层土。我们一百多号人就成了免费的擦椅布，从这张“擦”到那张，散落开来，直到工作人员满意为止。偌大的看台除了我们，再无他人。阳光无情地直射，我们“赤裸裸”地全程陪坐，不能戴遮阳帽，不能打伞，一坐就是几个小时，在需要的时候呐喊助威叫好，无聊至极。

汤姆原本也在看座之列，但最后一秒一个很阳光的金发男孩被换下，由汤姆上，于是最后一刻梦想成真。原以为他们会上演一场精彩的球赛，还在担心，因为汤姆根本就不会。事实上呢，他们只需要定位、跑位、拍手、欢呼拥抱而已。男主角则一遍又一遍重复扔球的动作，超级无聊。

因为离得远，男主角对于我们来说，就是身旁有服务生举着大遮阳伞如影随形的那位。至于到底是谁、长什么样，就不得而知了。汤姆身在其中，他对男主角的定义则是每五分钟就喊停、对着镜子一遍遍梳头发的自恋狂。

终于这一场完了。之后是一场餐厅的戏，只需要那几个换过衣服的女子和这几个男选手。我们这些看台上的就去吃饭了，米饭、恰帕提、咖喱，平常饭而已，随便吃，矿泉水也很充足，还有茶，另有一种奇怪的红色饮料——也不知是什么，就不敢喝了。

下午我们由一楼换到了二楼，接着看明星重复先前的“摇摆”动作。

就这样一直到下午五点才结束。上车离开时，也是我们领钱的时候，一个个从专人手里领过一张五百面值的卢比。可别想着你卖力了，还是个角色，钱就多点，像汤姆穿小鞋跑得脚都疼，没用，一样都是五百。回到旅店时已是晚上七点多。整整一天十二个小时，除了在太阳底下暴晒外，什么收获都没有，连明星脸都没真切地看到，真是失望透顶。之前的华丽美梦顿时消失得无影无踪。我和汤姆可是说什么也不去宝莱坞当群众演员了！

不过，当日的明星还真的很有来头，乃是当红小生沙希德·卡普。第二天我们就从报纸上看到了他。我们拍的电影叫《情系板球》。DVD出来时，我们买了两张，花了一千卢比。大概一秒钟的速度闪过汤姆的头影，我们在高台上的就完全是点点，也没有声音，一切都是电脑后期，还好我们没有傻傻狂喊。如此又为什么非要找外国人来充数呢?

后来才听说，印度的群众演员费用要比我们高得多，每人每天九百卢比，但要交所得税。我们属非法“劳工”，所以只有五百。也许这就是他们需要老外多多的原因吧！最主要当时招募时，印度人还聪明地带了个漂亮的英国妞，老外信任老外，于是积极报名，踊跃参加了。此为一计也!

二进宝莱坞

刚说完打死也不去宝莱坞了，这天下午闲坐在印度门边，又遇到了之前招募群众演员的那个人。这次他可是直接冲我来的，说需要一个中国女孩，就在印度门拍一个广告，只要半天时间，到中午十一点结束。

中国女孩，放眼望望也就只有我而已。汤姆决定去，我的兴致仍然一般，谁都有明星梦，可哪有那么简单的？幸好没期待，不然第二天又会跌入谷底。

早六点，我们几十个外国人就被吆喝着快步赶往印度门集合。

今日的明星更是大牌，是印度无人不知无人不晓无人不爱的阿米尔·汗，为三星手机拍广告。阿米尔·汗变身印度门前的卫士，一身印度制服，红顶鸡冠帽、白腿绑靴、两撇小胡子。拍摄为三个瞬间：阿米尔·汗站岗、游客上前合影（一对跟猴子一样嬉笑着的白皮肤老外，另两个有专人带过来、看上去很像韩国人的亚裔男子），最后是鸽子群飞。所有老外都做观光游客，在印度门前留影，照海照泰姬酒店，就是没有阿米尔·汗。

十一点结束。我们其中六个人又被告知要去另外一个室内片场，原来之前说的只拍半天是诓我们的。就这样，坐上计程车一个小时后我们又来到了郊外。同行中一个上次跟我们一块参加板球拍摄的大男孩，居然已是第四次参加拍摄，依然乐此不疲，看来真的是怀着明星梦来的！

虽然阿米尔·汗在印度举足轻重，但毕竟是在印度，我完全不认识（现在阿米尔·汗是中国观众心目中的男神，但大家对他的认识是从《三傻大闹宝莱坞》开始的，这部影片在我们第四次抵达印度时才刚刚在印度国内热映）。汤姆还知道些，看过他那部特肌肉的《未知死亡》的海报。之后我们也看了，很不错的片子，创下了印度最高票房的纪录。在暴力中依然插入不相干的浪漫歌舞镜头，挥之不去的宝莱坞。于是，趁着休息片刻，我跑去跟他合影，不料人家说：Not so sure. Maybe later without mustache（再说吧，等摘了胡子再说吧）。可怜我被人拒了！

下午，依然是三星手机广告。阿米尔·汗一身休闲装出现，干净清爽，居然对我友好地笑了笑。可是我愣没认出来，心里还挺纳闷，笑什么呀，我又不认识你。真是不识泰山！后来拍摄的时候，我刚好站在他前面，休息时赶紧一转身拿出相机，把他和女主角给照了下来。还好动作快，因为我刚照完就被警告了。但照片很不错！只是再没勇气提合影的事了，被人拒绝一次也就够了。中场休息的时候，大明星竟然跟我坐在一条凳子上，安安静静地拿出一本英文书看起来，真正的明星就是不一样，气场沉静！借着机会，汤姆拍到了几张我俩坐在一起的相片。乍看之下，还以为我们认识呢。

这次的场景是在一节地铁车厢里，当然完全是仿制的，孟买没有地铁。我们也都按要求换上了相应的服饰。我和汤姆一身职业装，这是我最不喜欢的，太呆板，不过已经很久没上班了，就将就下吧。

阿米尔·汗和一个据说混了N种血统的美籍美女搭档。在嘈杂无聊的上下班时间，挤在人群中的阿米尔·汗听着三星手机的音乐，突然凑到了这位美女的耳边，请她分享。美女的脸一下子闪亮起来，沉闷的上下班时间顿时有了节奏，轻松快乐。车厢里塞满了人，除了我们六个外国人，外加这位美女主演，其余的都是穿得很体面的印度人了。大家有序地站在车厢里，男女主角站中间，车厢人为地晃动起来，仿佛在平稳前行。我们被要求一脸的无聊呈呆鸡状站立，这同阿米尔·汗和美女形成鲜明对比，也就凸现了手机的效果。因为阿米尔·汗只有一米六五，而这位美眉要高出许多，于是阿米尔·汗脚下多了一块厚厚的板子。

我刚好站在阿米尔·汗的前面，还一直被人呼来喝去，搞得自己好像还挺重要似的，等最后我们在网上看到整条广告时，呜呼，根本就没有我的影子，反倒是汤姆高高地站在后边还有完美的一瞬！唉！怪不得英文里群众演员要叫“extra”（额外的）！要不要还是没准儿的事呢！

可怜我这一下午穿了几个小时的小细跟，硌得脚好疼，鞋还很臭，也不知道这双鞋有多少个人穿过了！但我们的遭遇还没有完。来时他们打着车拉我们来，完了竟然用机动三轮车打发我们到车站，自己坐火车回去，还不给付车费，可恶呀。

经过这回，我们是誓死也不去宝莱坞了，多好的差事都不去，简直不被当人使唤。虽然午饭比上次的强，喝的矿泉水可是严重不足，多数瓶子居然已开了封、灌的是白水。群众演员就是群众演员，外国人只是宝莱坞需要的一抹廉价色彩而已，其余的什么也不是！

告别宝莱坞！

孟买医院

在孟买的这些天，汤姆又病了，还是拉肚子。指南上说孟买医院是孟买最好的私家医院，但汤姆却遭遇了他所有旅途中最糟糕、最官僚、最拥挤也最混乱的经历。

我们是周六傍晚去的急诊室。等了一个多小时，终于见到医生，让汤姆去化验室。化验室关门了，要明天早上再来。一个二十四小时开放的医院居然关门了？

第二天，汤姆发起高烧，严重脱水。我们打车来之前已电话确认医院有单间，同时也接受信用卡（American Express）。在排了三十分钟队同挂号处说明后（据说在印度需要贿赂医生才能得到一张床位），又等了一个小时，医院通知不接受汤姆的信用卡，要我们当场支付五万卢比的押金。五万卢比，相当于八千元人民币，这在印度简直就是天文数字，又有谁会随身携带那么多的现金？

结果，我们足足在医院耗了三个多小时，全是无用功。这时的汤姆已经完全支持不住了，而其他私人医院人满为患，挫败的我们直接去了药店。

最后的教训是，如果需要N个小时和五万卢比才能住院，那还不如花上五分钟和一百卢比直接去药店，省事又省心！也难怪印度每天都有那么多人死于肺结核和其他疾病，想都不用想是因为他们没有得到及时的治疗。试想，如果一个外国游客都不能得到及时治疗，那些真正的印度穷人呢？

吃住在孟买

科拉巴有很多中高档餐厅，所以吃得好滋润！我们第一次在印度大吃特吃麦当劳，也是在孟买，因为很多城市都没有。虽然麦当劳里品种也少得可怜，没有几个像样的套餐，还要一百二十八卢比，一点儿不便宜。鸡肉也不像国内是腌渍过的炸鸡块，而是跟牛肉一样经压制的没什么味道的饼。汉堡只有素的、鸡肉的和鱼的，没有鸡翅鸡腿，味道也极其不一样，夹着生菜、西红柿还有洋葱。刚开始觉得很不好吃，但在吃坏了肚子之后，麦当劳的餐饮和干净的就餐环境已让我们很舒坦了，开吃吧！

科拉巴地区最好的酒店当属泰姬酒店，价格当然也很好。如果只是像我们一样的平常背包客，那还是建议跟我们一样入住

Salvation Army吧。在泰姬酒店对面的左前方，走过去也就是一分钟的事儿。

入住时间是上午十点，退房是九点。这真是科拉巴地区最最便宜的旅店了。虽然条件很一般（还有蟑螂相伴哦），但总是人满为患。多人间每人一百九十七卢比，含早餐；双人间六百卢比，含早餐和午餐；三人间八百九十七卢比。单买早餐二十五卢比一份。

早餐时间七点半至八点四十五，过一分钟都不候。英式早餐，三片面包、一个鸡蛋、一个香蕉、一点黄油、一点果酱和茶。其实挺丰盛的，但每天都一样，除了鸡蛋或煮或煎变个花样儿，连着吃三个多星期我俩都腻歪了，乏味透顶。午餐，十二点四十五到两点半，有时是简单的塔利，有时是意大利面条，甜点有布丁或木瓜。偶尔也会有土豆泥和土豆牛肉，或是肉丁火腿大肉片。像汤姆这样的素食主义者，只须提前知会一声就可以了。开始还真觉得不错，时间一长就觉得饭菜越来越简单，吃不下去了。尤其是之后也不知在哪儿吃坏了肚子，就再也不敢吃了。

在旅店，并不是住得时间越长就越受欢迎。恰恰相反，这里的规定是最多入住一个星期，他们倒也不是说会特地查，因为很多人都不止住了一个星期。在我们住了两个礼拜之后，终于被工作人员察觉，那个白制服的家伙毫不留情地把我们给赶了出去。也就是说我们要继续入住的话，就必须要搬出去一晚。

这里的制度是吃完早餐必须续当天的房费，只能早不能晚。即便是早起出门，像我们六点出门去宝莱坞，他们都是在门口等着我们付完钱才让出门。如果晚起了，哪怕刚到十点，他们也会马上催你交房钱，好像就怕你溜了，整个催命鬼一样！我们第二次入住时，一大早还被敲门要我们去交房费，真是服了。

这里同样会没有水，偶尔再停一下电，晚上十二点准时关门。一群跟我们一起去宝莱坞的年轻人晚上去了酒吧，回来晚了十五分钟，尽管工作人员给开了门，但第二天这六个大男孩就被勒令搬了出去，另外两个女生掉了眼泪才免遭踢出。

旅店有两个管事的，一个登记入住，一个收钱。年轻一些的那个四十多岁，总穿一身像是军服的白色制服。另一个岁数大些，戴眼镜，一只眼有问题，但这位看着奇怪的人却是最好说话的。而穿白制服的就是那个“人见人爱”爱催钱的那位，也是勒令我们搬出去的那位。

尽管有扰人又“不讨喜”的工作人员，尽管有这个那个诸多严苛的制度，但由于这里是最最便宜的，在科拉巴流连的年轻人都会毫不犹豫地回来，就算是曾被踢出去的，比如那几个去宝莱坞的年轻男孩，比如我们，都会乖乖回来。

Salvation Army墙上的甘地谏言写道：顾客是我们住所最重要的来访者。他并不依赖于我们，而是我们在依赖于他。他并不是我们工作的打断者，而是我们的工作目的。我们服务于他并不是在施恩于他，而是他给了我们一个机会服务于他。

加德满都 Kathmandu — 德里 Delhi — 普杰 Bhuj — 杜瓦尔卡 Dwarka — 萨桑格尔 Sasan Gir — 巴利塔纳 Palitana — 乌代布尔 Udaipur — 杰伊瑟尔梅尔 Jaisalmer — 比卡内尔 Bikaner — 阿姆利则 Amritsar — 昌迪加尔 Chandigarh — 斋浦尔 Jaipur — 德里 Delhi — 上海 Shanghai

Backpacking in India

再赴德里

在尼泊尔又续签了两个月的印度签证。在加德满都等待的两个星期，每天锦衣玉食，就像在加油一样，但没有一点儿心思游玩，全心等着我的印度签证。签证一到手，我们马上飞回印度德里，不想浪费这来之不易的签证时间里的一点时光。

德里依然是我们的中转站。此行的目的地是古吉拉特邦卡奇地区的普杰。搭乘当晚七点五十五的火车，于第二天中午到达艾哈迈达巴德，紧接着再九个小时的汽车，晚上到达普杰。整整两天我们马不停蹄，从地图上的一个点辗转到另外一个点。

在印度那么久都不曾碰到几个中国同胞，却在新德里到艾哈迈达巴德这趟不是旅游线路的火车上碰到了，居然还对铺，是一个二十多岁的年轻小伙儿。上车时，无意中听到他和一个来送他的男孩说普通话，很惊喜，问了句，你是中国人吗？回答：是，但是在印度长大的。当时我的反应是，哇，中国人在印度长大？那又是一番怎样的经历？

后来才知道是骗人的。谁会想到好不容易在印度碰到个中国老乡，一开口就是玩笑话呢？接下来的事情就更好玩了。

男孩大学学的是农业，是个“猪倌”，专业养猪。毕业后因为不好找女朋友，随即放弃专业，转向电信行业，来印度是为谈手机生意。在印度，手机很普遍。碰到的许多印度人在知道我们来自中国后，都会兴奋地说“China Mobile”，还把手机拿出来给我们看（跟那部《月光集市到中国》有着相同的效应）。印度人真的是太喜欢中国的手机了，价格便宜音效又好，尤其是听歌时那优质的扩音效果让喜欢音乐的印度人爱不释手。当然他们也抱怨，中国的手机坏了在印度根本没地方修。即便这样，他们也还是喜欢，因为便宜。

也不知道是不是因为这个“专业”，这位小弟竟然被下铺和邻铺的两个印度女人迷住了，失了魂，两眼直勾勾的，嘴里不停地念叨：太漂亮了，太漂亮了，这是印度最漂亮的女人了！

一开始，我以为他又在搞笑，这两个女人不过一般姿色。后来我才意识到他是真的迷醉了。其中一个是已婚妇女，一家四口出门。小弟羡慕地说，郎才女貌，男的帅气，女的好看，一男孩一女孩，完美幸福！第二个还是个姑娘，戴着眼镜，跟父母一起。见女孩无名指上戴了只戒指，男孩直接问，这个戒指有什么含义吗？印度女孩倒也大方，回道，随便戴的，没什么。

其实这没我什么事，可是我一阵尴尬。这车上我和男孩是仅有的两个中国人，自然会被人认为是一起的，虽然我并不认识他。男孩很直接地对印度女孩表现出了兴趣，可是在印度，即使是印度男人也不可以对印度女人太热络，外国男子更是要有所避讳了。作为同胞，我似乎怎么都有义务帮助男孩推脱，借故聊起了印度女子身上的装饰物，比如脚趾上的戒指是只有结婚了才会戴的，眉间的一点Tikka是吉祥之物，也是种装扮，但那发间的一抹红色是已婚妇女的象征。无名指上戴戒指表示订婚或结婚，那是中国的习俗。

没想到，我们的男孩依然执着，又对女孩说：我是去艾哈迈达巴德做生意的，没准儿还要请你帮忙呢。然后当着所有人的面跟女孩要了手机号。如此大胆，也不知女孩的父母心里如何作想。

到了这个时候，我是真不明白了。难不成真的是久没见过女人，母猪赛了貂蝉？要知道，印度美女到处都是，比这俩漂亮的多了去了。我提醒小弟该多走走多看看，就知道什么是真正的印度美女了。也许真是各花入各眼，情人眼里出西施，失了心的小弟居然一定要让汤姆作证，还说汤姆看得口水都流出来了（汤姆在上铺看书呢）。乖乖！更夸张的是，男孩说这俩人就是胖了点，但印度人嫁女儿都是女方给钱，一堆的嫁妆。

无语。

普杰，多彩卡奇

从艾哈迈达巴德到普杰，一路上车子很平稳，没有颠簸，头一次碰上一个不爱按喇叭的司机，很安静（印度的车子似乎永远都是喇叭声不断，音乐声不断，播放的DVD更是震耳欲聋）。一路所见皆是荒原，像是进入了沙漠。偶尔出现的小镇和穿着奇特的部落女子，就像是沙漠里的织锦，雨后的彩虹，让人兴奋不已！路上经过一片盐区，满目皆白，连绵无尽。

卡奇位于古吉拉特邦北部，行政总部普杰处于卡奇的中心地带。2001年，卡奇遭遇了特大地震，作为普杰主要参观景点的宫殿也遭到了致命破坏，大部分墙体开裂倒塌，残垣巍立原处，满是历史的味道。其中完好的Aina Mahal已改为博物馆。

连着沙漠之邦拉贾斯坦的古吉拉特有着各种珍稀动物保护区，吸引我们来这里的真正原因却是其丰富的部落文化。

卡奇的部落群多数是17世纪时从东西方向迁徙而来，主要从事农业和手工业。他们以部落为单位，如珍珠般散落在卡奇的偏远地带。在普杰市区，基本上看不到他们的身影。除了偶尔能在菜市场附近惊鸿一瞥外，就不得见了。要想近距离地接触他们，唯一的可能就是下乡进村。

每个部落的服饰打扮皆有其显著的特征，只是如今男子的服饰已同化，无从识别，女子倒是依然固守传统。不过对于对此一无所知的外族人来说，要想清楚地辨识，那简直比登天还难。这些处在郊外沙地里的村子，每一个都相距甚远，至少有几公里的距离。没有车子和专业向导，根本不可能找得到去得了，因此，我们采取了导游的方式。

安排此次行程的是在博物馆售票的普拉穆德·杰迪先生。他是卡奇部落的专家，对周边所有的村子都了如指掌，说起来如数家珍，还出版了相关的卡奇书籍，在博物馆可以买到，一百卢比，外加一张地图，清晰明了。

行程为两天，费用两千卢比，交通工具机动三轮车，时间是每天上午八点半到下午六点。费用不含饮食，但我们需要负责向导的午餐。烈日炎炎，水自然也在我们提供之列，虽然导游自己也带，但到了中午，再大一瓶也会被喝完。小费也就看着办了。

机动三轮车的好处是路窄的时候也能走，缺点是速度慢。结果第二天，向导没有去计划中的Anjar，也没有跟我们打招呼，就擅自打道回府了。我们质疑时，他理直气壮地回复说太远了。当时挺气愤的，但也只能作罢。之后跟杰迪提起，杰迪只说了句你们可以自己坐车去。语噎，如此，我们还找他们做什么呢?

就这样，第一天我们去了十个村子。第二天，向导一偷懒只带我们去了三个村子。而且第二天奇热，气温达到了42度。这还只是预报的温度，地表实际温度可不止这个数。中午的时候，村子里的人都在睡觉，外边空荡荡的，没有一个人。各个村子规模不同，有大有小，有的是土坯草屋，有的是石瓦砖房，贫富悬殊。

卡奇北部，也叫Banni，是半沙漠地带。一路上都是沙地，灌木从稀稀落落的，偶尔能见到不知名的小动物穿行。空气干热无比，皮肤在阳光下炙烤。偶尔路过的骆驼，成群的牛羊、打水的女子和欢快的小孩，给一望无际的燥热黄沙地注入了一抹生动跳跃的色彩。

行程所见部落有Gharacia Jat、Ahir、Harijan、Rabari、Vadha和Lohar。惊异于女子们大面积覆盖的特色首饰，耳鼻环手镯脚镯满身，明晃晃的银项圈（混合了锌）贵重厚实。偶尔见到已近消失的巨大象牙手镯，让我们羡慕！各部落服装款式颜色也各不相同，有各自的讲究。刺绣拼接，精美烦琐，无数小镜子镶嵌，闪亮夺目；胸口无数褶皱，玲珑秀丽；一身露背装完美地藏在头巾下，只有在风撩起的时候，才会露出那一片惊艳的美背。有人的地方，就有生活。

行程以接触各村部落所长的工艺品为切入点，这种旅游购物方式，既领略了当地的文化，也促进了经济贸易。织毯、印染、刺绣、皮革、漆器和铁铃铛等工艺品，精美至极。厚实的织毯尤其让我们着迷，可惜我们志不在此，加上行囊有限，只能忍痛割爱。长时间的旅行，根本无法承载任何奢侈品。价格也贵得要命，像Rabari的挂毯和Ahir的裙装都在一万卢比左右。我曾试穿Ahir的裙子，她们热情地从衣橱里拿出崭新的折叠好的“裙装”。就跟在瓦拉纳西我试穿纱丽，但怎么都感觉臃肿、少了当地人的灵妙。身材也不差的我，穿上去之后，被汤姆笑言就像是孩子偷穿了妈妈的衣服般让人好笑！

当地一些房子的装饰也甚为惊人，虽然只是土房，但墙面着画，墙体和门都嵌着一块块小镜子，房子不再是单纯的居所，而是一件艺术品！在卡奇，每个人都是手艺人，遍地都是艺术家！

各个部落对待游客的反应也不一样，有的很冷，有的平淡，有的友好，有的又超乎寻常的热情。黑色的Rabari不喜照相，冰冷至极；红色的Harijan，热情如火。真是冰火两重天。走近这些部落，身为女子的我自然要比汤姆更容易接近当地人。有时候女人们不让我们照相，但当我试着按下快门给她们看时，马上就能收到不同的效果，每个女人都会争先恐后地挤进我们的镜头。男子也是，欣喜得很！

在村子里拍小孩是最简单容易的，也是我们的切入口，但也最为恼人。因为他们总是从头到尾地跟着我们，相片是要了一张又一张，总也没个够。偶尔一些孩子也会开口要钱要巧克力。40度的天气，有巧克力也早化成汤了！后来我们才明白，在他们看来巧克力就指糖果。我们能做到的就是答应把相片洗出来由导游转交。事实上，我们也一直是这么做的。我们清楚，小小的一张相片对于太多印度人来说，珍贵而不可得。而它，大概也是我们能给予的最好的礼物了。

非常订婚宴

在热情如火的Harijan村，所到之处都是欢声笑语。我们还有幸赶上了一场别开生面的订婚宴！

艳丽的女子们围坐在庭院里唱着歌，沉甸甸的项圈，大大的圆形鼻环，无数白色塑料臂圈（据说以前都是象牙的）从小到大，成杯状盛住上臂，下臂依然戴满五颜六色的镯子。红艳艳的衣服上饰有五彩刺绣，镶嵌其间的镜子明晃晃地耀眼。这乍然出现的一片红，让我们傻了，狂喜中大脑一片空白。女子小孩抢着同我们要相片，一个个都那么迫不及待，你拉我拽。我跟汤姆应接不暇，措手不及。

之后，我们又被拉到一间昏暗的屋子里，一个女人安静羞涩地一个人挨墙坐在地上，服装更为华丽。我们理所当然地以为这就是当天的准新娘了，心里纳闷，好看是好看，但岁数好像大了一点。后来才搞清楚，这位端坐着的“新娘”其实是男方的家长。而真正的准新娘却是一身平常打扮正在院墙一角忙活着准备午餐。有意思的是，她要一个人准备所有人的午餐。这是这里的习俗。这真是个不小的考验呢。如此重要的一天也是未来“煮妇”最受累的一天。

正在灶火边奋力煮一大锅土豆咖喱的准新娘今年十七岁，完婚是四年后（二十一岁结婚在这种地方似乎有点偏大，怀疑自己是不是听错了）。当日并没有见到准新郎。男孩的父亲却是在另一处房子里同所有的男宾围坐在一起，打扑克消磨时间！

欢喜的女人们热情地给我们秀了些嫁妆和珠子首饰，廉价但浓情。

不期然的中午，不期然的偶遇，让我们有幸一睹。

由于此前并没有到达我们想去的Dhanetah Jat村，于是又让旅店安排了第二次的线路。车子也改为印度的大使（Hindustan Ambassador，是印度的 “路上之王”。孟买和加尔各答都用它做计程车）。原本费用是一天一千三百卢比，但司机似乎很有经验，在明确我们想去的地方之后，也明白了我们此行的主要目的，定下来一天一千两百卢比。原计划两天，后压缩成一天，费用为两千卢比。

早六点出发，回来已是晚上八点。向导很尽职，去了很多村子，购物也比前两天要少了许多。天依然又干又热，车子驰骋在尘土飞扬的道上，空气里弥漫着沙子的味道，黄澄澄的压得我们都喘不过气来，从车上能清清楚楚地看到热气流在地面上舞龙似的不断游走。一天下来，我们都是又累又脏，不见人样了。

一路上看到更多的还是热情友好、遍地都是的Harijan，但这次行程我们急切地想看到Dhanetah Jat。据说是完全不可能。可是不试我们又怎会死心?

此次路线中的Khavda和Ludia都需要普杰警方的许可证才可以到访，因为地处印巴边界。距离普杰七十公里的Khavda是卡奇最后的村镇。从这里往北三十公里就到了巴基斯坦境内。

即便是印度人，也同样需要许可证方可进入。我估计通常情况下他们没办也不会有特别大的问题，但带上外国人就不同了。不过，办理手续非常简单，只要去普杰警局的外国人办事管理处，带上护照、签证及复印件各一张，在申请表上填好想去的所有地方，不花一分钱，半个小时就搞定了。警官超和蔼，也没什么废话，最长有效期为一个月。时间不够的话，再次申请就可以了。向导要办许可也必须要跟外国人一块去才行。

Khavda是男人的世界，举目都是男人。说它是个镇子，但真的好小，不过五分钟，我们就从主路走到了市场又回到了原地。虽然Khavda是边境重地，居民却是出奇的热络。我们在小饭馆里吃的中午饭，恰帕提配土豆咖喱是仅有的食物。天气狂热，高温难耐，饭后我们也加入了向导和当地人的下午茶行列。

临近的旅游村Loudia，只有小小几户人家而已。同是Harijan，却少了份纯朴，多了份商业的贪婪。大人小孩拼命地想要我身上的东西作为礼物送给他们，从手链、手表到相机，一个也不放过。

在 Dhanetah Jat 大碰钉子

Dhanetah Jat在Than周边，我们不信会比让我们碰钉子的Rabari还要难。但事实的确如此，没有一个Dhanetah Jat愿意让我们照相。

为什么他们会让我们如此沉迷呢？如果你看过这个部落女人的照片就会像我们一样震惊而好奇了。她们像其他的印度女人一样戴鼻环，Harijan的鼻环巨大，Dhanetah Jat的也是。Harijan是从鼻翼左侧往左戴到发稍固定，但Dhanetah Jat的鼻环是一个巨大的D形，同时由金属针通过棉线连接到眉心发际甩在脑后，起到固定平衡的作用。鼻环上的珠子越多表明越富有，是财富的象征。

第一次在普杰看到戴这种鼻环的女人领着小孩从机动三轮车上下来，毫无预兆地出现在面前时，我俩都看傻了，张着口对她笑笑，但她只是看看我们就面无表情地离开了，酷毙了！

Dhanetah Jat是Jat分支中人口最多的。我们去的这个小村落，可以说是去过的所有村子里最穷的一个。一看到我们，她们争先恐后地捧出东西兜售，连颈上的银项圈都会毫不犹豫地拿下来。当我们表明想拍照时，她们马上就变脸了，摇头摆手，妈妈护着女儿叫出一家之主。她们的房子其实就是间茅屋，里边什么都没有，纯粹用来遮风挡雨而已。即使穷成这样，她们也说什么都不让我们照相。

但一年以前完全不是这样。到底发生了什么让Dhanetah Jat如此痛恨照相呢？原来是有人在报纸上大肆报道，一时间他们的相片铺天盖地。如此抛头露面，对穆斯林来说是种忌讳，所以仅仅一年，一切都变了，以前的她们热情友好，如今却是见谁都闪，脸也阴了。

我们不甘心，后来碰到一群在外修路的Dhanetah Jat女人，看到我们远远地拿起相机，就开始笑着躲，一旁的男人更是义不容辞地站在她们的前面，挡住我们，丝毫不让我们靠近。为了缓和气氛，我和汤姆采取怀柔政策，由我单独接近，先试着拍这些男子的相片，这下他们倒是乐得不得了，争先恐后。接着我又抛砖引玉秀了一些其他部落的相片作为诱饵，很显然，他们彼此认识，快乐地告诉我是哪儿哪个村子的。可是等我悄悄转移视角时，他们马上又成了一道不可逾越的高墙。真是说什么都没用！

无奈，最后向导直接把我们俩带到他认识的一个朋友那里碰运气。一些简易的草棚用几根木棍支离地面，小棚子里铺上一些草就直接当床了，俨然简单版的土家族吊脚楼。每年，他们都会有几个月来这里放牧，我们到的时候女人都在外边干活，所见只是些和善的男人和小孩。等待的同时，我们发现附近一间小屋里有两个大美女，戴着不一样的鼻环，就像牛鼻环一样，从左右鼻孔穿过来，呈半月形。她们也是Dhanetah Jat，还没有结婚，半月形鼻环表明已经订婚，“D”字形是已婚妇女的象征。

两位也不愿意拍照。也是我们的运气好，在一个城里老板模样的男子强制下，美女才不情不愿让我们照了两张，那个尤其漂亮的始终没给我们一个笑脸。估计这位老大很有声望。因为即使在今天的印度，等级观念依然强烈。有时候我们就碰到这样一些人，你对他好声好气，反倒对方态度不好；一旦对他们不好，他们反倒会很敬畏你。不用说，千百年来的种姓压迫制度，顽固地流淌在了他们的骨血里，压制着他们！

太阳快下山了，我们还是没见着其他人。实在没办法了，朋友直接带我们去了他老婆那里。短短几秒钟，不能多要求什么，我们也随手意思了点儿。没想到这位朋友特别感激，原来他老婆病了没钱医治，幸好有我们及时之举。这真是真主安拉的护佑。

当我们的车子最后驶过Than区域时，一群干完活等着回家的Dhanetah Jat女子在我们车前闪过。

原本我们打算在这一年的八月重回卡奇。八月的卡奇是所有部落新人婚礼集中举行之时，自然是卡奇最热闹喜庆的日子。可惜，又因为我的签证问题，最终泡汤了！

杜瓦尔卡，第七次建立起来的海滨圣城

杜瓦尔卡是印度最古老的七大圣城之一。相传克里须那从马图拉迁都到了杜瓦尔卡。这座宫殿城市有无数美丽海湾和金银宝石，一年四季开满鲜花。克里须那死后，杜瓦尔卡淹入海底。如今这座位于印度西海岸的城市，据说是六次被淹之后，第七次建立起来的。

杜瓦尔卡迪什神庙不大，但庙门口全部都有警察把守。

神庙有前后两个门，前门地势平坦，周围都是居民区，三四层的小楼，很漂亮，一家一层，让我们误以为是旅店。后门却要爬上无数个台阶才到，神庙地势高于城镇五十米。

在杜瓦尔卡两天，不知道赶上了什么日子。一到中午人群簇拥着一篮鲜花，穿街走巷敲锣打鼓，年轻女子盛装美艳，手上画满了细致的海娜，显得十分隆重。来到神庙口，用头顶起花篮，相互传送，欢声笑语，舞步不停。我们也被邀约。印度人喜欢分享喜悦，共同参与，外国人很容易就受到邀请。十卢比的钱币不断地放入花篮，最后入神庙。

在杜瓦尔卡往东一公里的地方，还有一座小小的拉克迷你神庙。拉克迷你是位公主，话说当年逃婚时克里须那英雄救美，两人私奔到了杜瓦尔卡。

庙虽小，但庙身精细的沙石雕刻、花纹仕女密密麻麻，美得惊人。尽管神庙周围没什么人烟，似处荒郊野外，但烈日下盘坐的萨都整整三长排，没有人时他们就闪到神庙墙角，纳纳凉。一有人来，再一股脑儿地出来，排排坐起，以求施舍。多彩的老人，神圣的信仰，不可思议的等待。

反倒是热闹的杜瓦尔卡迪什神庙和海边的萨都要少得多，估计这其中也有玄机。

圣城杜瓦尔卡有一个天然的U形海湾，两侧高地狭长弯曲，一侧随势建起台阶，形成美妙无比的沐浴阶台。早上，这里只算一个浅水湾，可以直接到达对岸。中午涨潮时，大大小小的海鱼一群群游满台阶。而晚上就只能靠渡船了。

萨桑格尔，亚洲狮的最后家园

萨桑格尔国家公园是亚洲狮最后的家园。每年的三月到五月是最佳旅游时季，能看到保护区内的各种珍稀动物。六月中旬到十月中旬是雨季闭园时间。我们赶得巧，刚好在闭园的前两天到达。通常人们来这里为看狮子，而我们是为Siddi和Maldhari部落。

Siddi来自非洲部落。三四百年前，葡萄牙人把他们作为奴隶献给了这里的王侯。今天，Siddi的文化传统、服饰、语言，基本上已和当地人同化，我们唯一的辨别方式是通过他们的脸型特征。

Maldhari是和亚洲狮共同生活在这片原始丛林里的土著。由于近代的开发，原始丛林大面积消失，从根本上导致了水源和牧草的不足，使得世代相安无事的土著和亚洲狮开始为生存而战。为了保护两相利益，政府在1972年启动了萨桑格尔亚洲狮保护区，把大多数土著部落迁到了保护区外。

头晚，针对我们的需求，旅店主人给我们安排了导游。

早七点跟导游出发，沿着马路一直往下走，约莫十分钟后来到了Maldhari村落。不过是几家散落的农户，家家都圈养，也放养着牛群。只是迁出来的他们已经同化，从外部看不出什么特别。美丽的是这里的自然风光，溪流草地原野，高高的树下散落了一地的“枣儿”，黑黑长长的，有说不出来的味道。

真正原汁原味的Maldhari，在保护区十五公里附近的丛林里才能看到，进出必须有特别许可证。为此，我们来到国家公园管理处，负责的长官没在，等了半天没见人影，放弃。旁边有展馆，看后才知道原来Maldhari有很多别名，因为地域和社会等级的不同，称谓也各不相同，像Rabari、Ahir和Jat其实都来自同一部落。

就连Siddi居然也要去二十五公里外才能见到原汁原味的。事实证明店主人前一晚做的安排，不过是敷衍而已，让人失望。

回去时，汤姆眼尖，一眼看到了街对面洗衣服的女人是非裔黑人血统，服装没什么特别的，但容貌特征鲜明。一个小男孩更是一头老祖宗流传下来的细密小鬈发。还有一对夫妇，妻子是黑人，丈夫则是本地人，抱着他们的混血小孩。显然，他们已经通婚。四百年，真的能改变很多。

那天上午，三个同住旅店的女孩去国家公园看了狮子（她们都是来印度的实习生，一个来自德国，研究的是部落民族。另两个分别来自马来西亚和印度尼西亚，关注的是街上的流浪小孩）。坐着吉普，早上六点半出发，上午九点半回来，一共三个小时，但价格不菲。不过，她们真的有看到一两只大小狮子。

第二天中午，我们跟她们一块儿出发，她们去古吉拉特最南端的岛屿第乌，我们去巴利塔纳。三个年轻女孩显然完全没有适应印度，仅因为迟到的火车就起了争执，一个主张坐汽车的还特激动。

在印度，火车基本上都会晚点一两个小时，正点运行几乎是不可能的。看着她们，让我跟汤姆觉得，出门在外，一个人孤单，两个人是伴，三个人就挤了。大家意见不一致时，总会有摩擦，在印度这个多变不一的地方，很难按计划实行！

巴利塔纳，耆那教圣城

巴利塔纳是耆那教圣城。

耆那教是印度古老的传统宗教，与其他宗教不一样，它秉持理性高于宗教。尊其二十四祖为大雄，即“伟大的英雄”。耆那教信徒不杀生，也不以屠宰和农业为生，多从商，诚实守信，是成功的生意人。他们常将所得捐给寺庙，于是在巴利塔纳的Shatrunjaya山上就有了这样一群恢宏的耆那教寺庙。

早在5世纪，Shatrunjaya山上就已经有寺庙存在。不过现在我们看到的都是16世纪重新建造的。

山上这一片寺庙群，估计没有人能说得清楚到底有多少座。有说一百零八座，有说八百六十三座，还有说一千三百多座，看来都取决于点数者的判断标准。殿宇如珠会聚山顶，像一顶皇冠闪耀世间。

山高五百九十一米，山道上的台阶呢，一说是三千六百五十级，一说是三千八百级。不管多少，这爬上去一趟要两个小时，也不是件容易的事。却是天意弄人，我们两天内连爬两次，都不是一个“累”字可表。

↑阿姆利则：印巴边境，瓦加的降旗仪式，始于 1959 年的日常军事活动

↑阿姆利则：金庙，锡克教最神圣的地方，建于 1577 年

↑→ 阿姆利则：在金庙里虔诚祈祷的锡克教信徒

↑阿姆利则：戴锡克教的传统头饰头巾帽（Dastar）的锡克教父子

↑赫尔德瓦尔：昆梅拉期间，恒河源头的沐浴祈祷

↑赫尔德瓦尔：昆梅拉期间，恒河源头的沐浴祈祷

↑赫尔德瓦尔：为逝者准备的祭品（面团、芝麻和鲜花）

↑日出时分的赫尔德瓦尔，印度教七大圣城之一，哈里·基·帕里一角

↑安拉阿巴德：梅格梅拉节日里的众神灵

↑安拉阿巴德：梅格梅拉节日里的众神灵

↑→ 安拉阿巴德：梅格梅拉节日里汇聚一堂的苦行僧萨都

↑安拉阿巴德：梅格梅拉节日里在冰水中捡硬币的男子

↑尼泊尔：博达哈佛塔，世界上最大的圆佛塔，高 38 米，周长 100 米

↑尼泊尔：精致的木雕神刻
↓尼泊尔：加德满都古老的木雕住宅建筑

劳其筋骨

头天下午，三点开始爬，我五点登顶，汤姆比我早到半个小时。天太热，都喘不过气来！没几阶，就得歇着。好在台阶平缓，并不是让人生畏的直上直下，且每过几百级都有凉亭休息，有老妪免费提供饮水，还有保安看守。

这个时间路上基本都是下山的人了。很多人清晨四点半就来了。如果爬不动，也不用担心，路上多的是等着受雇的轿夫，在门口和半山腰候着。最简单的是一张四方平凳，两边用绳子一绑，坐的人两腿一盘，两个轿夫一根棍子就给抬起来了。高级些的是一把椅子四个轿夫两根棍子，要舒服得多。再高级的像四平八稳的床，让人有了财主的感觉。轿夫们快步而上快步而下，比我们的速度快多了。一路上也有帮人拿包的妇女小孩，头上一顶，同样健步如飞。

坐轿的多为妇人，也是富态一族，体态尤为丰满。这一趟上要一两个小时，下也同样如此，虽说上山容易下山难，但要一气儿走七八千级台阶，还要抬个“富”人，可想而知。一到凉亭，专业的轿夫也是赶紧放下，喝口水再来。而这一趟的收入不过两百卢比。赚的真正是血汗钱。

一些当地人每天都来爬，既有上了岁数的，也有年轻人。也有很多从四面八方赶来，这么一来爬台阶也不再是单纯的爬台阶，而成了朝圣洗礼。本以为爬台阶要光脚的，因为圣殿都不许穿鞋玷污，也以为必须要穿上长衣长裤。好在没有那么多顾忌，可以穿鞋爬山，汤姆备的长裤也没用上。天知道这天有多热，这台阶晒得有多烫人，但虔诚的耆那教徒基本上都光着脚，全程如此，丝毫不避。男子多一身长白衣，干净利落，在这山中风中多了一份难得的飘逸。

不用说，着白衣的自然就是耆那教的白衣派了。耆那教主要分白衣派和天衣派。两者皆苦修。不同的是，白衣派以一身白衣为标志，象征廉洁。天衣派则以天为衣，要求裸体。在古吉拉特的耆那教徒主要是白衣派。

这天，我们正在山脚下准备开始爬的时候，碰到一个白白净净的白衣小伙，跟我们聊起来。然后他把汤姆拉到了一边，说起了悄悄话，两个眼睛却是不停地看着我。原来，小伙子又跟汤姆说了一条我们不知道的禁令，那就是女子月事期间是断不可进寺的，不洁。好虔诚谨细的男子！虽然只有我一个外国女游客，但依然不得有差池。看来我还是幸运的，要不然别说没体力爬，爬上去也没有瞻礼的资格呢！

费了一番力气，好不容易爬上山顶，在入口处存了鞋，跟汤姆会合后，便寻找我们在许多地方都看过的那幅极致全景图。可是，任凭我们找遍了也没看到。已是傍晚的五点半了，再过半个小时就要关门。好心的看管让保安带着我们参观，就这样，我们错过了期待的美景。

不甘心，第二天接着来，计划是早上四五点出发，但累得怎么都没爬起来，于是下午赶早一点又开始爬，包里特地备了两瓶两升的矿泉水，还藏了点儿吃的。山道上根本没有人卖水卖吃的（可没有泰山一路小吃的待遇），免费的水我们又喝不了，而且昨天爬时从头到尾没看到有人吃东西，估摸着应该也不能吃，所谓苦行。为不犯忌，我们藏了一块巧克力和两袋饼干，在没人的地方偷偷地吃，补充体力，垃圾包好了塞在包里带走。

半山腰，有工作人员分发一张张黄色的纸，是可以免费领取食物的券。从山上下来的人都可以领取。第一天我们下来时，人早不见了。再遇上时，我们毫不客气地要了两张。刚开始那人不愿给，理直气壮地说要下山时才能领。那是，等我们六点多下来，他又没人了。当然我们并不是想要那份免费餐饭，是为了慰藉胜利后的辛苦，像大雄般的英雄感，不能不要！所以我们也是理直气壮，当仁不让！

饿其体肤

圣山并不葱葱郁郁，反倒光秃秃的，稀疏的灌木丛里不时闪过些不知名的可爱小动物。这一路爬得气喘吁吁，加上昨天的劳累，两腿早是酸疼不已。羡慕地看着周围的人轻松小跑着，仿佛小菜一碟。又不得不佩服轿夫的力量，抬着那么胖的妇女，要知道他们平日里都吃素。

在方方面面实行非暴力的耆那教徒是严谨的素食主义者。对于他们，即便是植物也是有生命的，一切要等瓜熟蒂落。因此，吃素也遵循着一套严格的饮食规范。

在整个巴利塔纳，肉就不用惦记了，鸡蛋也不用提了，吃来吃去只是恰帕提和土豆，这让我们在第一天爬了七千多级台阶之后难以忍受。本想犒劳犒劳自己，可什么都没有。连汤姆这个素食主义者都难以置信地抱怨了一通。那些轿夫是怎么承受的呢？打听之下说是他们每天都吃糅塔，一种富含高蛋白的素食。一查，那不过是小米面和酥油做成的饼而已。这种小饼被称为“农民的面包”。薄薄圆圆一小张，看上去跟小麦粉制成的恰帕提没什么区别，却是古吉拉特独有。如此说来，这两天我们在这里吃的是不是也都是糅塔，而不是恰帕提了呢（有的地方恰帕蒂也叫糅塔，有的用料也不一样）。

说到餐馆，第二天我们好不容易找到一家有中餐的，兴奋了半天。尽管还是全素，但这里的酸辣汤很好喝（就是姜末太多）。厨子说是从尼泊尔来的，长得很像中国西藏人！我想要四川炒饭，可店家执意告诉我，太辣了，你吃不了。啊呀，我是中国人，我当然知道四川炒饭是辣的，我要的就是那一口啊。无奈之下我改要炒面，他问：“Gravy or dry？”（是要带卤的还是不带卤？）“炒”就是所谓的“干”，我要“卤”干吗；上的Veg Chow Chow（素炒炒），竟然又成了酸汤面条。单从这名字来说，我理所当然地认为这是素菜炒炒。在孟买时，这道由中国引进的炒炒还真是挺有中国炒菜的样子，里边并没有面条。到了这里，截然不同，谁又知道它到底是什么呢！这一知半解地诠释中国饮食还真是可气又可叹！怪不得之前爬山的时候，碰到一对从孟买来的年轻人，说到中国菜就跟我们说好喜欢啊，那个“Manchurian”（东北）的炒饭真好吃啊！我倒，我在这里碰到的所谓东北风味仅仅是北方的炸素丸子而已。那一刻我是多么想让他们见识下真正的中国菜啊，不说那八大菜系，就简单的素斋也能把他们喝倒一片！

言归正传，绝景还真是被我俩找到了，可是这两天的太阳犹抱琵琶半遮面，总是羞羞答答，我们终究功亏一篑，没有如愿采到光晕中的美景。殿宇错落有致，令人惊叹，可惜整个寺庙在施工，整体色系乱了套，少了一份宁静雅致，但规模上绝对是气势恢宏、独一无二的！

为看清庐山真面目，我们两天爬了上万级台阶，不知是不是也实践了耆那教苦修的宗旨，锻炼了筋骨，在精神上也有所超脱了呢？

乌代布尔，白城

久闻沙漠之邦拉贾斯坦的四大色城：“粉城”斋浦尔、“蓝城”焦特布尔、“金城”杰伊瑟尔梅尔和“白城”乌代布尔。我们的第一站便是这“白城”乌代布尔。

乌代布尔得名“白城”，是因为整体建筑多为白色，而“白城”的灵魂之美得益于那一池碧波荡漾的皮丘拉湖。两岸宫殿民居依水而建，堪称“东方的威尼斯”。

湖面上浮着的白色宫殿曾是王侯的消暑湖上宫殿，如今为五星级豪华酒店，在阳光水韵之间，犹如珍珠般尊贵夺目。湖上宫殿与湖岸上的城市宫殿隔水相望。

乌代布尔很美，过去却鲜为人知，一直到20世纪80年代初，电影007系列《八爪女》在这里拍摄，才将这座名不见经传的小城推至众人面前。影片中，乌代布尔的街景风光和奢华的宫殿酒店都展现得淋漓尽致，从此一夺人心，名满天下。

梦中的皮丘拉湖

我们远道而来，自是为了一睹这梦中的湖面，没想到展现在眼前的是一片干涸，早已不见波光粼粼的湖面，水中荡漾的美景。没有了水，乌代布尔就没有了灵性，一切归于平凡。湖上宫殿原是坐落在小岛上，现在却凸现在坑洼之地中，失了神秘，少了高贵，多了几分尴尬，也不再用船才能到达。但失了水的湖上宫殿依然财大气粗，远远百十米就给围了起来。看守不让靠近一步，非常牛，好像每寸土都是他们的。

干涸的湖底，成了过往行人的又一桥梁，也成了孩子们玩板球的快乐之所，更是车子往来的捷径，一驶过，便是尘土飞扬，一片黄白。

由于近些年雨量不充分，一般在七八月雨季之后到十一月份时，湖里才多少会有一些水。正是六月中旬，整个湖面只有两个蓄着一点儿污水的小坑，完全是黑的，但这也阻挡不了苦孩子的快乐。他们不时蹦入水中嬉戏，耍够了再泥人出浴。为了在雨季中更好地蓄水，一辆挖土机不断地在旁边深挖。

城市宫殿一边的Gangaur Ghat台阶上坐了一片虔心祈雨的人。不知是不是他们持续一天的诚心祷诵感动了上天，我们在的那两天还真是下了场暴雨，只是对这干巴巴的皮丘拉湖来说，依然是九牛一毛，只见拂面，不见滋润。

不单单是乌代布尔，之后我们所到的杰伊瑟尔梅尔的加迪萨格尔湖、斋浦尔琥珀宫前，还有布什格尔的水都同样干涸了。今日的乌代布尔少了水带来的宁静祥和，多了生活的嘈杂喧嚣。

细密画

名满江湖的乌代布尔湖边盛景我们无幸一览，但乌代布尔拥有的不仅仅是这些风光美景，在城市宫殿和贾格迪什神庙旁的老街地势高低错落，拥有很多精致的小店，最迷人的就是老街墙上的每一个角落都画满了美丽的细密画。

细密画源于13世纪的波斯，类似工笔画法。乌代布尔是传统细密画的兴盛之地，画面多取材于拉杰普特和莫卧儿王朝的历史传说和印度神话故事。穿梭于这样繁忙狭窄的老街中，更像是徜徉于故事与艺术的殿堂，让一切都有了可看性。一路走来，饶有兴致。小店里多的是细密画出售，想学没问题，有时间有心情一切就都有了。

这就是乌代布尔！

杰伊瑟尔梅尔，金城

“金城”杰伊瑟尔梅尔在拉贾斯坦的最西部，处于塔尔沙漠腹地，曾是重要的贸易通道。黄砂岩建成的杰伊瑟尔梅尔城堡是一座真正的城堡城市，就像《一千零一夜》中用魔法变出来的神灯堡一样，让人惊奇。

地势高于周边的杰伊瑟尔梅尔城堡，建于12世纪，与其他城堡最大的不同就是平民化。这里不仅仅是王公贵族的宫殿所在地，也是普通民众生活的地方。即使到了今天，依然居住着杰伊瑟尔梅尔四分之一的人口。不同的是，王公贵族搬了出去，宫殿成了博物馆。可惜的是，由于城市庞大的用水系统和糟糕的排水系统严重侵袭了城堡的地基，今日的城堡面临着倒塌的危险。

城堡有大门。由于地势高，街道窄，机动三轮车只能停在大门前，剩下的是喧哗穿梭的摩托车。城堡里的街道蜿蜒曲折，巷口无数，不期然就到了城墙死角。建筑无疑是这里的一大看点，精致浮雕墙面无数。过往富商的豪华府邸已完全融入平凡人的生活。

拉贾斯坦的拉吉普特人音乐早已闻名遐迩，其特有的传统服饰同样吸引着游客的眼球。色彩斑斓的男子头巾帽，从头到脚厚重的女子银饰，都给这沙漠之邦披上了浓重的异域色彩。其木偶也是极具特色，鲜活生动，大大长长的眼睛，鼻子尖尖。可是在今天的城市里，已经很少能看到传统的打扮了。除了杰伊瑟尔梅尔城堡入口处几个满身银装的卖艺女子，其他都着普通纱丽。但在城堡外，一路沿着由老城小巷子往新城的本地汽车站走，稍微留意一下就能发现女子打扮得不一样了，甚至连一些男子都戴着金色的耳饰。

最能一窥杰伊瑟尔梅尔女子的地方，就是当地的汽车站。散落在杰伊瑟尔梅尔各个角落里的女子在这里齐聚，即使穆斯林女子也是色彩无垠，不一样的头饰服装，风情万种。旁边的菜市场又有很多打铁的头巾男和臂上无数白色塑料环的女人，让我们的眼睛一下子闪亮起来。

沙漠之旅概念行

除了壮丽的城堡，骆驼沙漠之旅是这座城市的又一张特色名片。每家旅行社都有相应的服务，事实上每一家旅馆都提供相应的配套服务。价格基本上有两种，每天四百五十卢比和七百五十卢比，区别就在后者提供的食物稍好些，喝的是瓶装矿泉水。

骆驼沙漠之旅安排的路线都被称为非旅游热线。政府旅游局的工作人员道出了其中真理：如果真像他们说的是非游客线路，那就真没什么可看的了，游客去的又怎会是非游客之地呢？言之有理。沙漠之旅是骑着骆驼在长着灌木的沙地中行进，看到的沙丘不过绵延一两公里，真正的连绵沙漠要深入几十公里才有。路过一些原生态的沙漠小村，看日出看日落，晚上住沙丘帐篷。

据旅店里一个参加了四天三晚沙漠之旅行程的英国女孩回来

说，旅店根本就没有安排矿泉水，都是路上取的井水，但也没什么问题。尽管三餐及路线都由骆驼向导具体安排，但向导每天每只骆驼只收入八十卢比，其他都被旅店剥削了。而且旅店没有自己的骆驼，店主所说的四只骆驼其实只是幌子。

在所有咨询的旅行社中，有一家叫“撒哈拉旅游”。说到这家的主人，那可是当地响当当的形象大使Mr. Desert（沙漠先生）。当过卡车司机的他不但是拉贾斯坦邦的模特儿，同时也是电影明星，一个曾经超级帅气的小伙子。即使在我们看到的杰伊瑟尔梅尔招牌上，依然是他当年俊朗的红巾帽形象。在这里诚信最重要，针对我们想看当地人文的需要，沙漠先生建议我们骑车或坐车去库里。在我们所有的咨询中，他是唯一一位如此提议的人。

就这样，我们来到了库里。

神奇库里

库里位于杰伊瑟尔梅尔南四十二公里处。从本地汽车站坐车一个半小时就到了。沙地光秃秃野茫茫，漫无边际，偶尔夹杂着小小村落。

一千多人的村子库里距沙丘仅两公里，这吸引了无数游客尤其是印度同胞的到访。到处是传统的土房草顶，每家每户都养着骆驼，靠沙漠为生。

当然，我们关注的不只是这些，还有纱丽。因为地处沙漠，村子里虽有自来水，但水是咸的，只能用来洗澡洗漱。即便这样，洗漱完舔舔嘴唇，淡淡的咸，还是很怪异。整个村子的饮用水都来自沙丘方向一公里处的几口深井。每天下午四五点，井台边聚集了村里的所有女人。她们结伴而来，结伴而回，顶着水罐，摇曳生姿，欢声笑语走在沙漠里，像银铃一样动听。

所见女子皆快乐地跟我们打招呼，一致道“Photo，photo，Money，money”，然后说笑着离开。有一个还出其不意地很用力很用力地拧了我一下，疼得我直接“F-word”脱口而出。女子不知道什么意思，但现学现卖很应景地回了我一句，顿时让我失笑起来。毕竟这只是她表示亲近的方式，并无恶意，手劲大是劳动人民的本色。

陶罐，看着她们轻轻松松地顶起有说有笑地走着，等放到我头上，才知道好重，腰都直不起来！不能不让人惊叹，她们一下子头顶一个、两个乃至三个装满水的铝罐，依然可以笔直地走在沙地小道上，这就是从小练就的功夫了。在印度，从来都只看到女人在顶水打柴劳作，似乎所有粗活都让女人包了，男人从不做这些，至少我们从来没见过。这是不是也可以归结为印度男人的“纱丽情结”？

沙漠里的女子偶有蒙着头纱，男子却喜白衣，干净无尘，让我们百思不得其解，因为一天下来，我们都灰头土脸脏兮兮的。远处的沙丘，时有骆驼经过。井台边，男子在给心爱的骆驼饮水。

库里给我们最大的惊喜就是“国鸟”宝蓝羽孔雀。这也是杰伊瑟尔梅尔沙漠之旅的又一大亮点，旅途中总能看到些稀有动物。村落里的灌木丛中，孔雀飞起的那一瞬，我们以为看到了传说中的凤凰。

井台周边的低矮灌木丛，更是孔雀的寄居之所。五六点太阳光不强烈时，美丽的孔雀一只只地从林中钻出来透风。妖娆的雄孔雀不时开展雀屏，猛烈地抖着屁股，跳起热舞，一遍一遍地转着圈子，还伴奏似的发出沙沙声，煞是好看。一只，两只，一起争相比舞，招引着长得像小鸡一样的雌孔雀驻足围观。

当地人对孔雀视若无睹，孔雀对他们也是不屑一顾，打水的打水，发情的发情，互不干扰。唯独我们试图靠近时，灵性的孔雀马上收屏跑入林子。最后，我们只能在四五十米外远观，为它们的美丽惊叹。

更让我们神往的，是狂奔而过的野鹿。

真是一片神奇的土地！

比卡内尔，老鼠神庙

从杰伊瑟尔梅尔到比卡内尔的这趟火车，绝对称得上是沙尘快车！

在五六个小时的车程中，火车完全行驶在极地沙漠中。空气里，铺位上，我们的脸、头发和身上还有所有的包都覆满了厚厚一层沙子，无法呼吸，无法放松自在，不用说看书，就是连睡觉都成了问题，遭罪得很。即使如此，火车经过的地方，依然有人上有人下。一程下来，我跟汤姆就像是穿越了时空隧道看到了年老的自己，面容沧桑，头发花白。

俗话说黄山归来不看岳。看过了杰伊瑟尔梅尔城堡，再来看比卡内尔的Junagarh Fort城堡，那简直就是从一个顶端掉下来，都不值得看了。辉煌的城堡一下子就那么不起眼了。去往老城的路上，我们没来由地引发了一场意外。起因是我们买了两个塞满了辣馅儿、外裹着面团的油炸大辣椒，太辣下不了嘴，就顺手给了路边的羊儿和狗儿。别说，这动物还真是尽得咖喱的熏陶，居然吃嘛嘛香。一方水土一方物，真不是盖的。小孩见了，直跑过来。结果机动车与摩托车相撞。这不是我们的错！

比卡内尔老城热闹，但我们此行的目的地是比卡内尔以南三十公里处一个叫Deshnok的地方，有座卡尔尼·玛塔神庙。卡尔尼·玛塔是降魔女神杜尔伽的化身。但这里供奉的并不是这位女神，而是一群老鼠。是的，没有错，这就是闻名世界的老鼠庙。

这里的老鼠，可不是那实验室的宠物小白鼠，而是通体黑色，毛儿长长，支棱着很圆的两个大耳朵，屁股那儿还有个突出来的尾椎，尾巴足有身子长。老鼠的日常饮食都有专人伺候，有牛奶也有甜点。入门处的右手边有一口巨型锅，是专门用来给老鼠煮食的。来这里拜访的每一个印度人都不会空手，拎着成袋的好吃食来孝敬老鼠。这么说来，寺外的那一排小店可不光是方便游客吃喝的，是为了方便游客随时孝敬老鼠。

为什么要敬拜这些老鼠呢？这还得从卡尔尼·玛塔说起。当年追随女神的信徒中有一名Charan种姓的男孩得了重病，没等到女神赶来，就一命呜呼了。卡尔尼·玛塔于心不忍，乞求死神高抬贵手，放过男孩，但遭到了拒绝。万物生灵中，死神唯一不能触及的是老鼠。为了表示抗议，女神把Charan人死后的灵魂，都变成了老鼠。从此，神庙成了它们安居的乐所。老鼠也不单单是老鼠，而是后人的祖先！

这些被供养的老鼠们，有的横着竖着呼呼大睡；有的徜徉在奶盆边，围成一圈撅着屁股美滋滋地喝着；还有的倒挂在门环栏杆上，更有一条一条尾巴从墙上洞口露出来。这里是老鼠的天堂。它们不躲人，也不怕人，完全视若无睹。瞧这哥俩还在我们面前旁若无人地打起架来了，直立着像个可爱的跳舞小人。可是被宠坏的老鼠皮毛并不亮滑，没精打采，仿佛长年累月享受的美食已经不香不稀奇了，吃起东西来有一搭没一搭，看着好浪费，完全是被惯坏了的小主，没了奋斗的目标。

老鼠的庙老鼠的窝，自然充斥着老鼠的味道，但并不妨碍人们虔诚敬拜。不见一个人踮着脚尖躲闪老鼠屎老鼠尿的。我们也只能撒开了，大大方方。一入门的左边还供着只白老鼠，但不是人人都看得到，惹得大家争相张望，期待好运的降临。

比卡内尔有人人敬仰的老鼠庙，瓦拉纳西有“闻香老鼠”。小小一个毛圆球，攥在手心，手背上下摩擦，顿时两手接触点馨香四溢，百试百灵。怪就怪在我们回国大秀时，却不起作用了。看来这跟老鼠庙一样，有着独特的地域归属性。当然，这闻香老鼠并不是真的老鼠，不过是一小玩意儿而已。

阿姆利则，锡克教圣地

阿姆利则是锡克教的圣地，也是金庙所在地。金庙的四个大门二十四小时向世人敞开，没有门户、宗教、种姓和等级的限制。

“锡克”意为“学生、弟子和信徒”，祖师是“古鲁”，共有十位。锡克教人果敢勇猛，在装束上有着明显的特征，大大的头巾帽包住长发，发上有把木梳，手戴钢镯，穿及膝短裤，身佩短剑、长剑乃至长矛，颇具勇者之风。

这身装束便是锡克人的五要素。它代表着严格的教义，我们进金庙时也需要遵循一定的规则。不论男女头发都不能外露，要用布包起来，保持整洁。门口有头巾可以取用，附近小铺也有卖。赤脚进庙，门口的存鞋处二十四小时免费服务。在庙门口蹚过小水池洗净脚，水是循环的，干净凉爽。金庙里有锡克男子拿着长矛巡逻，有游客举止不当，他们马上会上前制止。在河岸边坐着时，脚不可以放在水里；头发露出来了必须马上包好；可以在金庙河岸边随意照相，但禁用三脚架，金庙殿内完全禁止照相……在金庙的大门口外，为了保证出入有序，看守不时提醒背着大包小包刚刚到访的一大家子印度人，不能穿鞋，不能离门口太近，不能在人多处席地而坐，包包太多碍事也不行。巡逻的人一脸严肃，绝对尽职。

阿姆利则，在印度语中意为“永远的花蜜池塘”。金庙庙身

Harmandir就矗立在一方人工的圣水池中央，建筑风格融合了伊斯兰教和印度教特征。庙身的一百公斤金叶，让“金庙”实至名归。当早晨的第一缕阳光洒落在金庙上，映照在水中，金光闪闪，光彩夺目，美不胜收。水里游戏着大大的红黑鲤鱼，像是幻境。每一天每一刻殿前都是排着长长队伍的信徒等待进入朝拜。长而狭窄的连接通道被称为“古鲁桥”。古鲁的真经《阿迪·格兰特》就供放在金庙第一层，诵经和聆听经文的人在周围盘腿而坐，经文通过喇叭几乎是二十四小时传播。在三小时一轮班的情况下，念完一遍真经，需要整整四十八小时！金庙旗杆侧楼有很多小隔间，端坐着一个个身穿全白、头戴蓝色头巾，诵读着古鲁真经的锡克男子。

平静的水中，除了嬉戏的鱼儿，还有一家一家锡克人在沐浴祈祷。父亲带着儿子下水，母亲在岸上静守。小男孩都留着长发，小辫到顶梳成一个髻，用布包起来。男孩们面容俊秀，称如花似玉也不为过，加上一头长发总让我误以为是女孩。说真的，行走印度一大圈，当属锡克教的男人最帅，魁梧又潇洒，大大的头巾帽加上那一大把大胡子，体面又干净，比起黑瘦干小的其他印度人，真是让人如沐春风，清透极了。难怪许多顶级酒店的迎宾总是伟岸的锡克人，看来是大家公认的赏心悦目！在水中的锡克人会把短剑别在额前头巾上，就连一些锡克女子也是长短剑配身，一副男儿打扮，英姿飒爽。

全天开放的金庙还免费提供一日三餐，每天约十五万人次。除了免费的食物，也免费提供住宿或者收取一点点费用的有偿住宿。最直接的就是睡在金庙里，我们早上三四点来，见众人席地而卧，耳边萦绕着舒缓的诵经声，也不失惬意。

金庙，一个接纳万千大众的地方，在阿姆利则时每天早晚我们总是在此徜徉。门口还有五卢比的可口可乐，冰爽至极。

瓦加边界盛事

瓦加在阿姆利则以西二十七公里处，为印巴边界。每天傍晚日落时分，成千上万的印度民众和慕名而来的外国游客从四面八方拥向这里，一睹闭关降旗盛况。巴基斯坦那边也是如此。

大门四点半开放。男女各自一排列队进入。大铁门上有规定不可带包，其实执行不严。旁边餐馆有存包服务，但没有任何安全防范，只是随意放进一个敞着门的房间，也不上锁，一点保障都没有。

外国游客（只要不是印度人）被直接关照不用排队。进了铁门之后还得再次安检，这次没有例外。进场时外国游客和一部分印度人从一个口进，其余的印度民众则走另一个口。男女两队挨个进到一个小篷里，由男女工作人员例行搜身检查。检查我的背包时，那位纱丽反复问我有没有香烟，让我很疑惑，想来是把我当成了日本人吧。

大家被指挥着按先来后到的顺序陆续入座，外国人依然要被分开。这个大大的看台其实就是无数个高低台阶，赤裸裸地暴晒在太阳底下。六月底的骄阳在下午四五点时依然火辣，我们的屁股直接跟滚烫的水泥石阶亲密热吻，完全沐浴在这晒死人的光热下。

外国游客都被固定在高高的石阶上，印度人却可以坐在行进的道路两旁，零距离观看。幸运的是，我们跟负责人求情之后，也被宽容地换到了行进队列的两旁。

仪式六点半开始，七点结束。两国音乐奔放，群众高亢激昂。天气酷热，但两国士兵均一本正经一脸正色地以特有的军事“猫步”开始行进，极为有趣的依次直立劈腿（这在军中被称为“鹅步”，是整个降旗事件中最吸引人的部分，也是不可多得的“美秀”。据说，在一年后的2010年7月，“鹅步”行进最终以有伤士兵的膝盖为由，被取消了），两厢就跟比赛鼓劲一样，双双来到边界大门，昂头挺胸，带着各自国家的傲气和“愤怒”，打开国门，交好握手，再以极快的速度关闭国门，降国旗。两国鼓乐声雷动，民众载歌载舞，亢奋人心。随后就是拍照留念了，然后赶车回家，一切归于平静。

短短二十多分钟，气势壮观。可爱的列队表演，似滑稽可爱，却是一脸严肃。有点形式主义，但大大满足了观看者的乐趣。想来两边的士兵都是朋友，只是被一道国门分开了。因为印巴边界双方同属旁遮普（1947年被分割）。历史改变了一切。曾经，他们是亲人。

一个星期之后（2009年7月6日），激进分子用炸弹袭击了印巴边境的两个印度村庄。想来真是后怕，前一刻还好好的，忽然就变脸了！同年9月和次年1月，再次发生袭击事件。

叹一母同胞，相煎何太急！

昌迪加尔，梦中的爱丽丝

乌沉沉的天终于下起了瓢泼大雨，预示着印度雨季的开始！

昌迪加尔身兼旁遮普和哈利亚纳两邦首府。1947年，旁遮普一分为二，一部分连同前首府拉合尔一起被划入巴基斯坦。最终印度政府启用昌迪加尔，以一个全新的城市作为印度未来的象征。

在我们看来，这座以城市规划和建筑出名的昌迪加尔是个布局怪异的崭新城市，由六十一个井然有序的街区组成，干净又安静，完全由外国人设计建造，非常不同于印度街区的嘈杂混乱。在印度唯一一个这样的城市里，反倒让我们一下子失衡，茫然不知所措。昌迪加尔比印度任何一个城市绿化得都要好，树多，路也宽敞，典型的花园城市。多了“绿化肺”，城市空气自然也清新了许多。可以毫不夸张地说，昌迪加尔是印度最干净的城市。

除了城市规划超前，石头花园更是昌迪加尔的点睛神来之笔。石头花园的创意来自政府官员内克·夏尔德儿时的梦想。1957年，他开始秘密着手，原本只是想建个小小的花园而已。1973年被政府发现的时候，花园已扩张到了五公顷。这座不在政府规划之内的花园本属非法违章建筑，但政府最终被它的非凡魅力所折服，不但没有处罚这名官员，反而任命他继续监管设计。今天的石头花园占地十六公顷。

花园一律废物利用，石头、玻璃、碎瓷片、瓶盖甚至废弃的马桶都成了不可多得的完美用材，组成各种小人小动物，惟妙惟肖。最具代表性也最出名的是由印度传统手镯碎片贴合而成的印度妇女，精致逼真。下着雨，流水瀑布，穿径走洞，我们就像是爱丽丝穿梭在梦幻里，雨成了浪漫的托化使者。

鸡不可挡

坦都里烤鸡在印度颇负盛名，半只八十卢比，一块鸡胸外加一只鸡腿。

伙计当场把整鸡剁开，一分为四，分别串到铁签上。有四分之一块掉到了地上，也没洗，直接捡起来再串上去，看得我心里直发毛。上炉烤的当儿，伙计捧出一堆鸡，咔咔剁起来，为晚上高峰时准备。剁开的鸡肉在黑乎乎的砧板上随意摊放着，滑落在脏兮兮的桌子上，串起来，再随意地被挂在脏兮兮的墙柱上！

看得我心惊胆战。等我那串烤好时，伙计更是恐怖地把我的鸡肉直接放在那浸渍着生鸡肉汁的砧板上，拿起刚刚沾着碎渣生水都不曾擦洗过的刀，咔咔两下把我的鸡块剁成四块。我完全崩溃，连嚷了半天“No”，小伙子也没明白问题出在哪儿。对他来说，这不过是正常程序而已。可这让我怎么吃得下去啊，我只能示意给我接着烤，时间越长越好。然后，老板出来了，直接给我放进了袋子。对于老板的直接下手，我也完全默认了。吃的时候完全豁出去了，在乌代布尔我还吃过带血的烤鸡呢（有让回炉，外边都焦黑了，里边还是血），不过这里的味道要好得多。

我是肉食主义。可是在印度除了鸡肉，似乎没什么肉可以吃了。羊肉太膻，羊肉咖喱也没想过。而且这里的羊肉串是肉在碾碎了之后，搓成长卷再串起来，感觉怪怪的，所以我只吃鸡肉。在这个素食大国里，我只要看到鸡肉就特想吃，忍不住地流口水。每次都是点完了直后悔。但下次看到还是欲罢不能，实在是因为没的吃，让我欲哭无泪！

汤姆嫌我挑剔，说印度人就是那样做的，要吃就吃，不吃就算了。可是真的是我多事了吗？

斋浦尔，粉城

斋浦尔是拉贾斯坦首府，即“粉城”。但“粉城”其实指斋浦尔老城，通体的砂岩红，有着秋天落日之色。

第一次去，正值七月初印度雨季的开始，迎接我们的是一场大暴雨，此后便是暴雨连连！我们小窥后匆匆离开。几个月后，再次返回。

喜欢一进圣干内里门的那个街角，透过小小水房的小小窗口，老妈妈探出一只手来，把着小壶无偿地为过往的行人提供水喝。口渴的人欢欣地用手拢住水，满足地喝起来，也有人会放下感谢的卢比。

每天我们都经由这条街穿梭在粉城中。步行着从旅店来到风宫，去往加尔塔和老虎堡，唯独琥珀宫要坐车。在这里的每一天我们都像是在远足，满足。

风 宫

风宫是粉城的标志性建筑。五层高的墙面，隔开了皇室贵族和凡夫俗子的生活。无数个精致的小小窗格像蜂巢一样连接起墙外宫内，使得宫中之人得以一窥凡尘俗世的熙攘街景。

这一面凹凸有致的墙壁曾在很多摄影作品中出现，我无数次地想象自己来到风宫前的情景。第一次站到风宫前，阴雨绵绵，风宫突兀得让我失望。它的色彩同所有图片上的完全不一样，那些仿佛修整过的颜色美得迷幻却不真切。细看眼前的真实墙面，好像只是粗糙的仿制品，没有了精致，更少了那份意象美。

十一月再来，抛开了第一次的期待，感觉反倒好了许多。我们跟当地人一样背靠着百年的粉墙坐着，看着眼前人来人往，感受往昔沉淀，心是安静的。沿着风宫的闹市街前行，会迎来两台一百五十岁高龄的德国相机，摄影师们招呼着左右两边经过的游客。只要短短几分钟，就能亲眼看到刚拍下的黑白照倒影般从水里隐现出来，老式经典，既酷又怀旧。真是棒极了！

今非昔比耍蛇人

风宫是城市的象征，风宫前的耍蛇人更是不容错过的一景。雨季回乡的耍蛇人在十一月的旅游旺季又回来了。拿起有些像葫芦丝的笛子，掀开竹编篮的圆盖，吹起乐符，不知是不是听得懂，见着空气的眼镜蛇开始灵舞。风宫前旅游大巴里的外国游客自然要驻足观看。当他们下意识地举起相机时，耍蛇人立马停下，伸手要钱。

不到二十分钟，两个耍蛇人就收了好几百卢比，收获颇丰。毕竟舞蛇少见又新奇，虽然有时候挺吓人，蛇“嗖”的一下从篓子里爬出来，拍照时也会偶尔攻击，事实上已经除掉了毒腺和牙齿的眼镜蛇不具危险性，只是一两米长的身子盘在那儿，鼓起兜帽的头不时地吐着芯子，看着还是很瘆人。

耍蛇一行由来已久。他们穿街走巷在人多的地方表演，以赚取生活费。他们既是艺人也是医者，精通蛇理。印度教中，神又跟蛇相联系，湿婆的颈上就缠着蛇。蛇是神的化身，特别是眼镜王蛇。间接地，耍蛇人成了神的使者。曾经耍蛇人风光无限，但近年来在野生动物保护法下，耍蛇成了限制性行为。如今的耍蛇人越来越少，也沦落到了乞丐的地步，境况不容乐观。

嚼着吃的印度烟草

不要以为烟草只是抽的，还有吃的。在印度到处都是小袋装可以嚼着吃的烟草马萨拉，每个城市都有独特的包装。汤姆喜欢这些，每次看到不一样的，都会毫不犹豫地买下，不是为了品尝，纯粹只是收集。每个小贩都会很快乐地卖给我们，唯有一个例外，汤姆看上一个有绿色肌肉男包装的烟草袋，卖货老头死活不肯卖给我们，一个劲儿地用手比画吃了之后会头晕。我们也一遍一遍地告诉他只是为了收藏，不会试吃。最后，在热心围观者的帮助下，老头才终于让步，卖给了我们。

其实，这不过是在压碎的槟榔里加入了一点点烟草，再放入不同的调味料，变成不同口味的马萨拉，有口气清新型的，也有巧克力味的，花样百出，是大人孩子的最爱，一旦成瘾难以戒掉。每包价格在一两个卢比到五六个卢比间，换成人民币最多也就一块钱。

除了口嚼的马萨拉之外，印度还有一种潘马萨拉，区别仅仅在于没有烟草。在一片新鲜的槟榔叶上抹上一些黄黄白白的东西，放入碾碎的槟榔，再撒上各种香料粉末，包裹起来，塞入口中。一阵奇怪的味道后，红色的槟榔汁液开始在口中蔓延。相信所有在海南尝过新鲜槟榔的人都有相同的体验，连唾沫都是红色的。在一些家庭和餐厅里，潘马萨拉也作饭后清口之用。不过，现在餐厅里买单之后端上来的不再是潘马萨拉，而是一盘像孜然一样细长粒的小茴香和冰糖粒，同样是为了口气清新。

旅程中，我们买了整整几大包马萨拉，大街小巷里满是新鲜的潘马萨拉，但还真是意兴阑珊，不想尝试。后来在布里看到一个潘马萨拉小店有特别特别多瓶瓶罐罐的调味品，于是给汤姆要了一个。没想到店家紧接着又给我做了一份，还特地加了一个鲜红的樱桃，虽然盛情难却，但我还是转送给了一旁凑热闹的印度男。曾经在海南的体验记忆犹新，只嚼了两口，就让我恶心反胃。第二次控制着时间长一点，还是很快就感到眩晕，不喜欢。汤姆说这个印度潘马萨拉入口发麻发涩，一样让人不好受。

摩托日记

在琥珀宫我们见到了闻名遐迩的大象出租。从琥珀宫左行向前便是斋格尔堡，也是最初的琥珀宫。堡前，我们遇到了一对酷毙了的德国朋友。他们骑着摩托，巡游印度。车直接从德国空运，性能自然没的说，价值也不菲。这种车一旦坏了在印度根本没地方可维修，但好车不容易坏。车享受的是免费空运，但需三千美金的保证金，以确保他们回国时，车同时抵达。超酷的一对儿，他们一路开到了尼泊尔。

但据他们说刚到印度一星期，就哀叹连连。原以为很自由，车子随意开，帐篷自由撑。到了才发现所有的人都盯着你，难以置信。这辆酷车使得卖东西小贩看到他们都将手停在半空中忘了吆喝。而所有的家当都在这一辆车上，也怕。结果每天神经紧绷，一刻都不敢放松，整个惨兮兮的。

上海 Shanghai — 德里 Delhi — 布什格尔 Pushkar — 焦特布尔 Jodhpur — 斋浦尔 Jaipur — 阿格拉 Agra — 德里 Delhi — 上海 Shanghai

Backpacking in India

布什格尔，蓝湖之恋

同样的航班，凌晨三点到的德里，然后马不停蹄地打车到新德里火车站，赶早上六点的火车去往阿吉梅尔，再坐车去布什格尔。

梵语中，布什格尔意为“蓝色的莲花”，传说是由梵天手中掉落的一朵莲花幻化而成。花瓣飘落的地方，在沙漠中出现了蓝色的湖泊。

布什格尔圣水湖是印度教最神圣的地方之一，有着“布什格尔王上之王”的美誉。每年的十月、十一月的月圆之时，数以万计的民众赶来这里，参加神与众的祭祀大典。与此同时，拉贾斯坦每年的骆驼集市也在布什格尔举行，这是世界上规模最大的牲口交易市场。每年来参加交易的人和慕名而来的游人多达十五万人，覆满了布什格尔西面的整个沙丘。

想着人多，旅店爆满，为此，我们提前了十天到来。再者，骆驼交易基本上会在开始的前几天完成。月圆之时，骆驼人群也就上路回家了。集市期间，房价也会成倍上涨，这是惯例。

布什格尔很小，环湖而建，一公里多长的购物街道无论从哪个口都能直接走到湖岸台阶。只是如今我们到的时候，湖面再现了乌代布尔的境遇，没有水，只在神庙集市一侧用水泥砌成的几方蓄水池里有水。即便如此，这里多的是梵天赐福的祭司祈祷人员，手捧一小撮玫瑰花瓣，塞到你手里，让你撒向湖面，然后祝福你的家人，在你的手腕系上一根红绳（湖岸通行证，只要一见这红绳，其他相关人士就不会再打扰了），最后就是要捐助了。湖边以此为生的人数不胜数，就连小孩都会捧上花瓣。这是印度人的信仰，老外赶的也就是个心境。

每次走过那条熙熙攘攘的购物街，总是要不停地纠正那些烦人的店主：我不是日本人，不是韩国人，我是中国人。

碰到小孩跟我们要硬币，汤姆就会说我们是从月亮上来的。而对着紧追不舍兜售廉价手链的小女孩，汤姆也没了辙，最后只得听从了女孩的建议，给了十卢比才终止了这场无止无休的追踪。之后，小女孩居然还跟我们成了朋友，真是不扰不相识。除了小孩，街上也有很多年轻艳丽的女子，花枝招展，个个会上前来握手，然后迅速在游客手上画上海娜。除此，也可以跟她们合影，但两者都需要给钱。

拉贾斯坦到处可见吹拉弹唱的艺人，布什格尔也不例外。节日的时候，人们都赶来了，父女档，夫妻档，拿个小琴一拉就开唱，灌制的CD、DVD，应有尽有。还有耍蛇人，男子，也有女子。

节日的来临，让街上又多了太多的乞讨之人，缺胳膊少腿的。夹杂其中的是印度教的苦行僧，牵着变异的神牛，背上长着犄角，真真切切的角连着背部的皮。为明显标志，萨都给圈上了红色，手里拎了个小桶晃悠。过往的信徒扔进一两个卢比，对着犄角是又摸又亲。

沿着购物街一直走到尽头，便是梵天庙。

梵天和他的妻子

我们知道梵天是印度教的创造神，和维护神毗湿奴、毁灭神湿婆并称为三相神，三位一体。但在吠陀时期，梵天受尊崇的程度就已远不及毗湿奴和湿婆两大神尊。

据说当年梵天要在祭祀大典的特殊时刻迎娶河神萨维特里，但萨维特里忙于装扮误了吉时。而梵天必须要在妻子的陪伴下才能举行大典。情急之下，梵天不得不挑选了一位牧羊女子戈雅特里来代替萨维特里。尽管牧羊女戈雅特里身为不可接触的Gujar种姓，但举目之下也就她一人未婚。于是，众神赶紧用牛嘴巴净化了戈雅特里。

等萨维特里赶来，大典已成。恼羞成怒的萨维特里诅咒梵天只有在布什格尔才会受到崇拜，而Gujar种姓的子民死后必须把骨灰撒在布什格尔湖中方可解脱重生。直至今日，无数的印度教神庙中也只有寥寥几座是敬拜梵天的。今天，布什格尔湖边的那些祈祷师据说也都是Gujar的后人。如此说来，河岸边的花瓣男子还都是忍辱负重呢。

诅咒后的萨维特里飞向了布什格尔最高的那座山。为了安抚这位河神，人们在湖的西侧山顶修建了萨维特里神庙，在东侧较低的山顶修了戈雅特里神庙。如此一来，萨维特里的位置永远在牧羊女戈雅特里之上，来此参拜的人也都必须先礼萨维特里，后拜戈雅特里。

看来，神的嫉妒心一样可怕。

灯节达瓦利

在骆驼集市之前，我们先迎来了今年的灯节“达瓦利”。达瓦利是印度教、耆那教和锡克教的重要节日，通常在十月的中旬至十一月之间举行，持续五天。

灯节是印度广为人知的节日，全国上下都举行，但每个地区都有着不同的庆祝意义。在北部，为了纪念代表光明和美好的罗摩在流亡十四年后打败邪恶和黑暗的恶魔罗波那归来。人们穿上新衣服，在家中的楼顶、走廊还有院子里放上小小的油灯，点彩灯放烟火，交换糖果，也去寺庙点灯。灯节也预示着冬天的来临，农民以此感谢神灵赐予的一年收成，也祈祷来年的丰收。

于是，这几天的布什格尔到处都是星星点点的油灯盏火，如同光的海洋。焰火爆竹声更是此起彼伏、不绝于耳，成了男孩们的最爱；姑娘们也都打扮得跟公主一样。旅店里也到处都是点燃的蜡烛油火，甚至是我们的房间里，都乐得摆上一盏。只是晚上睡觉时，墙外依然是爆竹连连，让我们一夜无眠。

骆驼集市

随着时间的临近，人越来越多，骆驼也越来越多，原沙地两边的Heloj路末端空地上一夜之间搭起了两大排帐篷，有小吃店，还有卖骆驼用具的，五颜六色的骆驼装饰品看得人眼花缭乱。一座游乐园更是拔地而起，摩天轮、大转盘、海盗船等等一眨眼的工夫就建了起来，就像是天兵天将的杰作一样。

旁边的赛场里，集市的这些天还有一系列的节目，像比谁的胡子最长，老外参与的新娘装扮，看哪国佳丽在印度服饰下最美丽等等。节目单可以在旅游局免费索取。还可以坐氢气球升至半空，俯首看地面如节日般欢快的集市。

无数只大大小小的骆驼齐聚一堂，为防止走失，人们忙碌着把骆驼的两个前蹄拴在一起。一些骆驼不听话地赖在地上不起来，就会被年轻人用树条狠狠地在后边抽，前边的人再使劲地拽。可是使性子的骆驼就是不动，有的暴跳如雷，弄得尘土飞扬。

集市临近的日子，人们开始装点骆驼。骆驼身上的毛会被剃成花一样的不同图案，带上花环，头上是红花，鼻子上的钉也会喜庆地饰上红花。骆驼一旦售出，都会做上标记。

但小骆驼第一次戴钉的过程是痛苦的，通常是好几个人鼎力合作，三四个人坐在驼峰上，让骆驼躺在地上，头部还需两三个人按住，拿钉使劲地往骆驼鼻子里钻眼，没有麻醉药，眼看着钉子进去，红色的血流出来，疼得骆驼直打战，晃着脑袋嗷嗷叫。驼民用的不是蛮劲，而是巧劲，毕竟这也是一项技术活。

远道而来的拉贾斯坦驼民民风淳朴，非常友好，可以随便照相，也不会要钱，有时只是抽根烟而已。每天我们都准备上一两包比迪烟（印度传统的烟叶卷），但这个时候他们更喜欢的是他们平时抽不到的香烟。在这片沙漠里，与驼民身上的白衣形成鲜明对比的是男子头上五颜六色的头巾，红黄白绿粉斑斓缤纷，像七彩宝石一样闪耀。

金色的沙地，金色的日照，完美的日落，尽管在最后一刻太阳也是一下子没了影儿，但半边天的橙红，夕阳，老树，悠闲的骆驼，坐看的老人，那一片广阔的天地似乎只有他们，近乎绝美。

这里的早晚都很冷，印度人都围着毯子在街上行走。野地里的这些骆驼男子更是身上裹着毛毯，有的支起了帐篷，有的也只是在沙地上划出一块空地，除去布鲁特草，铺上地毯就那么睡了。说起这沙地上的布鲁特草，很恐怖，看上去像枯草，小小的黄黄的，带着刺，特扎人。尽管我们穿着高帮的鞋子，但裤子上还是免不了粘了许多，有时还会跑到袜子上，很疼，比刺毛都厉害。每天晚上我俩的必备课就是要很仔细地除去这些布鲁特，不然就等着惨叫吧。每次汤姆趴在地上照相，两个膝盖全是血，惨不忍睹。

对于这些，骆驼男子们似乎都没什么，随意地一坐，早起燃着篝火，热气袅袅的茶，我们头一次看到做成像土豆一样圆圆的恰帕提在石头垒起的小灶上烘烤。一些树枝和就地捡的骆驼粪球成了纯天然的燃料，很简单，一下子吃的、喝的都有了，生活就都齐全了。早上刷牙也简单，一根小树枝干，放到嘴里嚼吧嚼吧，烂了，就用那头开始哗哗刷起牙来（坐火车的时候，我们也经常看到那些路人叼着枝条刷牙）。还别说，土法子总有土法子的道理，印度人的牙都很白很整齐，笑起来很好看，像冬日里的阳光一样灿烂！

除了这些远道而来的骆驼和扎着五颜六色头巾的男子外，还有一道景观，就是在这里捡骆驼粪球的当地女子和小女孩。每天她们都在骆驼群里忙碌着。沙地里到处都是骆驼粪球，小小的，圆圆的，散落在沙面上，或埋在沙下，但也难不住这些娴熟的女子，她们只需用手在沙的表层划两下，粪球就出来了，很快一堆一堆地收集起来。碰到新鲜的，她们会巧用沙子将粪球表面吸干，然后放在太阳下，随时取用。

在这里同样会碰到要巧克力的，不同的是我们会戏谑地回问他们是要“骆驼巧克力”吗，这招管用，每个人都会哈哈大笑而过。

捡粪球的小孩女子一看到我们，还是会跟我们要相片，要真照了呢，他们马上又会要钱，这是他们惯用的伎俩。如此一来，反倒是这些骆驼男子淳朴多了，笑笑再“Ram Ram”就好了（Namasta，你好，是印度的“普通话”，南北通用。Ram Ram是拉贾斯坦的方言），或者来根比迪烟吧。

连着一个礼拜，每天我们都往骆驼沙地跑。早上五六点起，冷冷地缩着脖子走过清冷的大街去等日出，下午三四点去等日落。从早到晚不停地笑，不停地招呼Ram Ram，害得我嘴上起的泡都没得到一点儿休息，总是开了又合，合了又开，怎么都好不了了。明明就是累的吧，汤姆却笑我说是“偷腥”的惩罚。因为是圣城，不许饮酒吃荤，连鸡蛋都不见一个的。可是如果是那样，那我们住的旅店可是犯了大罪呢，因为他们偷卖啤酒给住店的老外，而且普普通通的一瓶啤酒要两百卢比，那才是明目张胆、胆大包天、明知故犯、亵渎神灵呢。

而我总是偷偷地吃呀，也会把骨头很小心地包起来不被发现，不是我不尊重他们的宗教信仰，而是实在没的吃，我受不了，早前就营养不良了，所以嘴上的泡泡没准儿就是因为劳累再加上白天的暴晒，更是因为没有肉吃才出来的呢。印度鲜有超市，更没有熟食。所以打我第一次回国之后，长了心眼，每次去印度都是采购上一大堆的肉制品，像鸡腿和香肠，还有榨菜（印度的腌菜就不要说吃了，都不用说味道，光看着那个怪样子都让我难受，大桶里的都不知道是什么。在布什格尔尝了一次，看着红红的倒也不辣，味道除了怪那还是怪，有了第一次不想有第二次）。给汤姆带的是豆腐。每次汤姆都让我存着慢慢吃，可每回的头一个星期我就开始按捺不住，脑袋里总是在想包里存留的肉，心里那个痒啊！

所以，偷吃完的我再诚心地向神灵祈祷忏悔请求原谅，毕竟我是一个外国人呀，我想神灵会明白的。

漠地豪情野餐

一直盘算着的大漠野餐还没有实现，那漠地豪情，天欲绝、山欲绝的美景，夕阳西下的炊烟缭绕，这般风情怎么能舍？为此我们又在布什格尔多留了一天。

最后的一天完全是放松的日子，悠闲地吃完了早餐，沿着湖岸台阶最后溜达了一圈，再沿着购物街买了之前看中的手链和挂坠。最后一次走过，录了整整一条街，刚好碰上又是顶着椰子的一群妇女鼓乐相奏，一块儿录下，等到了卖菜的小市场，汤姆还是挨个录，别人都没什么，等到了一个我每次都去买西红柿的老妇人那里，她马上抄起一根棍子，迎面而来，我们大笑。这一路急急地走来，也需要二十分钟，汤姆在前，我在后，碰到要钱的人汤姆就指指我，而我全程都只是笑笑，两人都不说话。全过程中，只有耍蛇人特急眼地要钱。

野餐烧烤，虽然想得特美，可是我们没有一样佐料，最后只是在菜市场简单地买了四个土豆，四个西红柿，几根香菜，两个三明治。下午三点多，我们兴致高昂地出门了。

来到骆驼沙地，先是找了个塑料袋，开始人前骆驼后地寻找小粪球。虽然早跟这里流连的妇女小孩混了个眼熟，骆驼男子更是一个不落地招呼，但我一弯腰马上就吸引了追逐的目光，男子笑谈着，小孩妇女跟着我们，他们很好奇。我们也没什么可解释的，挨个捡起那干干硬硬的黑小球，很轻，没有一点分量，当然新鲜的湿的那就免了，我还是下不了手的。就这样，在所有人的注视下我捡了满满的一兜子。

躲过人群，走出驼群，往西一直到天的尽头，没有人的地方。

一路上的布鲁特还是让我们躲闪不及。终于在远处的小山坡上，我们发现了过往队伍留下来的垒火石头，免去了另起炉灶的麻烦。

一些粪球，一些树枝，外加我们带的点火的纸，很快火就燃起来了。原本想得特美，一堆吃的，最好有个小铁筛子，架起来，下边燃着火，上边烤着，徐徐来点风，再扇扇，随手洒点盐啊什么的，怎么也要来点烤羊肉串的风情吧？想得太美了，到了实际就不是那么回事了。

火一燃起来，我们就开始犹豫了，因为可行的好像只能是把土豆直接扔进粪球里，这个干净不干净就不好说了。后来豪情一来，也就开窍了，管他呢，反正骆驼遍地吃的都是草，最天然了，再说印度人不都是这么做的吗？

我们用石头划去布鲁特，坐在小石头上，静静地享受着眼前的篝火，夕阳远处的人群山脉，这一切似乎都是我们的。我们享受着这无尽的乐趣时，还是勾来了一大一小两个印度男，蹲在我们旁边，咕噜噜地说着，虽然听不懂，但还是一眼能看出来他们是想要吃我们的土豆。不是吧？我俩也就四个土豆而已。

打发了这厢，又来俩拉琴的。我们没说话，终于他们被沉默打发。不然我俩还真的要冲着他们大喊“恰喽”了，这是我们在这里学的另一个词：走开。之后凡是碰到特扰人的，我们都会说“恰喽”，很管用，说完他们就走了，顶多也就说上两三遍而已。

也不知道等了多久，估计有一个小时。反正，等我们扒出土豆时外表已是黑硬了，露出焦黄的那层，用刀一切，立马成了松软的两半，尝起来很有味道，很香。

夕阳下，土豆、西红柿、三明治外加香菜，我们对景而坐，吃得不亦乐乎。看着那远处的驼群缓缓而过，后边紧追不舍的五六个摄影爱好者，我们欣然而笑。因为这也是我们这些天的真实写照。

太阳下山，我们也开始往回走，不经意间一辆拖车疾驰而来，拉着一峰死骆驼，看着于心不忍，这已是我们看到的第二头了。

篝火再次燃起，一天的开始一天的结束。

第二天一早，我们就要离开了，待了两个礼拜的布什格尔，早已熟悉万分，却又是不舍，在的时候也许感觉很淡，但离开时一切都随之放大，成为情结。

焦特布尔，蓝城

焦特布尔，“蓝城”。

在这样的概念下来到焦特布尔，会意外地发现入眼的都不是蓝色房子。即使进了老城，也只能偶尔看到，估计你会像我们一样大失所望，不明白在任何一本杂志上看到的那一片蓝色城图是哪里来的。

不用着急，等你登上梅尔加兰城堡，就能清晰地看到老城一角的那一片蓝色了，有着百分之八九十的覆盖率。这时，我们的眼睛就真的发“蓝光”了。或许你又会像我们一样感慨一下，焦特布尔还真是不会大力推展旅游资源呢，如果把整个城市的房子都绘成蓝色的海洋，那会是多么的壮观！也许又太怪异了，一不小心就成了蓝城魅影。

印度教中，蓝色是神灵的颜色，是为圣洁。毗湿奴、克里须那、罗摩甚至湿婆都会是蓝色的。尊贵的婆罗门为了明显区别于其他的种姓，就把房子漆成了蓝色。据说这样不但能在炎热的天气保持凉爽，同时也能起到驱蚊的作用，可谓一举多得。之后，越来越多的房子被涂成了蓝色，成就了今日焦特布尔的美名——蓝城。

梅兰加尔堡

梅兰加尔堡坐落在一百二十五米高的山巅之上，跟砂岩浑然一体，巍峨壮丽。

门票三百卢比，这是外国人的价格，押上护照，有不同语种的导游机可取，中文也没问题，是很美妙柔软的台湾腔男音。按数字选择不同景点，动听的男音娓娓道来，但其实又很无聊。我跟汤姆有一搭没一搭地听着，毕竟视觉效果在感官上要更直接，也重要得多。

印度人的价格没注意，估计都不要钱，因为城门一开，他们就一下子拥了进去，根本没看到排队买票。我们拿着票在炮台神庙转悠，也没人查票。只有进入堡内博物馆时才用到，顿时让我们恍然大悟，是不是进入城堡但不进入博物馆就不要钱呢？

展示厅里依然是王室的器皿、王服、马尔瓦尔的画。王室豪华的房间里，有一间是君主赏歌乐舞的所在，屋顶是真正的黄金顶，全部用金子装饰而成。墙面上的彩画玻璃全部由法国进口。可叹的是即便是如此辉煌的城堡宫殿，没有了真正的人气，也不过是一所空置的历史遗留，就像故宫一样，要感受到真正的皇室生活，是从人开始的。透过关着的门，我们看到尘土盖住了往昔。

城楼一角的楼梯上，倒挂着几十只蝙蝠，小小的，十厘米左右，像风干了一样，干干瘪瘪。细看之下都是活的，只是大白天在睡懒觉罢了。

穿过所有华丽的房间，博物馆的最后部分是宫廷女眷居住的后庭。我们能看到的也只是院落，并不可以进去，讲解机慢慢地叙述着往昔的繁华与欢乐，夹杂着最后一位公主的回忆。

整个导游过程在这里也就结束了，交还机器取回护照。往外走是纪念品商店，东西都是先前的王室商铺所作，精美非凡，有书有画有首饰。这样一圈，出门在城堡的城道上再听上一曲卖艺老人和小孩的吹拉弹唱，倒也是完美的马尔瓦尔结局。

萨蒂石

如此一圈轻松地逛完梅尔加兰堡，一不小心，我们错过了历史的沉重，或者说是印度女人的沉重。在梅尔加兰堡七道城门的最后一道铁门那里，城门的内侧有一方红色沙石，整齐地排列着三十一个女人的右手印。此石为萨蒂石，是1843年当时的国王玛哈拉加·曼·辛格死后，一块儿跳入火堆殉葬的三十一个王妃的手印。

萨蒂石来源于湿婆和爱妻萨蒂的故事。萨蒂是位公主，由于老国王执意不满女儿嫁给“有损形象”的湿婆，遂断绝关系。说起来也难怪，湿婆虽贵为毁灭神，但形象上确实有点糟糕，不但有着三只眼睛，还整天穿着个虎皮，颈上缠着恐怖的眼镜蛇，全身又涂满了白灰。这一眼下来谁又能看得到湿婆的俊目朗眉？不用说，老国王是怎么看湿婆也不像是他心目中的佳婿。在之后的祭祀大典上，老国王邀请了众神，但唯独没有伟大的湿婆。为了维护湿婆的尊严，萨蒂最终在大典中走向火堆，自焚而死。

再后来，萨蒂就成了在丈夫的丧礼上自殉的印度妇女的专有称呼，萨蒂石成了最后的纪念。在印度没有了丈夫的女人完全没有社会地位，即使贵为王妃，也是如此。王侯一死，所有的荣誉地位也被一并带走。寡妇们最后的荣耀就是在丈夫的火葬礼上，与夫同燃。如此牺牲的女人被视为女神，是家族的荣誉。萨蒂石也因此受到世人的膜拜。

萨蒂习俗在印度西部最为普遍，在拉贾斯坦尤其多。从古至今，宗教的力量不容忽视。虽然1987年印度政府颁布了禁止萨蒂条例，可是依然阻挡不住那些自愿自焚的女人。可悲可叹！

小鸡蛋大味道

这家煎蛋小摊可是我们隆重推荐的，就在一进城门的钟楼入口处。我们也是无意中发现的。先前在布什格尔两个礼拜都是纯素，连个鸡蛋都没有，一来到焦特布尔就马上想找鸡蛋恶补。

铺面虽小，却是威名远播，新闻报道，“孤独星球”推荐，还有十几本的食客感言，小铺位大来头！动手的是位老爹，招呼的是他大儿子。小铺一天至少有一千多个鸡蛋卖出去，不但味道绝佳，价格公道，几年都不曾上涨，是真正的物美价廉！

话说老爹摊鸡蛋已有三十年历史。刚开始什么都做，也经营旅店，现在只摊鸡蛋了。感言中有一本中国人的专辑，大多说很好吃，有的也说一般，有的说像煎饼馃子，当然也有说不干净的。缘由是这对中国夫妇跟老爹比画了半天才让老爹明白他们要的只是摊鸡蛋，外加一点葱和姜而已。老爹为了干净，特卖力地用抹布把盘子擦了又擦。问题来了，抹布太黑了，适得其反。

不干净也是同感，但这里是印度，多干净是不可能的，光想着他们的脏那就不用吃饭了，反正他们的手是东也摸摸，西也摸摸。洗手，还真是怎么也没见过。老爹这里也是，看着老鼠在一层一层的鸡蛋架上爬来爬去，苍蝇飞来飞去，洗盘子都只在一个小桶里，手更是拿完这个拿那个，抓钱、抓吃的，通通一把抓。但这就是印度，如果太挑剔了就只能饿死，所以说不干不净只要不病就好。

除去干净不干净，味道还真是好呢。走了印度那么多地方，这里无疑是最棒的。开始也不明白，不就一个摊鸡蛋嘛，怎么能有特别好吃和不好吃？等吃完了再回味那就真的是见天地了。尤其之后在布里的一个多礼拜，每天早上都吃煎蛋饼，那个味道，都让人想吐！因此，老爹宾客满座，旁边小伙的却是冷冷清清。怀念老爹。

本子上一个台湾人这样写道：我是中国台湾人，却被人认为是日本人，希望更多的中国人走出来，让大家知道中国。一样的中华民族，一样的遭遇，都被认为是日本人或者韩国人。这似乎是每个中国人在印度的尴尬境遇。而我就因为晒黑了，还成了尼泊尔人、泰国人。却不想，连加德满都的小姑娘们都是白白净净的，时尚又漂亮!

巧的是我们吃的当口，有四个亚洲女孩过来，我跟汤姆一致认为是中国人，因为她们手中打着遮阳伞。于是老板热情地招呼：中国人吧？女孩们无表情地走开了。

看，世界大了，什么都乱了。

阿格拉，爱的见证

阿格拉一度是莫卧儿王朝时期印度的首都，在此为都的一百多年里，阿格拉达到了非比寻常的辉煌灿烂。今天的阿格拉不但是工业和商业的中心，也是炙手可热的旅游地，与首都德里和拉贾斯坦的斋浦尔组成了印度最受欢迎的旅游黄金三角。

泰姬陵

泰姬陵是莫卧儿王朝第五代国王沙·贾汗为爱妃蒙泰姬·玛哈尔所建的陵墓。这位爱妃死于第十四次生产（光从这个生育的数字来看，就能知道皇帝对她的爱恋有多深了），让皇帝悲痛万分。

1632年动工的泰姬陵动用了来自亚洲各地的两万劳工，整体为白色大理石，镶嵌着从世界各地（包括中国）运来的珍奇异石琳琅雕花，花了二十多年的时间，终于在1653年落成。工程浩大，举世震撼，让皇帝的爱情故事流传不息。

晚年的沙·贾汗被儿子囚禁在阿格拉堡，只能远观泰姬陵，以解相思之苦。天可怜见，最终沙·贾汗与爱妃合葬在泰姬陵，地久天长。

十一月的天气，雨季已过，想着应该是晴空万里，无疑是瞻仰泰姬陵的最佳时节。没想到这些天一直多云，我们进泰姬陵的这天更惨，一天的大雾都没散，什么都是云里雾里。加上今年的天气又极为反常，来这里最好的时候反倒是雨季，因为并不是特别受影响，天气反而更加蓝天白云！看来我们是聪明反被聪明误！

周末排队买票的人多得不得了，只见长龙不见尾，入口那就更不用说了，都是百米队伍无限延伸。所以我们特地错过这两天。这时，汤姆又一次病了，发起了高烧，而我从焦特布尔就开始咳嗽。

等终于稍微好点，这天早上我们五点就起床了，天还没亮就到窗口排队买票。尽管售票处六点才开门，加上印度人的磨磨蹭蹭，多少会晚一些，但那长长的长队是等不起的，所以早早就来了。即使这样也有十几二十号人排着了，不用说，都是老外，先见之明。很快，老外越来越多。可恶的是旅游团在开门前也来凑热闹了。这些印度导游让游客在门口排队等着，他们插队到我们前边，就这样“老相识”一个一个买，还一买就是好几十张，让我们这些乖乖排队的人很气愤，却又无可奈何。在印度，往往都是插队的人先买到票。排队？想都别想！

我们都知道老外和印度人的票价截然不同，但平时也就翻个十几二十倍。等到了泰姬陵，印度公民的二十卢比，到了我们就是七百五十卢比（折合人民币一百多块，在物质低廉的印度就成了天价），翻了三十多倍。额外的待遇也就是有一瓶矿泉水和一副鞋套。票管一天，也就是说游客可以在泰姬陵待上整整一天，但除了水之外不可以带任何吃的，也不可以带书，为的就是不让长时间逗留。在我们之后，听说又出台了相关外国人一张票的时间限制，按时间段采取不同的票价，超出时间需要额外买票，那更惨。外国人永远是肥羊!

入口处男女两队各自分开检票，开包搜身检查。安全起见，游客只允许带入一瓶透明装的饮用水。女士随身带的小包都需要开包检查，对于印度妇女包里已经打开的饼干，把关者比较通融，只是让她们用手帕把饼干包起来带进去，包装纸一律扔掉。相机自然是可以带的，但三脚架万万不能。如此不能的东西可以寄入存包处，在售票处前方顺着路右拐，一百多米处，多少有点远。如此存了包，再回来，那又是长长的队伍等着你，所以事先还是要摸清状况，东西越少越好，以免去不必要的麻烦。

泰姬陵官方入口有东南西三个方向。在往西门必经的这一条小街上，有家小店可以安排进入泰姬陵，免去了人多排队买票进门的时间，当然手续费是免不了的。

整个泰姬陵占地很大，南北长五百八十米，宽三百零五米。从外入口一进到里侧入口的殿堂大门，一切豁然开朗，尽头的泰姬陵位于花园上侧。这里是葱葱郁郁，有可爱的松鼠，翠绿的鹦鹉萦绕，过了那一方倒映着泰姬陵水影的池水，便来到了泰姬陵主殿的脚下。

在这里才需要游客脱下鞋子或者套上鞋套，方可步上两边的台阶进入到主陵区。脱下的鞋子有专人看管，而不是像电影《贫民窟的百万富翁》里演的那样，鞋子放在门口，会被偷掉。

泰姬陵立于亚穆纳河畔，主陵为白色大理石建筑，伊斯兰教风格。原本纯白色的石体由于空气的污染和酸雨毁坏，已渐转发黄乃至暗黄，但依然不减丝毫的庄严美丽，在雾中若隐若现，宁静又祥和。殿中央的八角形大厅放着沙·贾汗和泰姬·玛哈尔的两副石棺。繁花灵窗，墙上镶嵌着浮雕宝石花纹，在手电光下更能发出奇异的幻彩，美轮美奂。

主陵两侧是两座一模一样的红色砂岩，似为清真寺的建筑，但只有陵墓右侧的这座才是清真寺，朝向麦加。左侧背向麦加的这座殿堂据说是作为款待来客的地方，想来当时考虑的是建筑上的对称，所以在左手的殿堂可以穿着鞋套随意走动照相。但到了右边的清真寺，情况就很不同了。中午十二点到下午两点是穆斯林礼拜的时间，这个时候就有穆斯林让我们脱鞋，同时禁止我们照相。

水池这方，有专人指点游客最美的取景点，让游客手臂上举，够上泰姬陵主陵的那一轮新月，周到热情。宁静的泰姬陵迎着一批又一批的游客，不乏从大陆和台湾来的旅游团。只有在这里，中国人又一次多得一点也不稀罕了。

别样风景

在泰姬陵前流淌的圣亚穆纳河到了这里，似乎更多的已经成了垃圾成堆的地方，清澈的河水早已污浊不堪。泰姬陵左手的沐浴台阶荒芜零乱，不堪踏入。右手边，亚穆纳河上是一方火葬台。尸体完全被燃木盖住，看不到一丝一毫的包裹。在这方肮脏的黑水边，我们目睹了一位丧子的父亲在几个男人的陪同下，把襁褓中的小孩扔进了亚穆纳河里。这一刻，我们的心也是颤的。

这方沿岸也是一片蔬菜地。早已不复清澈的亚穆纳河依然灌溉福泽着这一方人民。看着水里依稀可见的泰姬陵，乌鸦成片，勇敢的印度人依然顶着物品，赤脚横渡过岸。

河对岸的观景台是观赏泰姬陵的绝佳去处。只是河岸被围起了铁栅栏，除了印度人，外国人一律不得入内。警察直接在这里驻守扎营，想侥幸都不可能（泰姬陵的周围都是警察，每个大街小巷关口都有警察驻守，随身带着长长的来复枪，是我们所到景点警察最多的地方）。

一大早，跟我们一样来驻守的老外一大堆，都期待着早晨那一缕阳光洒在泰姬陵之上。只不过来得不是时候，天公不作美，大雾弥漫。

这里，我们碰到一个美国人，凌晨两点抵达的德里，然后马不停蹄地直奔旅游局，安排了一个三个礼拜的行程计划，费用八十美金一天，包括很不错的酒店外带司机，可以带他去任何一个他想去的地方，非常划得来。说到他的司机，他惊异连连地跟我们说，整整三个礼拜的行程，这位老大竟然都没带一本书，闲暇时分除了睡觉还是在车上睡觉，让他怎么都想不明白。

我们大笑，显然这位仁兄还真是刚到印度，没了解国情，于是我们极力地给他推荐《白老虎》和《平衡》这两本书。《白老虎》是本很有趣的书，清晰地说到了这些司机的状况。《平衡》却是一本超精致的难得好书，行文流水之外，更是能对印度的国情概况有一个令人叹息的了解。

刚好旁边有一些小村子，我们就带着他顺便走了一圈，比起他不停地按快门，我俩早已是老江湖了，见怪不怪。因为他现在的样子就像我们刚到印度时一样，看什么都两个眼睛发光发亮，激动得好像总怕漏掉什么。可怜我们几个月的亲密接触下来，触感早已不灵了，一切都归为平常。这也是当时我们觉得需要回家喘息一段时间的原因，需要停歇，让陌生再次触动我们的印度视觉感官神经。

取经难

本来印度的旅程就很劳人，汤姆一病，心里的承受力就开始急剧减弱，于是我们决定回家了。从阿格拉坐火车回德里，从德里回上海。

短短三个小时的火车，却是一波三折。我们买的是座位票（六十二卢比一张），但票面上没有具体的时间车次，工作人员说只要在二号站台上的哪一辆车都可以。于是我们随人群上了一节卧铺车厢。印度的惯例是只要有空位置就都可以坐，一个铺能坐两三个人。但就因为我俩是外国人，在他们眼里就成了有钱人，因为不愿意补每人三百多卢比的差价（补了也是跟众人挤坐一个铺位），结果就被查票的赶下了车。第一次，因为没来得及下车，为避免麻烦，我们就站到了厕所边上，但还是不行，我们不但被一群人围了起来，还被要求交出护照。这大有在贫民窟的架势，同样的，我们说什么都没有人理会。

再后来，我们终于换到了座位厢。但人满为患，我背着包好不容易挤了上去，夹在男人堆里（其实女士车厢很空，但汤姆上不了，所以我只能跟着挤大众车厢），汤姆是一半的身子悬在车外，在雨中飘扬，好在印度的火车开得慢，时速二三十公里而已。要不然，汤姆早被刮跑了！

为了能双脚平稳站地，我们又在下一站换到了放置行李的那节车厢。但这里并没有行李，而是印度真正的穷人待的地方，估计也都是没票的。男女老少一个个紧挨着，蜷缩在地上和行李架上。车门关上时，车厢里一片黑洞，看不见人影，只听着进进出出的呼吸声。我们的加入在这一刻是尴尬狼狈的，能坐的也只是地上一角。借着车门打开时，我们就用相机跟他们交朋友。刚开始觉得旅途还不错时，旁边一小男孩倾其所囊，吐了我和汤姆一身的地道“咖喱”。对着饱含歉意、赶紧给我们擦拭的父亲，我们也只能憨笑。

可是倒霉居然还没到头，这趟车根本就不到德里，我们还需要换车（那之前那些人也太不地道了，就知道要钱，真是钻钱眼里了），好在终于又碰到好心人，我们才回到了德里。

上海 Shanghai — 德里 Delhi — 赫尔德瓦尔 Haridwar — 安拉阿巴德 Allahabad — 瓦拉纳西 Varanasi — 加尔各答 Kolkata — 奥里萨 Orissa — 布里 Puri — 瓦拉纳西 Varanasi — 加德满都 Kathmandu — 云南 Yunnan

Backpacking in India

赫尔德瓦尔，恒河源头

赫尔德瓦尔是恒河的源头，乃神之门，沐浴场哈里·基·帕里也就成了神的步阶。位列印度教七大圣城之一的赫尔德瓦尔，和圣城乌贾因、纳西克及安拉阿巴德是昆梅拉的举办地。昆梅拉是印度教信徒在恒河举行的大规模的朝圣活动。每三年一次，逐一轮过，继而成了当地十二年一次的印度教盛会。

2010年恰逢赫尔德瓦尔昆梅拉，十二年一度的盛事历时三个月之久，从一月中旬一直到四月底才结束。同样，我们又特地赶早了十天到来。

之前的三次行程，经历了印度的春夏秋，但从气温上来说基本上都是我们的夏天，除了热还是热。这次我们一月初到达德里的气温是十四度，比往年同期低了八度，是德里五年来最冷的一天。大街小巷习惯了炎热的印度人都裹着毛毯，缩着脖子，在街上围蹲着烤火。废纸、树枝、塑料乃至橡胶轮胎，任何随手可得的东西都被架起来生火，空气中弥漫着一股焦烟的味道。夏天，我们汗流浃背时，他们若无其事，不见一滴汗。而此时我们穿着毛衣只是觉得有点冷而已，于他们却是一年中最难熬的时候。德里如此，赫尔德瓦尔同样如此，所有的人都哆嗦着。

先不说这冬天里的冷，最主要的是我们到达的这些天都是大阴天，偶尔有些阳光，阴冷阴冷的让人打不起精神。可怜汤姆又病了，紧接着就是发烧头痛，随身带的药吃了也不管用，而缺的两种药却是我问遍了整个赫尔德瓦尔都没有的。一到印度就生病，似乎成了汤姆的惯例。这次居然连我也莫名其妙地跟着拉肚子，好在只是两天。其实我们也没吃什么，不过是在一家街角的中餐馆吃了一顿饭，指南上的推荐说超好，但我们吃着没什么味道。结果就是我俩都倒下了。

冷冷的，街上的人生着火，我们也只是偶尔去哈里·基·帕里溜达一圈，还没什么人。除此之外，就窝在旅店里，偶尔有电的时候看随身带的片儿。在印度停电是常有的事，于是发电机家家必备，不过我们住的这家旅店太抠门，天黑才会有电。没电的时候屋里连书都看不了，身上也没劲，除了睡觉还是睡觉。因为临街，旅店一点也不安静，窗外车来人往的喧嚣声，还有不时从哈里·基·帕里传来的喇叭广播，尖锐刺耳的女声都成了我们的精神折磨。

这一切加起来，使得那一刻我和汤姆是那么想回家。那一刻真的很怀疑我们为什么要来印度，为什么要花钱找罪受，我们旅行最终又是为了什么。在这些个无聊等待的日子里，就连近在咫尺（距离二十四公里远）的瑜伽圣地瑞诗凯诗都不能提起我们的兴致，阴郁笼罩着我们，一如这糟糕的天气，以至于最后我们也没有去瑞诗凯诗。

当时我们唯一祈祷的就是汤姆能在昆梅拉盛会前好起来，也希望这糟糕天气能一并好起来。正日的前两天下午，太阳好不容易露脸放晴。半夜，压抑了许久的天空终于下起了大雨，一直到第二天中午还在淅淅沥沥下着，哪里都是湿的。

最后的这两天，赫尔德瓦尔从早到晚音乐、广播、嘈杂声相互交织，没有一刻是消停的。早晚人来人往，半夜依然穿梭不息，原本只是一天一次的黄昏恒河祈祷也成了早晚两次。一到时间，赫尔德瓦尔的每个角落都可以听到伴随祈祷仪式的梵乐声。

恒河祈祷同样是为了感谢恒河女神对生命的恩赐。仪式跟瓦拉纳西每晚的普斋差不多，但形式上要简单得多。在悦耳的诵乐下，司职人员挥动着火盏，整个过程只持续十几分钟。河岸上等着观摩的人早已聚满。这是工作人员请求布施的最佳时刻。进哈里·基·帕里不需要任何费用，但请求布施的人拿个小本本，时刻守候着。

放晴的这天下午四点，我们也早早地去哈里·基·帕里等候了。但祈祷仪式一直到傍晚近六点才开始，天一下子就变得阴冷阴冷。等到看完，我们穿着凉拖，脚趾头都快冻掉了。在哈里·基·帕里，只有祈祷那一方是需要脱鞋的，其他的无所谓。但为了方便，我们去时只穿拖鞋。

这样的天，街上的人在烤火，来到沐浴场的人却都会下到冰冷的河水中。话说昆梅拉节日里的恒河水比平日更为神圣，不但可以洗尽信徒自身的罪恶，还能向上追溯八十八代祖先，从生命的开始、结束一直到轮回，通通得以超脱。所以昆梅拉时的恒河沐浴就有了非凡的意义，也成了昆梅拉节日里最重要的宗教仪式。除去沐浴，信徒还需要把头不断沉入水中，就连沉入的次数都是有讲究的。

恒河水从赫尔德瓦尔离开山川进入平原，哈里·基·帕里的水流虽然清澈，却很湍急，一点都没有瓦拉纳西那段的平和，两岸有铁索供信徒攀拉。尽管河水冰冷、水流很急，但丝毫不能阻挡信徒的热情，男女老少悉数下水。男子最少的只着一条短裤，女子全身而下。圣地之上，没有邪念，上岸的老妇毫无顾忌地换衣，袒胸露乳。

此前我们见识过信徒往水里抛钱，之后又被他人捞起来，这几乎已成为一种职业。在哈里·基·帕里我们可是见到了高人，除去用吸铁石、潜水法，最牛的是用脚。男孩用脚在水里划几下，抬起时，脚趾缝里夹着那枚落下的硬币。如此本事，让人咋舌。

非凡的节日中，安全问题自然成了首要任务。安检更严格了，每天连续不断搜身，轮到我时，还被质疑来昆梅拉的目的。知道我是中国人之后，要求出示护照验证，也不知是因为我是仅有的中国人还是有其他原因，负责安检的女人对我格外有兴趣，而汤姆总是一下子通过。同时，大批的军队开始驻防，配备着长长的来复枪，时刻为盛典的安全准备着（凡是宗教盛事，印度政府都会出动人力物力保证其顺利进行）。

昆梅拉沐浴

第一天是开场沐浴，第二天是二次神圣沐浴，在紧接着的三个月里都会有特别的几天是最神圣吉庆的沐浴日，印度教信徒不断地从四面八方齐聚赶来。

前一天下雨，到了正式这一天，竟然艳阳高照，天气好得不得了。第二天也是阳光明媚。而之后马上又恢复到了先前的阴冷，大雾笼罩。如此不可思议，还真是让我们怀疑神灵来过，特赦了这两天的好天气！

可怜我们在赫尔德瓦尔坚守了一个礼拜，此行也就是为了这开场的第一天，却苦于整晚整晚的喧嚣，没睡着一个安稳觉。到了这至关重要的一天，早上竟没能起得来，一直快到中午才出去！

这一天的街道，除了人那还是人，拎着行李挤来挤去，你来我往。哈里·基·帕里则是空前盛况，神庙，天桥，对岸，哪里都是人，恒河水成了人的海洋，数之不尽。之前，寥寥无几的外国游客在这一天就跟空降一样，一下子都出现了，各大媒体摄影记者在这一天都到齐了。由于人数极多，行人都不准在桥上长时间逗留，士兵警察会在一旁监管，在停留一两分钟后，照几张相片的光景就示意游客继续前进。这一天，据说光是早上在恒河中沐浴的就超过了一百万人次。

观光的游客也是尽情加入，气温依然是冬天里的十四五度，但神圣的水诱惑着每一个人。尽管汤姆身体依然不适，但还是入乡随俗，当然也希望这灵异的圣水不但能洗清罪孽，也能让汤姆汲取能量，更快地好起来。脱掉衣服，缓缓步入台阶，下到水中。阳光下，寒冷很快褪去，透心凉的水撩在身上却是无比惬意。如此，汤姆不但没有冻坏，还真的神奇地好了。旁边，几个欧洲女孩披着一层薄纱，哆嗦着也是义无反顾地沉入水中，最终一个不敌，迅速地跑上岸来。

那些在水里诵经的人，就不得不让人佩服了，手捧着经文，光着身子站在水里，全身不停地颤抖着，拿着经文的手更是瑟瑟发抖，但就是这样，依然一丝不苟地诵读。

哈里·基·帕里神庙的右侧，有一排带黄色字样Idea的摊位，摊位前是为死者超度做法事的地方。家属带着骨灰，和着硬币、鲜花花瓣和食物，在超度完后一并投入河中，灵魂也就得到了释放。散入水中的硬币依然很快就会被那些捞硬币的人捡起，他们潜入水中一把把地捞出白色的骨灰，从中挑出硬币，骨灰留入水中。最初，在瓦拉纳西时也有看到骨灰，但因为从来没有见过，只当是一些特别的食物。一直到这里，才恍然大悟。河岸边能见着很多光头的男子，在传统的印度家庭里，双亲去世后，儿子都会剃成光头，只在后脑勺上方留一小撮头发，胡子也会剃掉，既是对过世父母的尊重，也是一种净化仪式。

据报道，这次参加昆梅拉的人数达到了四千万人次，包括无数的外国游客。仅最后一天就有将近一千万人在恒河沐浴。可想而知，昆梅拉是怎样的盛况！

特立独行的那伽萨都

一路上已见过太多的萨都，但那伽萨都只在瓦拉纳西见过。

首先在形象上，那伽萨都不同于平常萨都的一身黄衣，而是全身赤裸，涂满了白灰，手里会拿着棍子、剑或三戟叉。那伽萨都是湿婆的追随者，他们跟鬼魂相伴，有的住在坟场，以作为修行之法。想来也是因为如此，在瓦拉纳西时，当地人指着他们对我们说那是坏萨都。一些游客甚至还听说他们会吃人。那伽萨都的神秘和特立独行如梦如幻地吸引了我们。

昆梅拉节日的重头戏其实就是那伽萨都。在专属他们的日子里，成千上万的那伽萨都抹着白灰、赤条条地来到哈里·基·帕里沐浴，堪称绝景。这个举世瞩目的日子是在二月中旬，被称为“湿婆夜”，当天的沐浴日被视作第一个宗室沐浴日。再者就是四月中旬。其他日子都只是寻常信徒而已。来之前我们并不知道有特定的日子，虽然来昆梅拉冲的就是那伽萨都，之前也特地去了德里的政府旅游局询问，但当时没有一个人能告诉我们具体的时间安排。

最终，我们无缘一窥！当然除了时间上的问题外，最主要的是那伽萨都沐浴时，有重重把守封锁，平常人是不可以进的，除非有昆梅拉的媒体通行证。

昆梅拉媒体通行证

第一次听说需要媒体许可证是在昆梅拉开始的前一天下午。当时，我们游走在哈里·基·帕里，一个军官模样的男子来到我们跟前，告知我们明天必须要有媒体通行证才可以拍照。不然，不要说是汤姆的“大块头”，连我的小小“卡片机”都是不可以的。所有人一律如此。

环顾四周，都是跟我们一样的外国游客，大大小小的相机，就是印度人也是手持相机，让我们纳闷。最主要的是除了我们，别人好像都没有被干扰的迹象！

将信将疑下，也为了免除后顾之忧，以防万一，我们还是按他指示地去找他们的头儿。我们进了哈里·基·帕里边上的一栋军事楼，反而更疑惑了。因为等着接见的人全都捧着一堆的文件，一副办公的样子。只有我们两个是外国人，还只是一般的游客。

一个小时后终于轮到我们，待说明缘由，这位顶头上司微笑着夸奖我们听从规则是对的，但他建议我们只要动作快点，偷拍一下就可以了。也就是说，我们根本不用办什么媒体证。

到了节日这一天，举目所见皆是相机，什么事儿都没有，看来谁都没有遭遇我们的情势，怎么我俩就被“猎遇”了呢？想不通。也不知是不是我跟汤姆一中一西的组合太招人眼球。

好景不长，下午汤姆就被一个粗鲁的印度男截住，二话不说地硬拉着去见军官。在长官面前，男子还诬赖汤姆偷拍女人洗澡。就冲这一点，我们也坚持让军官检查。问题是他们根本就不看，只是严令我们离开、不许拍照。举目四望，周围都是举着相机的老外，这又怎么说？在我们的质疑下，当兵的这才把几步之内的所有老外连同我们一块给赶了出去。后来听这几个老外说起，早上的时候，那个可恶男就已经搅了好多人了。他们的解决办法是，等上半个小时一个小时后再回来，就没什么事了。

第二天，汤姆又被人截住，两人面红耳赤地争执了十几分钟，最后都觉得莫名其妙，于是笑着以握手交好收场。

想着那伽萨都，为免去更多的麻烦，我们还是决定去办一张媒体通行证。实际办证的媒体中心也在附近，结果听起来很简单的媒体通行证，却是要记者的签证和新闻机构的信函才可以，像我们这种纯粹的游客，根本行不通。

就此，别过昆梅拉。

安拉阿巴德，快乐盛典

安拉阿巴德被认为是梵天在创造天地后，第一次举行祭祀大典的地方。恒河、亚穆纳河在这里交汇，相传古印度河萨罗斯瓦蒂也流经于此，三流交汇处是桑格姆。

除去十二年一度的昆梅拉盛会，最大、最神圣的，一百四十四年才举行一次的马哈昆梅拉盛会也在安拉阿巴德举行。最近一次的马哈昆梅拉是2001年，有六千万人参加，是有史以来世界上聚集人数最多的盛会。

除此，安拉阿巴德一年一度的梅格梅拉在一月和二月间举行。所以我们这次是赶完了开节的赫尔德瓦尔昆梅拉，接着来赶安拉阿巴德的梅格梅拉。

天依然是大雾弥漫，一片灰白。但一来到梅拉节日场地，我们心里顿时乐开了花。这里不像赫尔德瓦尔的哈里·基·帕里是红色高架铁桥在恒河上直跨，而是一片天然古朴。两边帐篷遍地，规模甚大。整个梅格梅拉似乎更像是个节场，人山人海，到处都是游乐设施，小摊小位，吃的玩的用的，数之不尽享之不尽，一片欢乐的海洋。桑格姆沐浴场是一方延伸到水中央的天然陆地。临岸一边泊满了船只，是个游船的好地方。

好不容易等到了大日子。可是半夜被楼里的鼾声吵醒，电视开得整栋楼都可以听见，我们又一夜没睡好。接连第二次，重要的早上又没起来。出门时，房门竟然还锁不上。去桑格姆，人力车把我们带到了已废弃的萨罗斯瓦蒂沐浴场（安拉阿巴德的人力车是我们见过的印度最漂亮的人力车，车车都绘满了不同主题的画，行在路上让人都不舍得眨眼）。我们下车打算朝河岸城堡废墟的羊肠小道穿过去时，这一天又是警察把守，不让通行。等再次坐上人力车到梅拉场地的时候，远远地又给警察挡住了，车子不让进。于是乎，车夫挑了条颠簸的土路，虽无荆棘却覆满人造“地雷”，只能左躲右闪地前行，上坡时我们还得下来减轻负重。

抵达节日场地后，放眼望去，每项娱乐设施前都排满了人。为招揽生意还有海吉拉跳舞助兴，扭动起来的身子同样是摇曳生姿、妖娆无限！乞讨的人也是大规模的上阵，所有人都是一大长排地坐着，人前的布上散落着硬币、米和冰糖。

场地里，除了信徒免费住的帐篷外，也布置了很多的布道讲经场，萨都盘坐，民众齐聚。桑格姆这边，一大家子一大家子的人欢乐地享受着水的滋润，但真正祈祷的人似乎要比在赫尔德瓦尔的少得多，人的群体上似乎也更平民普通一些。人们在这里享受的完全是最天然的氛围！

寒号鸟之痛

从安拉阿巴德下来，我们又在瓦拉纳西逗留了几天，恰逢萨罗斯瓦蒂普斋，见识了各种大大小小精美的萨罗斯瓦蒂神像在敬拜之

↑尼泊尔：加德满都杜巴广场政治罢工

↑尼泊尔：帕坦杜巴广场建筑

↑奥里萨：阿德瓦希梅拉节日里盛装的 Dongria Kondh 女子

↑奥里萨：当地的 Kutia Kondh 女子

↑奥里萨：林中部落 Dhurwa 男子

↑奥里萨：迷人的Bonda女子，千百年来不曾改变

↑奥里萨：现代文明冲击下，最后的Gadaba

↑布什格尔：捡骆驼粪球做燃料的当地女孩

↑ 布什格尔：骆驼集市，驼民与骆驼
↓ → 布什格尔：闻乐起舞的眼镜蛇，逐渐消失的印度传统艺术

↑焦特布尔：蓝色城图

↑焦特布尔：街边的帅小伙

↑焦特布尔：随时随地的板球赛

↑焦特布尔：街边给陶瓦上彩绘的老婆婆

↑焦特布尔：坐落在山巅之上的梅兰加尔城堡

↑杰伊瑟尔梅尔：金城，沙漠里的“神灯堡”

↑杰伊瑟尔梅尔：女子试戴手镯，以前是象牙的，现在多是塑料的

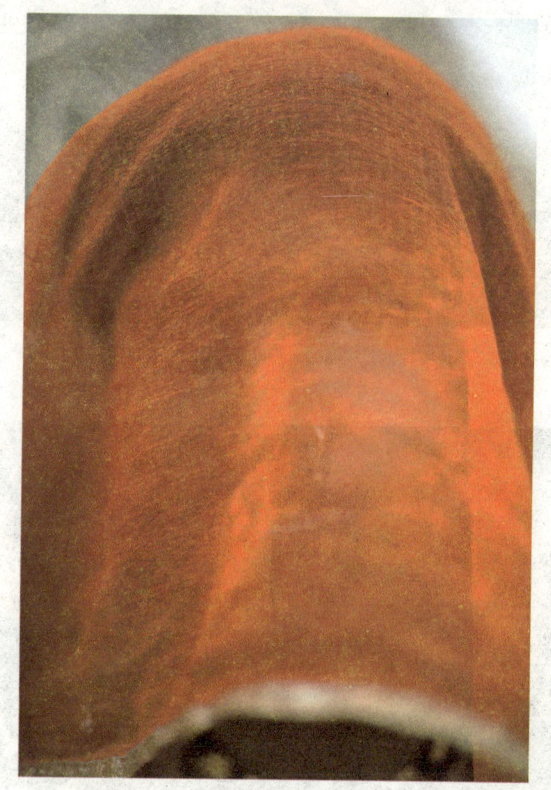

↑库里：蒙纱防沙的女人

↑库里：沙漠中汲水的女人

↑乌代布尔：曾经的“东方威尼斯水城”，现今干涸的皮丘拉湖

↑乌代布尔：随时随地的普斋，干椰是印度教寺庙常见的贡品

↑乌代布尔：大树底下乘凉

↑斋浦尔：城门口的爱心水

↑斋浦尔：风宫，墙里墙外佳人

后被送入恒河。斋节非常热闹。

看过斋节，我们两人准备搭火车去加尔各答。由于这段时间印度北部到处都是大雾弥漫，火车晚了两个半小时才来。这还算幸运的，因为有一些车子直接就被取消了。

这个晚上是我们有史以来在印度火车上最遭罪的了，比头一次见识到的印度火车更惨。寒冷刺骨的风直往破旧不堪的车厢里灌。快一月底的印度，从瓦拉纳西到加尔各答南下这一程，直把我和汤姆冻成了寒号鸟。

虽然是冬天，但我们也只是拿出了平时用的薄毯子，想着身上穿的够暖，也就没拿出睡袋（在背囊的最底下），实在是嫌麻烦。车子是二等卧铺，没空调，我们都是上铺。车子一开，嗖嗖的冷风直往里灌，头部整个就是一个鼓风机在作怪。我刚开始也还好，还睡着了，但汤姆冻得不行了。为了取暖，凌晨时分我爬到了汤姆那边。本来这一个铺位刚刚将就汤姆一个人，现在要挤两个，蜷缩着，那滋味实在是不好受，怎么躺都不合适，好在上铺有两个铁杆拦着，要不然我早掉下去了。如此也还要借力支撑，忍受着不时袭来的半边麻木，痛苦万分。跟受刑没一点区别。

这个时候也顾不上周围的印度人怎么看了，想来他们也都理解，因为他们都睡着厚实的毛毯，哪像我们这么单薄。外乡人哪！

遭了一晚上罪，早上快到加尔各答时，又遭遇两个小偷。不过这俩贼实在是不高明，明明车厢已空，哪儿都是位置，偏偏他们一老一少非要挤到我们的包旁边。他们一边跟我们打岔，一边双手交叉，在一只手的掩饰下，偷偷去拉我们的拉锁。我们即刻就挪开了包。其实就算他们得手了，里边也不过是一卷胶带而已（这卷全程跟着我们的黑胶带，最后从尼泊尔回国时，却被海关没收，成了“抢手货”）。其他的地方，我们配备的都是密码锁，他们也只能干瞪眼而已。

加尔各答，印度的学识坐标

加尔各答是前印度殖民时期的首都，今天成了印度的文化中心和东印度的商业中心。这里有殖民时期留下的宏伟建筑，大多是被涂成暗红砂岩色的，走在加尔各答的感觉很干净舒适。这里也是印度唯一一个拥有中国唐人街的地方。

胡格利河流经加尔各答南北，豪拉桥连接起加尔各答的东西两岸。西岸是重要的交通枢纽，豪拉火车站四通八达，通向印度各个城市，东岸是加尔各答城市生活的中心。这里交通便利，有着印度最早的地铁（1984年），比起首都德里，加尔各答的设施体制要完善得多，票价也便宜得多，也更规范。市内还有1783年就开始运行的轨道电车。在加尔各答到处都是黄色的印度大使车的出租车，机动和人力三轮车很少。但就是在这里，还遗留着过去的我们骆驼祥子一样的黄包车夫。

虽然加尔各答已禁止了黄包车，但在苏德街仍然可以看到。车子与车夫都上了岁数，车轮巨大，精瘦的车夫光着脚跑车。在苏德街这样一条背包客集聚的街道，倒也成了一道特别的风景，必不可少的闪光点。

背包客云集的苏德街位于市内最繁华的中心地段的乔林基路上，在这里好吃好喝好住好玩，临近印度博物馆，往北是应有尽有的新市场，往南可以一直走到维多利亚纪念堂和圣保罗大教堂，甚至可以一直走到较远的伽梨神庙。

在孟买我们经历印度总理大选，在加尔各答又遇印度共和日（印度国庆节，一月二十六日）六十周年大庆，除了首都德里大肆庆祝之外，加尔各答也举行了类似的阅兵仪式。我们有幸一睹。

这天，我们早早地随着人流来到广场。仪式十点多才开始，打头的是摩托领队，紧接着的是各种武器展示，坦克、雷达、导弹、大炮等等，都一一装载在卡车上行进，甚至还有紧急过河桥，最后是礼乐队，整个仪式达一个多小时。虽然规模没有首都德里的大，更不能跟咱们新中国成立六十周年的阅兵相比，但亲眼所见，尽管我是一个外国人，心里的震撼和感动却是强烈的，眼睛在这一刻也有了湿润的感觉。这同样是一个国家民族独立站起来的尊严和荣誉。在这一刻，任何一个国家都是伟大的！

最爱伽梨

萨蒂是湿婆的第一任妻子。喜马拉雅山女儿的帕尔瓦蒂是萨蒂的投胎转世。与此同时，帕尔瓦蒂又会以降魔女神杜尔伽的形象出现。女神伽梨是由萨蒂死后直接幻化而成，也有说是杜尔伽作战时一愤怒，就成了黑色的伽梨。伽梨代表的是永恒的力量，主时间和变化。最常见的伽梨形象是四条胳膊，左手提着血淋淋的恶魔头，颈上是一圈长长串起的头颅，身上唯一的腰裙是死人手，带血的舌头恐怖地长长伸出，脚踩湿婆。当年萨蒂因不满父王对湿婆的侮辱，跳入火中自焚。湿婆痛失爱妻，失心疯似地搂着尸体狂舞（湿婆是舞神，悲喜皆舞），让整个世界为之颤抖，众神用尽了方法阻止，都无济于事。最后毗湿奴把萨蒂的尸体劈成了五十一块，散落到人间。加尔各答的伽梨神庙就是其中一处。

伽梨神庙不大，却是加尔各答最为重要的神庙，旁边是特蕾莎嬷嬷为穷人建的收容所。在伽梨特别的日子里，神庙会当场宰杀一只活羊，以羊头祭奠（据说以前是以人为祭的）。我们去的时候，并没有看到，后来却在布里海滩生生看到了这血淋淋的一幕。一人牵着羊，另一人迅速拿刀砍下，一气呵成，羊头落地，羊身子一时间依然站立，鲜血直喷，甚为骇人。围观的小孩却是欢天喜地，取羊血点眉心。

每年的十月、十一月，都有伽梨普斋，跟灯节达瓦利是同一时候。2009年的这个时候我们刚好是在布什格尔参加骆驼集市。所谓鱼和熊掌不能兼得，印度的节日真是太多了，让我们分身乏术！

书香大学路

加尔各答是印度诗人泰戈尔的故乡。

如果爱书的话，就跟我们一样去加尔各答的大学路走走吧。路两侧小小门脸的书店一眼望不到尽头，虽然学生用书较多，但也可以找到很多老版本的英文小说，即使这些书页大多已泛黄，书角还有许多虫蛀，但不乏经典（我在这里还淘到了一本1986年版的丁聪的中英文漫画《古趣集》）。我们一下子买了将近二十本，价格非常实惠。但还是一样，不能多买，拿不了，可惜了（旅行过程中，我们总是会带上很多书消遣，路上碰到好的也会接着买。一些看完之后，我们也会跟旅店及背包客交换，还有二手书店，都可以换）。

别看大学路书市的门脸房不起眼，却是加尔各答的坐标，印度的学识坐标，也是世界上最大的二手书市场。今天，据说在这个世纪古老的老街对面将盖起一座新的现代化书城，老街将面临新的挑战，也不知是福是祸。

不了中国情

加尔各答有着印度唯一的唐人街，当然会有很多中国人开的餐馆。我们住在苏德街，离唐人街有好几十公里远。在当地旅游局的推荐下，我们来到了这家坐落在乔林基路上名为New Embassy的中餐馆。

店家是一位六七十岁的老人，兄弟二人在此，一人掌柜一人掌勺，是土生土长的印籍华裔，张口就是流利的英文和印度话，却也能说流利的普通话。祖籍广东梅县，客家人（加尔各答的中国人基本都是原籍客家），所以他们也会说客家话，曾回过中国。祖父时代为讨生活而来，现在子女都在加拿大。我们坐饮的茉莉花茶都是老板特地从加拿大带回来的，说是最好的。

一壶热茶就有了中国家乡的味道，尤其是在印度这个连喝的热水都找不到的地方，这份茶香就格外诱人了（印度虽然有奶茶，但毕竟不是一回事）。菜品实际上已是改良过的，符合当地印度人的口味了，对于像我这样的地道中国人来说还是差了些。想吃酸菜鱼，但老板不知道是什么，推荐我们点了Sweet Sour Fish，这在国内叫糖醋鱼，老板说是甜酸鱼，不知糖醋鱼。如此我们又点了一盘辣炒虾仁，外加白米饭。估计这米饭不是蒸的，而是像老北京以前的捞饭，过滤了米汤，没了米香，一粒粒散的。

除了中国式的印度孟加拉口味，在量上也是随了印度的小小一份。印度人吃得都很少，小小一碟也就够了。这里的确是印度人的偏好，没一会儿，店里就已是高朋满座。一位从北京出差来的同胞也跟我们一样找到了这里。

在老板的热情介绍下，我们知道中国人在加尔各答主要有四大业：制鞋、美容、木工和牙科。在这里的每一个中国人都遗传了祖辈的勤奋努力，像老板每天都要从早八点一直忙到晚十点。而印度人的店都是快到中午十点十一点才零零落落地开张。

没想到这一顿饭，了了一段思乡情，还长了知识，吃得值啊！

在加尔各答吃得很爽，除了西海岸的一些城市之外，不用说，这里更适合中国人的胃口。在这里不怕没的吃，鸡肉、鱼、海鲜，要什么有什么，最主要是味道好，生活好滋润。

布巴内斯瓦尔，深入奥里萨

一路上是美丽的乡野风景，花屏耕地，让我们感叹不能随时下车。车外风光美好，车内卖艺的小孩劲舞，一个伴乐敲鼓，一个女孩套圈。劲舞的小男孩颇有宝莱坞明星风范，一手叉腰，一手抵着后脑勺，屁股火爆地前后左右地扭，一只眼睛眨呀眨，电眼连连，甚是好玩。不愧是舞动之国的印度，随便来一个都是电眼电臀。

奥里萨首府布巴内斯瓦尔是印度教的圣城，散落着近千个庙宇，有着“神庙城市”的美名。虽然在新城区的建设中，无数神庙退出了历史，但在老城区依然完整地保留了一大片的神庙建筑群。

灵格拉杰神庙建于11世纪，有一百零八座大大小小的寺庙群组成。主殿高达五十五米，是老城中最雄伟的神庙，供奉的是湿婆。神庙非常漂亮，整个石头堆砌而成的殿宇上雕刻无数。可惜不允许异教徒进入，尽管神庙的修缮费用主要是由两个外国朋友慷慨解囊的。以此为弥补的是北墙外有个观景台，所谓可远观而不可亵玩焉。我们早上去的时候还不到六点，居然就碰到了请求布施的人，赶得还真是早。

在灵格拉杰远观看气魄，细节就得在滨渡萨迦水池这边观看了。慢走几步，周围多的是珠玉般散落的神殿建筑。这里看细节，就不得不慨叹雕刻的精致了。神庙穿插在民居间，走来更富有趣味。在灵格拉杰神庙和滨渡萨迦马路的对面，有一方早已没有水的圣池。年代久远，虽然早已废弃，但四周修葺的台阶却是依稀可见当年的辉煌盛景。

布巴内斯瓦尔新城由德国建筑师设计，是继昌迪加尔之后，印度现代化城市建设规划中最好最干净的一个。不过说实话，一到昌迪加尔马上就能感受到不一样的印度，真的是鹤立鸡群，但布巴内斯瓦尔倒并不是很明显，绿化也没觉得有什么特别，一切也不过是印度的一个普通城市罢了。

不过，我们这回来得巧，刚好赶上在新城区举行的一年一度的阿德瓦希梅拉。

阿德瓦希梅拉

阿德瓦希梅拉是会集奥里萨各部落传统文化的节日盛会。阿德瓦希指的是当地的原住民（在喀拉拉邦的瓦亚纳德山区，我们也见过当地的原住民。不用说，在任何一个地方，原住民总是特别吸引人），梅拉指的是节日盛会（我们已经去过昆梅拉和梅格梅拉，梅拉就是节日的意思）。除此，阿德瓦希梅拉也是各部落农产品和手工艺品的交易会，在每年的一月底举行。为期两周，整个会场包括部落风情园、交易会市场、舞台区、食品区和部落人员的临时住宿区。

部落风情园完完全全、不折不扣地展示了六十二个奥里萨原住民部落的生活状态。一座座按真实大小结构样貌建起的小屋，墙里墙外的特色风情墙画，屋里屋外的器具，还有农田农作物，房前庭后小院里的一草一木完全都是真的，期间还有正在农作的惟妙惟肖的陶土小人，从服饰到形态都一一展示了各自的特征。除了大小陶土人，茅屋前也有部落代表坐在门前向游人致意。有的坐在地上，手里忙活着编制手工艺品，会音乐的直接弹上一曲，非常原生态，吸引着每一位游客的眼球。

交易会的农产品全部来自这些原住民部落山区，是纯天然无污染的绿色食品。工艺品区有很多新奇别致的玩意儿，纯手工，像那非洲小人风格的铜像，不管是造型还是创意，都不同凡响，让人爱不释手。

食品区在一片草坪上。吃的并不多，小小一排，有自制的果饮、小吃和咖喱鸡肉米饭。在大家的哄抢中，我要了一瓶绿色的像酸橙一样的东西，一口喝上去竟然是辣的，只一小口就让我和汤姆完全放弃，不想再尝第二口（在巴利塔纳，我们尝试过印度人爱喝的自制的Lime，苏打水挤上一两个小酸橙，再放入一堆的咖喱粉，也是一样不敢苟同。不过在印度的可口可乐出品的碳酸饮料Limca倒是我们的最爱，还有芒果汁Maza和Slice，同样是酸橙，但加入了柠檬，却是清爽又好喝）。黑色的小芝麻团很甜，入口还不赖。不承想，我们觉得还可以的东西，印度人却显然不爱，垃圾箱里落满了被遗弃的黑球球。

晚七点，梅拉的舞台都会有精美的舞蹈，原汁原味，充满激情。一周的舞蹈节目安排，可按照兴趣自行前去，都是免费的，为的是弘扬延伸每个部落的生活和文化习俗。

毫无疑问，阿德瓦希梅拉是一场集文化、艺术、生活于一体的盛宴。不仅对于外国游客来说，而且对当地的居民，也是一种文化上的重新正视。

奥里萨部落游

奥里萨的土著部落被认为是前雅利安时代的原住民后裔，至今保留着其特有的文化和语言。这些部落非常不同于我们在普杰看到的那些，在视觉上受到的冲击更原始强烈，着装上更有着显著的不同。由于都住在偏远的深山里，外人无法触及，一些部落依然过着千年以前的生活，文化传统不曾改变，如此完好的传承是非常惊人的。

去很多这样的地方都需要特别许可，但手续要比去普杰麻烦得多。加上地处丛林远山区，交通也是极为不便，所以想进一步深入，一窥这些原住民的部落风貌，也只能租车，在带导游的情况下去了。这也是近几年奥里萨新生的旅游项目，价格自然也是首屈一指，贵得惊人。

稀里糊涂的行程价格

在旅游局的引荐下，我们来到了探索旅行社。

最初的价格是每天最低费用六千卢比，行程不得少于七天。最初的安排是九天八晚，费用由五万四千卢比降到了五万一千卢比，包括每天的车、司机和导游费用，也含我们和司机导游的住宿费用。我们住的都是五百卢比左右的双人间，不带空调，司机和导游的房间说是要比我们差一些（其实是一样的，都在同一个旅店里）。餐费自理，我们也不用负担司机和导游的饭费。行程中会提供饮用矿泉水一箱和一些分发给村民的饼干，此费用说是一千卢比。行程中，如果我们要照相，还须额外支付费用。

如此价格算下来，等于每天我们的花费都在人民币一千块左右。如此价格，在印度这样一个消费低廉、交通费极低的国家，那绝对是天价了。即使在国内也已经是五六天的出国游了，还是双飞。乖乖，这钱还真是“割肉”疼了。

在价格上，我们当然还是想看能不能再优惠一些，旅行社的建议是我们可以由较为舒适的现代车型改为印度的“路上之王”大使车，这样费用一下子就减了七千卢比。同时也可以将九天八晚的行程改为八天七晚，去的地方都是一样的，只是逗留的时间短一点，不过夜而已（由于当地特殊的政治环境，此住宿地刚好在危险区域，不住更好），如此又可以减少三千五百卢比。最后我们的行程费用为八天七晚四万零五百卢比。

连着两天一直都在旅行社，其实很简单的事，但印度人的办事效率还真是低，根本就没个时间观念。每次按约好的时间去，总要等上一两个小时。明明到了时间，老板居然还去送机了，就连简简单单的行程表也是到早上出发的那天才拿到手。原因之一是没电，外加不着急。谈判过程中，都只是比照着地图大概地说了一下。最后，我们又决定最后一晚待在戈巴尔布尔海边，不跟车回布巴内斯瓦尔。由此，当晚司机和导游的住宿费也不再包含，且最后一天的导游费也不用了。可是价格居然还是四万零五百卢比。

但当时因为费用一下子由五万四降到了四万出头，心里一激动，也没细想。再后来，一直到行程的第二个晚上，我不知哪根筋开窍了，怎么想这个价格都不对。

账目如下：			
	最初	9天8晚	51，000卢比
	车价降了7000卢比		44，000卢比
		8天7晚	40，500卢比
	最后价格	7天7晚	40，500卢比

如此下来，费用一点都没有便宜，而且九天的行程车子可以降七千卢比，现在是七天，理应降得更多呀。怎么盘算怎么觉得我们这次至少损失了五千卢比。心里那个疼，但事已至此，也只能等行程结束了。

政治安全因素

除了地理位置的特别，其中一些部落所在地的政治环境也很特殊，是印度奥里萨地方政权跟印度政府相对立之地。

奥里萨是印度最穷的邦属之一，该政权打着“劫富济贫”和“反对不平等”的旗号，吸引了大批在贫困中挣扎的民众。我们此次安排的行程中就有一些村子属于其势力范围。虽然当地印度政府和该势力冲突一直存在，但就在前几天，政府抓了其领导人的妻子，就目前形势来说是到了紧张白热化的程度。

上礼拜参加行程的游客就遭遇了当地的罢工，所有的道路都不让通行，大树直接横在了马路上，以至于旅行社安排的一辆车子原本两个小时的路，不得不绕了五个多小时才出来。之前在尼泊尔加德满都我们就遭遇过政治罢工，街上直接架起了树干，燃起了火堆。所有行人只能步行，机动车子一律被劫下，唯独旅游大巴能安然通行。泰米尔街区的所有店铺都关门大吉，一旦有开着的马上会遭遇石头砸店。这样的情形还是很让人心悸的。一年前的奥里萨曾一度终止当地的部落游。

形势严峻，当地旅行社也不再对游客有任何的危险信息隐瞒，而是充分说明危险的潜在性和突发性，一旦出现人身安全问题，旅行社一概不负责任。

对此我们完全理解。尽管旅行社建议我们还是把行程延后一段时间，因为目前就是他们也不能确定接下来的这一个礼拜该政权会不会有所行动。当然他们也跟行程地方中的人联络，但最终怎样完全无法预知。我们在考虑衡量下，还是毅然决定按原计划前行。理由是奥里萨的政治状况一直都不稳定，所以基本上也就不存在一个特别好的时机。当然最重要的是该政权一再声明，在任何行动冲突中都不会涉及、危及外国游客，而事实上也正是如此，至少到目前为止还没有发生任何伤害游客的事件。

我们的行程一直都很平稳，直到第六天的早上，导游接到电话，紧接着的三天会有罢工。如此一来，我们除了待在酒店哪儿都不能去，最后只能直奔戈巴尔布尔回程。

当然这是后话。

部落行程安排（2010.02.01-2010.02.07）：

第一天：Bhubaneswar — Baliguda

第二天：Baliguda — Chatikona

第三天：Chatikona — Rayagada — Jeypore

第四天，Jeypore — Onnukudelli — Jeypore

第五天：Jeypore — Kunduli — Janiguda — Jeypore

第六天：Jeypore — Siribeda — Guptesawr — Gopalpur

第七天：Gopalpur — Bhubaneswar

以上是缩减后的最终行程，原计划

第六天：Jeypore — Siribeda — Guptesawr —Baligaon — Jeypore — Rayagada

第七天：Rayagada — Gunupur — Rijingtal — Taptapani — Gopalpur

旅程是从导游的祈福“一个椰子”开始的。去除了外壳纤维的干椰子是印度教寺庙常见的贡品。寺庙很小，离布巴内斯瓦尔二十分钟车程，门前有着精美的一人多高的神像，底座上的男女大胆交缠。

车子在路上驰骋，比起普杰一路的沙地灌木，奥里萨是郁郁葱葱，老树连荫，空气中是杧果树的芬芳。每天的行程都在两三百公里，道路还是相当不错的。没有公交大巴的路上，偶尔一辆吉普或小公共驶过，上下左右挂满了人，车子像螃蟹一样横七竖八的左右行驶，很恐怖！尽管每天大部分的时间都在路上，人很疲倦，但只要看到这里的任何一个部落，我们眼前总是会一亮，心也就轻松地飞跃起来。

缤纷 Kondh

在奥里萨所有的部落中，Kondh是最主要、人口最多的部落，由此又衍生出很多分支，Kutia Kondh、Desia Kondh和Dongria Kondh是最主要的三个。尽管它们都衍生于同一部落，却各自不同。

在Raikia集市首先看到的是Kutia女人。她们脸上满是道道圈圈点点的青黑色文身，耳边是无数个一排溜的银耳环顺下来。人极为热忱。这里的作物不一样，土豆西红柿都要比正常的印度尺寸要小得多，可谓袖珍，只有一粒葡萄大小。

Kutia的村子里全是土屋，家里仅有的值钱东西是小孩颈上戴的英殖民时期银圆串成的项链。在当地，由于留存的银子越来越少，Kutia 女人的银耳环也正在逐渐消失。村口，有的是教堂，有的却是一个一两米高的木制神牌，而这其中还甚有关联。曾经的Kutia有着以人祭祀的传统，在乞求丰收的时刻必须要以人血来祭祀神灵。村口的神牌处正是这种祭祀的场所。后来，欧洲传教士来到这里，以信奉基督教为交换，给村民提供资金和粮种，借以改善他们的生活，也制止了部落人祭的残酷做法。从此，这些村子有了教堂，村民成了基督教徒。虽然在我们眼里，他们依然一穷二白，屋子里空空荡荡的什么都没有，但比起之前的景况却是好得太多了。

然而，在2007年年底，激进的印度教徒来到了这里，冲突下，烧毁了许多教堂和民房，所以我们现在看到很多新盖的房子。但导游说，即便如此，当年的恐惧还是笼罩着很多人，以致现在都不敢盖房子。不敢想象当时的情形，如此美丽的山野，终究逃不过宗教矛盾冲突，让人叹息！

比较Kutia的村子，Desia更为生活化，也要富裕得多。周围是大片的棉花地环绕。高高的棕榈树上，顶端“吸”了个罐子，是村民在汲取棕榈汁酿酒。话说这种棕榈汁酿成的酒威力巨大，密封在一定的压力下是可以爆炸的。了不得的美酒佳酿！

村子里的女人风情万种地抽着长长的比迪烟，不仅如此，还与众不同地两端轮着抽，这是Desia女人特有的方式。村子分前后两片儿，相隔不过五十米。前片儿冰冷，只有小孩跟我们嬉戏。后片儿的迎接方式却是截然不同，就跟赶集一样热闹。

村民们在地上一字排开，眼前摆满了各式各样的金属手工艺品，只为了我们两个人。我们从中挑了一个正在生小孩的女子摆件，小小的，不过巴掌大，却五脏俱全，戴着精致的耳饰鼻环项链，更绝的是这个挺着大肚子的女子，两个手掌向后撑着正在使劲运气，而身下是一个已经出来了一半的小孩。可谓精妙绝伦！

Dongria最显著的就是头饰，不管男女皆长发，左右各一排满满的发夹。不同的是，男的发顶有把小梳子。女子的发式一边倒，除了很多的小卡子之外，还有一把小小轻薄的铁刀。此外，Dongria女子跟Kutia一样，一排的耳环垂下来，鼻子上虽是三个简单的圈圈，却很有奥运五连环的架势。所穿衣服只是一块布，在胸前脖子上一系，里边就什么都没有了。冷也只是在肩上围个毯子而已。

可惜的是Dongria的村子我们并不能进入，而唯一能看到他们的机会就是Chatikona每周三的集市。这天大早。我们早早地来到他们必经的山脚下等候。

Dongria是优秀的果农，从山上下来的每一个女子头上都顶着菠萝、波罗蜜等水果，还有南瓜、印度土豆（长得像树干一样，粗粗的，看着像山药）等农作物，也有扎成一堆的扫帚。基本上看到的都是女人，男人很少。Dongria的女人非常能干，里里外外一把抓，是Dongria家庭的真正财富。

我们在山脚下截人，另三个跟我们站在一起的印度妇女截货，在其他买家前先拿下，以拿到最实惠的价格。所以她们只要一看到Dongria头上的篮子就抢，非常蛮横。

早听导游说Dongria的女人十分凶悍，且不喜照相，看到相机会毫不犹豫地扔石子。果不其然，她们远远地从山上下来，一看到我举着相机就凶神恶煞地冲过来，虽然我只是在录她们经过的样子而已，结果吓得我是直往后闪。那冲劲，那架势，真是太可怕了。年轻的态度要好一些，大美女一个又一个，给我们笑脸的却少之又少。

跟拍照截然相反，她们一看到我们，马上就把身上的全部家当拿下来，戒指、小刀，甚至是她们的披肩。我们趁机举起相机，她们马上又会变脸，速度比翻书还快。Dongria的女子十四五岁就结婚。像我们眼前的这些十七八岁的女孩都早已是孩子的妈妈了，小孩直接就用布条拴在身上（印度女人抱小孩都是让孩子直接跨坐在腰部的）。

集市除了Dongria，我们还碰到了前一天Desia的那些人，也是来赶集的。每周三的集市，是唯一有很多老外光顾、能卖上好价钱的时候。从周三的集市开始，几乎每天的每一个地方，我们都会碰到相同的老外，四五辆车，都是跟我们一样来领略奥里萨部落的。由此看来，不论是哪一个旅行社其实安排的行程都是大同小异，差不多，除能参观一些村子外，汇集各个部落的集市是必不可少的闪光点。

每周一次的集市自然特别热闹，卖什么的都有。不过还真别说，这里还真的到处都是女人，想来这里的男人肯定很懒。在卖小鸡的地方，我们又惊奇地发现Dongria的女人直接就把鸡用布跟拴小孩一样拴到了胸前。于是有的女子胸前一边是鸡，一边是小孩，平起平坐，有趣得很。

惊艳 Bonda

Bonda绝对是个让人惊艳的部落，他们是奥里萨的裸露一族。女子上身全都是珠链盖住，无数串珠链以黄色为主调，从前胸一直垂到下体，同时再挂上几串由硬币贝壳穿插而成的链子加重分量，下身只是短短的仅到大腿根的一小块布遮挡，再无他物。光脚的Bonda女子头发全部剃掉（当地的部落女子都是光脚，鲜有穿鞋的，有也是跟男子一样的破烂拖鞋），我们看到的也不过都是新长出来的一寸长的短发。跟身上一样，头顶完全用珠链整个地缠绕包起来，再加上颈上的无数个项圈，这一身打扮，想不酷都不行。风情的Bonda女子喜欢嫁比她们年轻的小伙子，这样年老的时候，能依靠小丈夫。

Bonda是印度最古老原始的部落之一，千年来，文化习俗几乎未曾改变。即使到了现代文明快速发展的今天，他们依然过着与世隔绝的生活，秉承着物物交换的交易方式。

跟Dongria一样，Bonda的村子也不允许我们进入，唯一能一睹他们风采的也只能是当地每周四的Onnukudelli集市。

这是一片真正的红土地。妙曼的女子顶着筐物走来，一个个又黑又瘦，跟这一片红土地相应成趣，笔直的腿部线条尽显，全身上下全部栗色，没有一丝的赘肉，年轻的年老的，一色的彩装，像模特儿般迷人。

Bonda女子好说话，加上我们当地的导游跟她们非常熟识，所以拍照没有一点问题，但男子是禁忌，曾经有一个老外照了几张相，就被一群男子围了起来，最后花了两千卢比才得以脱身。粗鲁的他们更是大早上起来就开始喝酒，这是一个真正嗜酒的部落。即使是口渴，他们的第一需求也是酒，而不是水。

说到酒，在奥里萨我们第一次看到也注意到印度的“酒”店都是在铁栏杆之后，不用说，肯定是出于保护的心态，怕闹事，也怕酒醉。对于印度人来说，大多数是不喝酒的，或者说品性好的印度人是不喝酒的。这里，酒不同于啤酒，啤酒在印度很普遍，但含高浓度酒精的烈性白酒在很多邦属是明文禁止的。当然部落有着其特定的习俗方式，在这里，酒和文化不可分割。

中午的十一二点，集市收尾时，不管是Bonda的男子还是女子，都已经集体坐在地上开怀畅饮了，可谓巾帼不让须眉。这时酒醉也是危险的开始，自然也是我们离开的时候了。

最后的Gadaba

Gadaba女人最明显的标志是颈上两个巨大又厚实（五六厘米厚）的项圈，耳朵上是两个巨大的铜丝圈，直径在二十厘米左右，跟脖子上的项圈直径差不多，非常招人眼球。现在佩戴Gadaba传统装饰的女人已经少之又少，年轻的不再戴，年老的过世后，晚辈们又把首饰卖掉换了钱。就这样，在我们去的Gadaba村子里，我们一个也没有看见。

在Onnukudelli的集市上，到处都是Bonda女子，我们只见到了两个上了岁数的戴着项圈和铜丝圈的Gadaba女人。可惜得很，今日的文明同样冲击到了她们，一切都在改变。估计以后的某一天，Gadaba的女人不说，我们都不会知道她们来自Gadaba部落。

谁也没有料到，为了寻找Gadaba女人，我们导游还跟我们大吵一场。事情是这样的：为了我们能更方便满意地拍到Bonda，除了自己带的导游外，旅行社还特意给我们安排了一名本地导游。原本是好事一桩，没想到引起了我们导游的不满，直接把气撒在我们身上。一下午导游都是冷冷的，冷战一直持续到晚上才结束。

周五集市

每周五的Kunduli集市是Koraput地区最大的市场，也是Mali、Kuita Kondh和Sana Paroja等部落每周一次见面的时候。一大早，各个部落从四面八方赶来。集市在一片开阔的马路边空地上，背靠着小村庄。除了平常的蔬菜、陶器等日用品外，这里同样汇集了牛羊群的交易。看着人手拿着几千卢比买卖羊只，还是很壮观的。

比起周三的Dongria集市和周四的Bonda集市，这里的Mali和Paroja部落，从装饰上来讲要简单得多。也因为走过的地方多了，看着眼前的这些部落一下子又回复到了鼻子上的一个环两个环三个环，装束上也没什么特别的，开始失落，而不像初来乍到时，第一次见印度女人的纱丽、鼻环、鼻钉就开始激动。

之后的行程中，我们去了Dhurwa部落。这是林中最穷的一个部落，但河岸的景致却是葱葱郁郁，非常的美。这里有Dhurwa采集的纯天然蜂蜜，还有从树上汲取的天然香料，都能以超便宜的价格买到。我们带不了，只能羡慕导游和司机满载而归了。

我们知道牛粪是好东西。在印度，人们总是快乐地把湿润的牛粪晾干成饼，是不可多得的燃料（在中国西藏也是）。在这里，牛尿居然又成了消毒液，看着Dhurwa女人一遍遍地在屋里屋外的地上刷着，真是不可思议。当然这使用的牛尿是放置了一段时间的，早没了气味。于是，一边是女主人奋力用牛尿擦地，一边是父子俩津津有味地吃着咖喱饼的早点，谁也没觉得有什么不妥。更奇怪的是，今日的印度“牛人”还用牛尿制成了碳酸饮料，怪哉！

鼓面Saora

Saora女人的特征是耳垂上的巨大鼓面圆形木质耳环，耳垂由小渐大，足足被撑大到五六厘米。这是个一夫多妻的部落。在我们原本计划去的村子里，村长一共有五个老婆。Saora是艺术家的群体，他们爱在墙上画树和人，远近闻名。可惜的是由于当地的冲突，我们并没有能去到他们的村子里，仅是在布巴内斯瓦尔的阿德瓦希梅拉见到了两位传统着装的Saora女人。尽管旅行社一再保证在梅拉我们至少可以见到二三十位的Saora女人，但在现代文明的洗礼下，这些女人都不带鼓面耳环了。

部落游中，我们的重点是Dongria Kondh、Bonda、Gadaba和Saora。如前所述，很多村子都是禁地，我们不可以踏入，因此行程中的亮点就是各部落每周一次的集市。除此，最后两天还参观了Koraput地区的扎格纳特神庙，供奉着奥里萨特有的圆嘟嘟的扎格纳特神像，还有展示奥里萨部落风情习俗的博物馆。最后在Gupteswar参观了当地的山洞神庙。

二月初的奥里萨早晚好冷，即便我穿着毛衣披着毯子还是冷，可是山里所有的部落的人身上都只是披着一两层布，非常抗寒，常年如此。这个时候，早上起来喝上一杯热气腾腾刚煮开的奶茶，那真是天下第一大美事了！

由于突发的政治大罢工，为安全起见，第六天的一大早我们就开始往回赶，除了午饭和晚饭休息一下之外，一直在路上，直到晚上九点半才到戈巴尔布尔海边。一路上将近十二个小时的颠簸，每个人都累得够惨，司机更是不容易。在停留了一晚上之后，清晨在海边玩了一会儿，就赶紧直奔布巴内斯瓦尔。

此次行程由于冲突事件被大大地缩短了，但由于是突发事件，所以我们的费用一点也没有减免。之前我算的那笔账也就不了了之了。

行程结束，付完剩下的一半费用（开始前付一半）。接下来，就是司机和导游的小费了。虽然行程被缩短了，中间导游还态度恶劣，但考虑到之前他还是不错的，待人温和，拍照时部落要钱，他也都负责把关（不建议多给，以免促长部落的懒惰，让本来就贫穷的日子愈加困难），没有功劳也有苦劳。那司机全程开车也是不易，于是，每人一千卢比，这样，两个人两千卢比（折合三百多人民币），可不是一笔小数目。行程中，就连我们自己吃饭住宿都是尽量省的。当然那个当地的导游我们也是需要付小费的。考虑到这是一群正在消失的部落，有幸能目睹，说什么也都值了！

此次行程中，住的旅店都很简陋，基本上都是当地仅有的一家旅店。杰伊布尔的宾馆当属豪华，鲜花点缀，只是洗澡水洗洗就没有了，半小时后也只有凉水。

一路上都是在路边的小饭馆吃的饭，味道极好，一小碟一小碟。虽是早准备好的午餐，按份来的，却很丰盛，有鱼、有鸡肉、鸡蛋和各种各样的蔬菜，那一刻突然让我和汤姆感觉之前一直都在错过印度的美食。有一回，司机还特地要了一份现炸的茄子片，薄薄地裹了一点面，金黄清脆，竟是不可思议的美味。在杰伊布尔，一家卷饼店的鸡肉羹，香味四溢，店里人满为患，每次我都得排老长的队等着，只有晚上才开张，白天想吃都吃不到呢。

一路上除了布巴内斯瓦尔和戈巴尔布尔，其他地方都是没有矿泉水卖的，怪不得旅行社提前给我们准备了。就连印度满大街都有的可口可乐和百事，到这里也是没有的。即便在偌大的杰伊布尔，我们能找到的也只有两三年前落满灰尘的饮料，真是不可思议。如此也不难发现，当地的政治环境还真是相当的不稳定，就连日常的运输供给都成了问题。

圣城布里，神的变异

布里是奥里萨东海岸的海滨城市，也是印度教徒必到的圣城。先有了扎格纳特神庙，然后才有这座城市。

扎格纳特神庙不但是布里城市的象征，也是东印度圣地最大的神庙，以布巴内斯瓦尔的灵格拉杰神庙为蓝本，最高殿为六十五米。扎格纳特神庙同样只许印度教徒入内（在神庙周围总能见着一些老外身着印度教徒服饰，跟萨都一样提个小铝罐，头发剃光光，估计他们应该能进去）。殿内供奉的是黑脸的扎格纳特神和他的兄妹，白脸的巴拉巴德拉和黄脸的斯巴德拉。三兄妹的长相跟其他所有神灵都不一样，大大的头，两眼突瞪，身子矮墩墩，胳膊小小，没有腿，非常怪诞。据说是因为他们的雕像从未完成过，于是就成了现在的样子。没有了精雕细琢，倒是浑浑圆圆可爱得像玩偶一样，让人忍不住地亲近喜爱。

扎格纳特意为宇宙之神，其实就是我们熟知的克里须那的又一别名，而克里须那又是毗湿奴的第八化身。这就是印度教的神，众多的名字、幻像其实指的都是同一个神灵，让人摸不着头脑。

每年的六七月满月之时，布里都会举行游神车节。三兄妹分别端坐在红绿、红黑、红黄三座神车中，由四千两百名拥护者把他们拉到一点五公里以外的夏天行宫，形式跟在乌迪比所见的神车节差不多。可谓人山人海，壮观至极。每年的神车节，克里希纳的诞生地马图拉也会举行相应的庆典活动。

神庙的周围整整一条街是售卖扎格纳特纪念品的地方，一条是菜市场，还有一条是甜品街。家家都很好看地摆放着金黄的甜点，远远地就看到好多“苍蝇”萦绕，让我心里觉得腻腻的，偏偏好心的店主非要给我们尝一尝，入口却是那一股甜甜的蜜香，再细看那飞来飞去的小东西，原来是一群蜜蜂在流连。味道出奇的好！

布里海滩

来之前，就知道布里的海滩早已成了当地渔民的厕所，再也不是那美丽传说中的天堂了。也正因为如此，一开始汤姆说什么也不愿意来。

往这方的海滩上一看，真的是一点也不夸张，到处都是一盘一盘的“地雷”盘卧，卧虎藏龙，不只是视觉上的触目惊心，气味也是让人躲闪不及。最不可思议的是，如此大白天光天化日之下，放眼望去怎么都能见到至少四五个那怎么都不算白花花的、光溜溜的屁股，在船只的间隙中蹲着，一点儿也不避嫌。这里寸步难行，举步维艰，可真是难为了我们的手足鼻眼兄弟了。

汤姆还非要去渔民渔船那里采风，我说什么也不往那多跨一步。事实证明我是对的，因为汤姆回来直叹，真的是一片天然“沼泽”之地，除此之外是什么都没有了。

一路沿着海滩往西走，Marine Parade一方要干净得多。这里是印度游客集中的海滩，一到周末傍晚就全被中产的孟加拉人给占据了。这一片也是旅店林立，气势绝对要盖过CT路。海滩成了游乐场，好吃的好玩的，还有骆驼骑。傍晚，一溜的海滩沿路全是烧烤，鱼虾满满。

一次看着实在有点馋（总是不敢尝试，怕吃坏肚子），要了一只烤虾，蘸上带着洋葱的调料，味道不错。等的间隙里，不经意间眼神扫过街对面，不看不知道，一看吓一跳。马路对面的坡地竟然是火葬场，火熊熊燃烧着，烧的烧，抬的还在抬过去。烟熏渺渺，这一刻，再也分不清那冉冉的味道到底是烧烤？还是尸体？之后再到瓦拉纳西，只要闻到烧烤味心里就有了阴影，乃至夏天在家里用电蚊拍打蚊子时，挥之不去的也是那股怪怪的烧焦味道！

黄昏时候，日落海风，渔民撒网。海岸上两只巨大的腐烂了一半的海龟被海浪冲刷着，一波刚去一波又来，却是那黑瘦的乌鸦和野狗在不断追逐！

科纳拉克太阳神庙

太阳神庙坐落在布里以北的科纳拉克小镇，是奥里萨13世纪建筑的杰作。其设计理念是一座由二十四个直径为三米的巨轮，撑起太阳神驾驭的七匹马的巨石神庙马车。数字七代表一个星期，基座底部南北的各十二个车轮意为一年的十二个月。

这座神奇的神庙让人费解地以沙地为基。在岁月的摧残下，终于不堪负重，惨遭倒塌。首先映入我们眼帘的是一座失了顶的殿堂，是当时用以祭祀舞蹈的地方。之后是神庙的前殿和主塔。前殿高三十八米，保存得比较完整。主塔原高七十米，已坍塌。此外，神庙还有一些附属神龛小建筑，置于长方形园中。不管是周围罗列的残石雕刻，还是那半塌的墙垣，我们都可以从中清晰地看到当年的辉煌壮观。精致雕刻的巨轮依然美丽得让人震惊。那无数个密缠多情的男女大胆奔放、狂野流畅，姿势皆取自印度古籍《爱经》宝典，跟性城克久拉霍同出一辙（在布里的CT路有很多的性爱小雕像售卖，非常惹火）。

据说这男女间的露骨交合表现的却是灵魂和神灵碰撞结合时的畅快淋漓，以及欣喜若狂的极乐幸福，是密宗的中心概念。说到宗教，层次就深的去了，对于我们这样的凡夫俗子，还是眼观地尽情享受这美妙一刻的“艳遇”吧!

每年十二月的第一个礼拜，太阳神庙都会举行盛大的舞蹈节，汇聚的都是奥里萨的顶尖高手。奥里萨的奥迪西舞由公元前2世纪流传至今，是当时的宫廷舞，之后又成了宗教仪式中不可或缺的一部分，经典自不用说。

失望年夜饭

2010年2月13日，恰逢中国除夕夜，为此我们特地找了一家名为李家园的中餐馆吃年夜饭，以为慰籍。

店家同样是广东客家人，但比起加尔各答的老头们，这几个年轻人更当地化，除了会说客家话外，也就只有印度语和英语了。虽然墙上贴满了招财进宝、恭喜发财的年画，大红灯笼高高挂，中餐的味道也还可以，但整个感觉就不是那么回事。

尤其是那恭贺新禧的年画，实在让我们纳闷：他们是否知道今天是中国的大年三十呢？于是，我俩在异国他乡，在这个本该是热热闹闹的晚上，在这里冷冷清清，只是在一个所谓的中国餐馆吃了一顿中国式的饭而已。心中的年夜饭，是那份想家的情。

回程：瓦拉纳西到加德满都

原本是想着从布里北上大吉岭的，再从大吉岭直入尼泊尔，最后从尼泊尔打道回府，但事与愿违。我们提前了一个礼拜买票，一礼拜一趟的直达车早就预售完。其他的办法只能是从布里先到布巴内斯瓦尔，再到加尔各答最后再到大吉岭，这样不断转车，对于身心疲惫的我们已经无法承受。

最终没去的原因还是怕我一个中国人去边境地带又需要什么特别的许可证，跟那加兰一样（去德里的那加兰政府办公楼时，我被误以为是那加兰人，因为他们有着和我们一样的东方平脸），最终还是去不了，那岂不是白费周折？而且从大吉岭直入尼泊尔也不可行。最后思来想去，我们决定暂舍这一段，直接由布里到瓦拉纳西，从瓦拉纳西到尼泊尔加德满都回国。

就这样，计划永远赶不上变化，旅程又被提前结束，回家就在眼前。

上一次从孟买到加德满都，我们是从西瓦吉车站坐火车到Lokmanya Tilak，再转乘当晚十一点的火车，到达Gorakhpur JN时已是两天后的早上九点。然后又坐了三个小时的汽车到达边境索那里。第二天又是整整一天的时间，从早上七点一直到下午的六点，坐汽车到达尼泊尔首都加德满都。

这次回家，累了也懒了，为了省心省力，我们直接在瓦拉纳西坐了旅行社到加德满都的专车，费用是每人七百卢比，含全程车费和在索那里一晚上的住宿。这要比我们自己走的便宜多了，我们在索那里的住宿费就花了五百五十卢比，从索那里到加德满都我们坐的又是旅行社的豪华大巴，俩人又花了一千四百卢比。说是豪华大巴，除了有空调之外，看着崭新的车子车况并不好，不但一路颠簸，半路还修理了一个多小时。

但旅行社的行程也不是我们所想象的直达。首先，离开瓦拉纳西的时间本来定在早上七点，却一直延误了一个半小时才启程。半个小时后，我们又换了一辆车，一直到十点才真正行驶在路上。这辆中看不中用的大巴同样是颠簸不断，到Gorakhpur JN的时间已是傍晚六点。接着就跟我们自己走一样，要换乘当地的公共汽车。三个小时后，在晚上的九点到达索那里（一路上冷风直灌，冻得够呛）。

黑夜里下了车，步行五六分钟来到边境关口（其实只是一个小小摊位，一不小心还会错过，在马路的右手边）。恰逢停电，烛光下，我们填完了出境单，这时离境至少两个月方能再次入境的条文已经正式下来，工作人员一阵好心提醒（在最后一次入境的时候，此条文刚刚通过，我和汤姆差一点被海关遣送回国）。

黑灯瞎火，我们一行向尼泊尔走去。眼看着最后一步出境了，我脚下一激动，前后背包的我重心不稳地跪了下去，好在旁边同行人眼明手快，帮我抢下了胸前的电脑包，但我背上的份量还是让我结结实实地跪在了这坑坑洼洼的石子路上。那一刻，我疼得说不出话来，眼泪直打转，还好脸皮薄，没好意思哭出来。这个时候除了坚强还是要坚强，但裤子上已经破了一个大窟窿，膝盖血肉模糊。

在印度来来往往，断断续续整整一年的时间，在哪儿都没摔过，反倒在最后一步离境的时候给摔了，还真是应了那句英文："Have a nice trip！See you next fall！"这原本是学校七月份学期结束，同学间互道秋天新学期再见的话语。双关就在这个"trip"和"fall"。Trip指假期，也指摔倒。Fall同样多义，除了秋天，也指摔倒。而我应的就是这第二个意思！想来也是好笑的，因为印度行程不易，多有磨难，汤姆也总是生病拉肚子，但一直都很平安，最后关口却又让我重重地摔了一跤。

在尼泊尔关口填表交钱拿签证，一分钟搞定，想逗留多长时间都没问题。当晚所住旅店同样在尼泊尔境内，简单实惠。第二天一大早也是坐过路的当地小公共，一天的时间到达加德满都。

十天后，我们终于结束此次行程，从加德满都直飞云南，从云南转机回家。

由此，印度之旅终于告一段落，以后那就是以后的事情了。

后记

Backpacking in India

从2009年3月5日启程去印度，到2010年3月4日回国，整整一年的时间我跟汤姆于中印之间来来回回四次，期间又两次去了尼泊尔，一次是为了办理印度签证，一次是从尼泊尔直飞回国。

原以为这一年的时间能走遍印度，但事与愿违。首先面临的困难就是签证，每次我能拿到的签证时间都只有两三个月。如此反复回国，弄得我俩身心疲惫。其次，中印边境的很多地方，由于两国的外交关系，中国人至少需要提前几个月申请特别许可，但其实没有用，因为签证都拿不到，又怎么可能递交申请。再者，在印度的旅程非常累人，尤其像我们这样长途跋涉，着实不易。从国土面积来讲，中国虽然很大，但一年的时间就能走过所有的省市自治区；印度国土虽然只有中国的三分之一，但人文地理各方面都十分复杂，是一个巨大的挑战。这就是印度，一个多样化的迷人国家。

我们的旅行路线是边走边计划的。首先考虑到印度的气候。印度是除北部外一年四季炎热的国家，尤其七八月份的雨季，似乎要比单纯的炎热更恐怖。因为印度的基础设施很差，道路排水系统完全跟不上，加上神牛等的随意拉撒，那个时候就不仅仅是脏或者气味难闻的问题了，而是到了恐怖与泛滥的状态。各种细菌病菌趁机滋生，我想这对于任何一个外来人都是难以应付的。

所以第一次的旅程，我们是由瓦拉纳西直下科钦，再到印度最南端的肯尼亚古马里，到跟斯里兰卡隔海相望的拉梅斯沃勒姆岛，经马杜赖回上西海岸，一直到孟买，都是在雨季之前完成的。东海岸由于不怎么受雨季的影响，什么时候去都可以，所以我们延后了。

同时也考虑到各个地方的特征，像特别重要、独具特色的印度节日，是不容错过的。我们第一次去赶的是马图拉三月初的洒红节。第二次在雨季时去了不怎么受影响的西部沙漠地带，当然热是难免的。头两次印度行下来，汤姆的200-700mm尼康镜头就被盐渍化不灵敏了，全因汤姆当宝贝似的护在手臂上，结果每天不断出汗，在皮肤上形成了一层白色盐粒，浸入相机，导致变焦部分盐渍。所以，我们旅程结束的第一件事就是回家修镜头。在这里每天至少要喝五六升的水，大量的水补充下去，直接由汗而走，倒是减少了上厕所的麻烦，也难怪印度的厕所少得可怜。看，这就是印度，矛盾的，却又有着特有的生活之道。第三次赶的是十月底到十一月初一年一度的布什格尔骆驼集市。最后一次赶的是十二年一回的赫尔德瓦尔昆梅拉。

在印度旅行还是很安全的，虽然也免不了遇上小摸小偷，而且就算被偷了，也只能就此别过，报警是没用的，只要人没问题，护照安在，那就该谢天谢地了。其他的治安是没有问题的。毕竟印度是个旅游大国，虽然对咱们中国人来说，那是个恐怖之所，但对于成熟的背包西方人来说那是个极乐世界，还有我们的邻国日本和韩国，年轻人背包来这里的太多太多了，所以安全基本上是不用担心的，小心就好。

但要碰到恐怖主义自然就另当别论了，这是个时事问题。在我们去印巴边境阿姆利则的华加观看降旗仪式后的一个礼拜，就有炸弹落到了华加旁边的小村子。之后，在奥里萨部落游时，我们又遭遇地方势力和印度政府的冲突，不得不提前终止行程。此次事件中，地方势力轰炸了当地铁路，造成了极大的人员伤亡。最后我们在布里时，浦那又有一家面包房爆炸，死亡人员中有一位是老外。这些似乎都不可避免。除了运气，还要多少关注一下时局，计划路线时三思而行。

基本上印度的景点都没有问题，毕竟中国游客能去印度已经是很勇敢了，去别的地方估计也没法忍受。不过在2010年9月19日，两个台湾同胞在德里贾玛清真寺遭遇枪击。贾玛清真寺是德里的重要景点，是游人必去的地方。意外总是免不了，是不是恐怖主义就不得而知，但事关时事是肯定的。

第一次从印度回家，我们又赶上在众多国家闹出恐慌的猪流感，庆幸印度没什么疫情。当然在上海下飞机前，我们还是被四个全副武装的医务人员分两队用仪器挨个扫额头，测体温，没有问题后才集体下的飞机。

记得那个在瓦拉纳西碰到的北京来的武汉姑娘，说了这么一句话：如果什么都怕，那就不用出来了。非常有魄力，简直就是旅游者的灵魂领军人物。

总而言之，一圈走下来，印度真的是很穷很乱，每一分每一秒似乎都要强打起精神，随时准备作战，不管是对人对事，还是食物。我在印度的口头禅是：I'm dying without notice！（我在不知不觉中死去！）但还是那句话，印度绝对是一个文化瑰丽多彩的国家，一个值得一行的文明古国。这是一个宗教国家，人们的生活围绕着宗教而来。尽管贫穷，但大多快乐又满足，因为他们的精神世界很充实（也有说是得益于种姓制度的存在。由于等级，不管多穷，印度人总能看到比他们更穷更惨的人，所以他们时刻感谢神灵赐予一切，内心喜乐平和）。

在西方人中流行着这么一句话，那就是——印度去了一次，想去第二次，去了第二次还想去第三次，其乐无穷！

还是很希望有一天真的能走遍印度，见识到更多的不一样。我想说，我们这一年的印度之旅，虽然经历了很多的小磨难，但也真的受到了神明的庇护，一切都很平顺！

最后，也借用一位同样是印度归来的朋友的话：

“如果你喜欢安静的旅行，如果你喜欢简单的旅行，那你真不该来印度。来印度，你不仅要具备一颗钢铁的心，最重要的，要具备一个钢铁的胃。”

智上谏言！

所以，去不去印度就看你自己了！

印度基础篇

⊙饮 食

刚开始在印度是吃什么都很新鲜，每尝一个都会记下来。等到了后来，就只点吃过的了，没了兴致尝试。

印度人吃饭直接上手，明确地说是只用右手，因为左手不洁。米饭会直接倒入咖喱，咖喱并不是我们国内概念中的咖喱，而是很汤汤水水的菜式，所以就算你爱吃那些个什么咖喱饭，也不一定能忍受真正的印度咖喱。米饭和着咖喱，攥一攥，他们就往嘴里塞了。如果是吃恰帕提一类的饼，他们也不咬，还是放到咖喱里，用手碾碎再放到嘴里吃的。哪怕是鱼和鸡肉，他们依然是如此用右手灵活地剥下来。

外国游客在印度并不用担心用手的问题。哪怕很简易的餐馆也会备上勺子和叉，避免尴尬。我们也试着用手攥米饭吃，可就是很笨，不能像印度人那样把右手的每个手指关节都充分运用到位，只会使用前三个手指的前关节抓起来往嘴里塞。事实上哪怕吃米饭，我们用勺子都没有印度人用手吃的干净利落。不得不叹服。

第一次在德里吃汉堡，还特地关注了一下周围的印度人，因为我无论怎样都得用两只手，看了好半天，也没看出个所以然来。之后就不是特别在意了，啃什么都是两只手一起上。好像也没遇过什么问题。就像印度人的摇头，“是”也摇摇，“不是”也摇摇，虽然两者的节奏和方式不同。一开始去的时候很不适应，怎么看都像是拨浪鼓一样，直接就把我们摇晕了。后来时间长了，也就慢慢地开窍了。

印度美食，来之前真的是万分期待，好像有一堆的好吃的等着我，不管是小吃还是烧烤，听着就让人流口水。但来了之后，最让我受不了的就是印度的饮食，感觉是没有吃的，真的没有吃的。一圈下来，最让我遭罪的不是热死人的天气，不是那一路的混乱，而是没有吃的。

第一次在德里尝试塔利，看着托盘上六七个小碟，盛满了各式不一样的米饭甜点汤水，外加薄脆，翠绿的香蕉叶做底，很是精致。一点一点地品尝，心里那个美呀。大街上似乎总有各种各样的小吃，炸的、拌的，还有各式甜点，光是看着就满心欢喜，虽然很多时候不敢吃。我们吃得最多的也就是咖喱角，通常都是咖喱土豆的馅儿，外裹面团，成三角形，在油里炸得金黄。

但很快，不到一个礼拜，所有的新鲜感全没了。我开始怀念家里的好吃的，哪怕一碗白稀饭加上简单的榨菜都是那么美味，但在这一刻也成了痴心妄想。当时的我每天都抱怨，最后听得汤姆都受不了了。只要我一开口提吃的，他就觉得我很有病（crazy），成天就知道吃的吃的，只有吃的，好像大脑里也就仅存那么一点追求了。

汤姆是半素食主义，不吃肉，但吃鱼虾和鸡蛋，所以在印度的基本素食主义之下也不觉得什么。印度主要是面食，像恰帕提之类的饼，外加汤汤水水稀溜溜的各种咖喱或者米饭，没有中国式的炒菜。再加上很多地方是印度教义上的圣城，整个城市都是严格的素食主义，找不到一点荤腥，连鸡蛋也是没有的。时间一长，汤姆终于也爆发了，开始体会我“可怜”的滋味，要知道我是“肉食动物”！

这个时候，不论我们在哪个城市，只要一看到麦当劳，第一件事就是换餐，跑吧！尽管印度的麦当劳根本就不能跟国内的相提并论，品种少得可怜，鸡肉也不能大块朵颐。即便如此，麦当劳在印度也是稀罕之物，可不是每个城市都看得到的，肯德基更是除了在德里新开，别的地方都没见过。而这种快餐店在印度正成为新一代时尚家庭的聚餐场所。还有正宗的披萨店棒约翰、达美乐，只要看到，我们就去，以作慰藉。虽然印度南部也有印度披萨，但不能相提并论。

印度可以吃的肉类很少。对于印度教来说，牛是神物，所以不吃牛肉。猪肉也是不吃的。当然有些地方还是可以找到猪肉和牛肉的食品，但吃的人不多，自然也会有所顾忌。像我就是不敢吃的，这个时候可不能想着牛肉是我的最爱了。

在这个基本素食主义的国度，最常见的就是鸡肉和羊肉了。味道有咖喱、马萨拉等，稀溜溜的像汤一样，里边夹着肉块。坦都里烤鸡是由土制的炉子炭烤而成，半只鸡八十到一百卢比。也许你觉得这个价格跟国内差不多，其实这里所谓的半只只是一个鸡腿和一块鸡胸，并不是真正意义上的半只。一整份同样如此，只有不大不小的四块，两三口下来就只有骨头了，比国内贵多了。但来到印度必尝的就是这道坦都里烤鸡，虽然是奇怪的暗橘红色，但香味诱人，就像北京烤鸭一样有着盛名。卡巴布是被穿成串烤，没有骨头的鸡肉。羊肉是用羊肉馅搓成的长筒状用铁钎串起。

话又说回来，印度好像什么都很便宜，就是吃的贵得要死，而且分量又极小。据报道印度百分之六十的人每天只靠二十卢比（三块钱人民币）生活，听起来什么都买不到，真不明白这些人是怎么过活的。

从新鲜到无奈到无法忍受再到慢慢地去接受、习惯印度的食物，我要说的是，对于“民以食为天”的中国人来说，只能待在印度南部，那里有海，有海鲜，食物上顿时丰富了许多，那里更适合生活，也更注重生活品质，也要富裕得多。但论印度文化，还是要去印度北部看的，那里才是真正的印度宗教文化的天堂。

⊙住 宿

北部基本上都是中午十二点退房，南部多是二十四小时制，也就是说如果是半夜入住，那二十四小时内退房都算一天。有些地方也有例外，像海边和山中避暑胜地，就有早上八九点要求退房的。

旅店的英文翻译在印度有很多种，像hotel、lodge、guest house是属于便宜的，hotel在印度似乎是随便用，并不特指好的高档酒店。南部的home stay就要好得多。到了海边，那就多的是resort的高档酒店了。南部的一些餐馆也会用hotel来标明。

房间有多人间、单间和双人间之分，还有带独立卫生间和公用卫生间的。形式跟国内的青年旅馆差不多，就是条件要差得多，简陋但基本上也都算干净。夏天不用愁，床单都是新换的。但冬天盖的毯子就不行了，脏兮兮的，还有味道。所以冬天去（旅游旺季）最好带个睡袋，既保暖又干净！

印度到处都是背包客的旅店，费用也不一，最便宜的一两百卢比，基本上我们住得最多的都在三百到五百之间。南部的费用要高一些，像孟买最便宜的也得六百卢比。赶上当地节日，比如布什格尔的骆驼集市等，旅店很容易爆满，价格会比平时翻上好几倍。最夸张的就是十二年一度的昆梅拉盛典，最差的旅店都要上千卢比。在这种情况下，有地方住就应该谢天谢地了！

⊙交 通

印度的汽车火车都很方便，也四通八达，但就是一个字：乱。混乱得让人摸不着头脑，无从下手，心里会有恐慌。

印度的汽车站像样的很少，有的有售票点，但多数都是上车买票。车况很差，破破烂烂，豪华大巴在国内连中等都算不上。但这里是印度，别太挑剔了。

火车正点运行的很少，基本上都会晚点一两个小时，即使在始发站也是常有的事。一些城市的火车站有外国人专用售票点，像德里、瓦拉纳西等。买票采取实名制，有时需要填一张单子。在很多代售点也都实行网上电子票制，很方便。如果买的是预留票（reservation ticket），是需要额外确认的。因为有时候是没票了，抱一线希望的人就需要填上这张特别等候单（waiting list），付上钱，按排名先后等。印度的火车有女士车厢，一些候车室也有女士专用，可以看到那些女子在专用的卫生间里洗澡，更换衣服。

SL是卧铺，Second Class是二等车厢，AC是空调，2tier 或者3tier是卧铺上下两个铺位或上中下三个铺位。如果以上条件都符合，那在印度已经是最好的享受了。如果没有空调，级别直降，跟平民大众一起挤吧。卧铺也不再是卧铺，两三个人一起挤着坐了，没有人会因此而红脸的。空调卧铺基本上都有提供简单床褥，但也有没有的。我们就碰到过一次，空调温度低，最后花了五十卢比要了两床褥子使用，同时还得把空调的风口用报纸堵上。

上了火车，才会有查票的，有时也不会出现。火车车门除空调车厢外，其余的总是打开的，时不时地都会有小贩跳上又跳下，也成了一道特有的风景。

印度火车平均时速在四十到六十公里，已是特快。比之咱们的动车，也就是蜗牛的速度了。但印度人慢有慢的道理。首先，蜘蛛网一样密布的铁路是印度人最爱的天然蹲厕之所。如果有一百个印度人住在铁道附近，那就有一百个人去铁轨上厕所的。人有三急，试想如果时速一两百公里的火车疾驰而来，那会是什么概念！其次，火车一快，又会有多少跳上跳下的小贩失业，更不用说风景了。再次，高峰时期，人一半都是半悬挂在车门口，关乎多少人的生命。最后，就是印度人的贫穷，试想百分之六十的印度人每天靠二十卢比生活，怎么能负担起像咱们国内的动车价格。就是在国内，也不是每个人都能付得起那高昂的费用。高铁一出来，价格更是噌噌往上涨，都快成了飞机票。所以说印度人有印度人的道理，实用大众才是好。

印度准备篇

⊙签 证

国内申请印度旅游签证准备资料：

护照，有效期不少于六个月

两张两寸蓝底照片

两份填好的签证申请表

身份证正反面复印件

护照首页和尾页签名的复印件

旅游行程安排表

两份一万元人民币的银行存款证明（至少三个月冻结期，一张原件一张复印件即可）

机票单

签证费用：三百四十九元人民币

签证时间：五个工作日

使馆网站上有着针对不同国家的申请人三个月到五年的不同签证时效，但中国人印度旅游签证最长只有六个月的有效期。基本上能拿到的都是三个月的有效期，逗留仅为一个月的签证。第一次，我在北京申请的是六个月，拿下来的是三个月的有效期，一个月的逗留。当时我拿到签证的时候都傻了，因为这样一下子打乱了我们长时间的旅行计划。不甘心，于是当天下午直奔大使馆，好在门口站岗的士兵让我进了。虽然等了很长时间，但最终见到签证官，说明情况，最终签证官也给了我三个月的有效逗留期。六个月是不可能的。

当时想的是，三个月总比一个月好，到了印度后再想办法续签。原以为很容易，经过多方询问查证，不管是德里还是孟买的签证机关（印度外交部和内政部及内政部下属的外国人管理处），我们把能想的能打听的能做的都做了，事实上是根本不可能。

签证是两国双方的问题，会有互相牵制的作用。尽管像我纯粹只是想去旅游，和汤姆一起游过印度所有的邦，但签证官还是质疑我动机不良，怎么会去了一次两次三次，居然还不够？根本就没有人考虑到，不是我想一而再、再而三地去，而是我的签证每次都只有一两个月，而我想要去那么多的地方，只能无奈地来回签。老外多的是去完一次又不断去的，但一旦换成了中国人，去得多了反倒成了问题，签证很可能就因此签不下来，或者说会完全拒签。我一年四次的印度签证，一次是在北京签的，一次在尼泊尔，最后两次是上海。每次来回为了签证，光是我跟汤姆两人的机票费用就够让人心疼的，比较起在印度旅游的廉价，让人郁闷至极！

⊙在尼泊尔申请印度签证

在尼泊尔办签证只需要一张照片、护照、填好的一份传真表和一份从印度离境的机票（预订单即可）。看似很简单，但关键就在于这张传真表，上边是申请人要填的一些基本信息，名字、国籍、父亲的名字、出生日期、职业、护照号码和有效期、家庭住址、申请时间。

申请分两步：第一步去，印度使馆会把申请人填好的这张传真表传到中国北京使馆，交三百尼泊尔卢比（合人民币三十元）传真费。第二步，五个工作日后（周六、周日休息）申请人再次到使馆，查询是否收到从北京过来的传真。如果尼泊尔印度使馆收到了，那当天交上护照、机票订单和签证费三千零五十卢比，下午即可凭缴费单来取签证了。五个工作日后，如果申请人没有如期收到传真回复，使馆会再给一张空白的传真表让申请人重新填，继续发传真。从头再来。

每个来此申请印度签证的人都需要填上这样一张传真表，原则上是申请人必须在收到自己国家的回复后才可以拿到签证，但也会有一些破例，像欧洲的一些富裕小国，即便没有及时收到，申请人也还是可以拿到签证。但中国人不行。其次，原则上不同国家的申请人都可以申请最长时间为六个月的有效签证，中国人最多只能申请两个月。最后，我们还被告知只能在尼泊尔签一次印度签证，第二次免谈。

不要以为这个传真表的回复是每个人都能收到的，对于中国人来说，收到的概率很小，可以说是微乎其微。

我申请时，准备了一封诚恳的致签证官信函，明确阐述了我们的旅行目的和实践计划，希望使馆能酌情考虑通融一下，由此我们得到了和签证官面谈的机会。当然申请的时间还是被改回了两个月。

一个礼拜后，我们顺利收到传真回复。我想除了跟签证官的谈话外，汤姆美国人的身份和他十年多次往返的签证应该给我加了分，起到了一定的说服作用。我很幸运，但当天跟我一同申请的一个上海人就没有拿到传真回复。事实上还有两个中国人在我们两个礼拜前申请的都没有拿到回复，结果一直等，一直问，等到最后却是尼泊尔的签证过期，最后只得打道回府匆忙回国。

跟这两个年轻人一块申请的还有一个上了岁数的老头，开始也没有拿到传真回复，来回地跑，最后老头愤怒地直举着自行车在使馆前抗议（居然还是江苏老乡，有魄力。自行车是老头从国内带过去的，经西藏樟木口岸到的加德满都。很多中国人走的都是这条线，不但能领略西藏风光，还省了一大笔钱，汽车票比机票便宜多了，一举两得），要求见大使。可爱的老头不会英文，恰好有个老外懂中文，一个字一个字地给他翻译，也许是老头的大无畏，最终得到了一个月的印度签证。牛人一个！

使馆受理签证的时间是早上八点半，但只是打开大门而已。真正的办公时间是九点半到中午的十二点。由于来申请签证的人实在多，而且一到十二点，排在后边的人就不再受理了，为此，很多人每天早上四点就来，有的整整排了一个礼拜才排到，通常就是看工作人员的脸色，有的就直接告诉你明天来吧。我们办理时恰值印度雨季的开始，是旅游淡季，人要少得多，但我们也还是早上六七点就赶到使馆前等候了。

使馆前有个小餐馆，所有的人都在那里等待。要上一杯茶，这也是交换印度旅游心得的时候。一定要清楚排在前边的人是谁，谁又是后来的。这是排队的关键，因为谁都不服等了几个小时最后被人插队。

⊙旅行保险和疫苗接种

在印度这样混乱的国度旅行，买上一份保险是必要的。我当时买的是一份一年的境外旅游保险，外加紧急救援。要早知道因为签证我们要多次回国，就买一年多次、每次境外停留不超过九十天的保险，这样就能省好多钱，但人算不如天算，当时一切都是未知。

印度的卫生状况很糟糕，加上天气炎热，这样那样的细菌病毒性疾病很多，腹泻、霍乱、肝炎、日本脑炎、疟疾、痢疾、脑膜炎、登革热、狂犬病等等，一大堆，听着非常吓人。我在北京出入境检疫局注射了甲肝、白破、伤寒等疫苗，也查了乙肝，还好有抗体，不用打疫苗。印度到处都是瘦骨嶙峋病殃殃的野狗，想着狂犬症也是恐怖，我之前打过，也就免了。四种疫苗下去，身体还是有反应的，明显不舒服、酸痛。我也咨询过人体的接受能力，医生当然不建议一下子打太多的疫苗。

在印度那么久，只要多注意卫生，不喝当地的生水，抵抗力强的基本上都没什么问题。很多人似乎没打疫苗也没什么事儿。不过，汤姆就比较差了，打了一堆的疫苗，比我要多得多，每次到的第一个礼拜肯定倒下，腹泻是常有的事，还一拉肚子就发烧，有时候吃药不管事还得去医院。体质差，好在还有我，这个时候两个人出行的优点就体现出来了，一个病倒还有一个人能照顾。

◎行 囊

带的东西越少越好。

我们是长时间旅游，所以准备得非常充分。每人装备各在三十公斤左右，前后各背一个包。

大背囊，汤姆的是八十升，我的六十五升。

一个电脑包、两个笔记本电脑、书籍（指南和小说）、DVD和iPod（不像现在出行，只要一个手机或者iPad就把所有的消遣娱乐给搞定了，包括旅游资讯和攻略，不可同日而语）、各种长短链锁、密码锁、电源转换器（印度的是三孔圆形，电压二百三十伏、五十赫兹）和接线板（印度旅店内一般都只有一个插座，自己再带一个，会方便一些，也不费事）。

一个相机包、一个单反相机、三个镜头、一个闪光灯、两个硬盘，外加三脚架。

简单的换洗衣服。在印度有很多专门给老外准备的购物街，爱时尚的年轻人可以随时在当地购买。

一双好的徒步鞋。每天我们都走很多路，舒适耐用的鞋子非常重要。

睡袋一直都带着，冬天的印度北部很冷，很有必要。

◎指南

汤姆用的是Rough Guide。我的是《走遍全球——印度》，当时我在市场上找到的唯一一本中文印度指南，2006年左右的版本，信息陈旧，是直接从日语翻译过来的，书中提到的所有优惠折扣针对的都是日本人（在科瓦拉姆小试，直接被房东打了回来，因为不是日版原书），中国人无效。此书只普及了热门旅游地的基本概念。泛泛旅游一番或者随团出行是够了，但要像我们这种真正意义上的背包，还是汤姆的那本Rough Guide发挥了实际效用。

一本书，一个包，印度就在脚下！